JN009266

我が戦士に
力を与えたまえ」

「あなたに
心を奪われました！
私と結婚して下さい！」

「おお、我が祖であり
その源である七つ首の竜よ

illustration 碧 風羽

イリューテシア

私をそんな二つ名で呼ばないで下さい！
じゃじゃ馬姫の天下取り
DON'T CALL ME THOSE TWO NAMES!

CONTENTS

第1章　イブリア王国のじゃじゃ馬姫

皇帝クローヴェルは後世こう評される。

「彼には勇気が無く、知略も、武力も、頑健な肉体も、健康さえも持ち合わせてはいなかった。
その彼が、帝国の皇帝に上り詰める事が出来たのはなぜか。
それはただ一つ。妻を選ぶ目だけは持っていたからである」

クローヴェルはアルハイン公国の四男坊に過ぎなかった。だが、彼がイブリア王国の姫君イリューテシアを娶（めと）った瞬間から、歴史は彼を皇帝に押し上げるべく動き始めたのだ。
あらゆるものを持ち合わせていなかった彼を導き、守り、時には先頭に立って敵を撃ち破った彼の妃イリューテシアの働きが無かったら、クローヴェルはけして皇帝にはなれなかっただろうし、彼が後世に名君として讃（たた）えられる事も無かったであろう。

これは、皇帝クローヴェルの妃（きさき）として彼の下で辣腕を振るい、敵からも味方からも「恐怖」の二つ名で畏れられた女傑、イリューテシアの物語である。

一話　私がお姫様になるまで

……ずいぶん失礼な歴史家ね。とんでもないわ！

私の愛するクローヴェル様には、勇気も知略もちゃんとおありになったわ！　それに誰よりも冷静で誰よりも先が見通せる、凄い方だったんだからね！　あの方があんな凄い目標を見据えていなかったら、私は何も出来なかったんだから。

確かにご健康では無かったし、頑健な肉体とは縁遠かったけれど、ちゃんと子供も残されたし、それなりに長生きしたじゃない。そこは私も頑張ったけれど。

どうせ本人には分かるまいと思って好きな事言うわよね。歴史家って。生きている内にそんな事を言う奴がいれば私が牢屋に放り込んでやったのに！

まぁ、ここで怒っても仕方が無いわね。取り敢えず私がこれから本当の事を語ってあげようじゃないの。その上で私を「恐怖」だなんて呼ぶのであればご勝手に、って感じだわね。

◇

◇

◇

私、イリューテシア・ブロードフォードはイブリア王国の王都近郊の農家に生まれた。

え？　いきなりおかしいって？　私はイブリア王国王家の姫だった筈だって？　まぁまぁ慌てずに。そこは順に説明していくから。

兎に角、私は華麗な王宮とは縁遠い、茅葺（かやぶき）屋根の下で産声を上げた。父さんの名前はギード。母さんの名前はシル。私はその二人の三番目の子供として、長女として生まれた。その時付けられた名前はリュー。

私の家は、イブリア王国のしがない農家だった。小麦や芋を段々畑で育てて収穫する主に畑農家だったが、畑だけではなく羊やヤギ、牛、馬なんかも育てていた。イブリア王国は元々酪農に向いた場所にあり、酪農を主体でやっている小さな農家も沢山あって、毎日毎日そこら中に家畜の声が響き渡っている。間違いなく人間より家畜の方が多い国だ。

当時のイブリア王国は弱小国で、王都で人口が一万人くらい。国全体でも十万人はいなかったんじゃないかしら。国土は山がちで耕地も山を削って作るからそれ程大きくも出来ず、他に目だった特産品も無い。正直、イブリア王国を含む「帝国」の中でも最下位に近い国力だったと思う。

「帝国」とはイブリア王国を含む七王国を始めとした、数十にも上る大小様々な諸侯領が集まって出来た連合国家の事だ。色んな国が寄り集まって一応一つの大きな国の体裁を成している。七王国と有力諸侯に選ばれた「皇帝」と七つの首を持つ竜の旗の下に連合して、西のガルダリン皇国や東の遊牧民に立ち向かう。それが「帝国」だ。

イブリア王国は帝国の七王国の中に数えられ、その王家であるブロードフォード家は何度か皇帝を出した程の名門であるらしい。凄いわね。それがなんでこんなしょぼくれた国家に落ちぶれてしまったのかしら。

どうやら百年くらい前に、イブリア王国は皇帝継承の時に揉めて、他の国と武力衝突を起こして負けたらしい。それで国土の良い部分は奪われ、残された山がちな地域に押し込められてしまったそうなのだ。

それからというもの、王家に仕えていた貴族も残らず農家になり、懸命に働いて何とか国家を維持している有様なのだとか。私の家もそうして農家になった元名門貴族なのだそうだ。本当はちゃんと家名もあるらしい。遠縁だが王家とも血縁関係があるそうだ。今や何の自慢にもならん、と笑いながら父さんが教えてくれた。

私はそんな国の農家で楽しく暮らしていた。家族は父さん母さんと兄が二人。私は末娘。家族はみんな優しくて、私は大好きだった。たまに悪さをして怒られた時は凄く怖かったけどね。

農家だから家の手伝いは物心つく前からやらされていたわよ。最初は畑の雑草抜きとか害虫を潰す事から始まって、水汲み、家畜へのエサやり、乳しぼりみたいな単純な事は五歳にもならない頃にはもう出来るようになっていたわね。

五歳を過ぎたら堆肥を混ぜるとか、畑を耕すとか、麦を鎌で刈り取って収穫だとかの力仕事も加わった。おかげで力は付いた。後々肩幅が広くなって怒り肩気味になってしまって、ドレスを着る時に困ったけどね。

あとはヤギや羊の毛から糸を紡いでそれを織物にしたり、絨毯を編む方法も母さんから習った。他にも薬草の見分け方、薪に使い易い木の見分け方、食べられるキノコとそうではないキノコ。山の天気の変わり方なんかも父さんや母さんや近所の人に習ったわ。

勿論、家の手伝いばかりではなく遊びもしたわよ。近所の子供たちと一緒に。何しろ田舎だから自然の中で遊びまわる事になる。家の周りには森があり、その森では木登りをしたりリスを追い掛け回したり、木の実を探して齧ったりした。

川では魚を追い掛け回し、捕まえて焼いて食べたわね。家から離れてかなり山の上の方へ向かうと、岩場が多くなって森が減って来る。そういう所は放牧場になっていて、各家の家畜が放牧されている。そういう放牧場に入っていって羊やヤギを追い掛け回して、逆に怒ったヤギに反撃されて逃げ回ったりした。

私は毎日毎日楽しく自然の中を走り回っていた。その頃の私は一生こうやって山の中を駆け回り、畑を耕し、羊やヤギや牛の世話をして生きて行くのだろうと思っていたわね。その事について全然疑問なんて持たなかった。この頃の私に「貴女は将来皇妃になるんですよ」なんて言ったって、たぶんキョトンとしていたでしょうよ。意味すら分からなかったと思うわ。

そもそもお姫様になる事自体が青天の霹靂(へきれき)だったもの。

十歳になった頃、突然私の家に国王様からの使者がやって来た。使者と言ってもただのもさっとしたオジサンだったけど、身なりは少しちゃんとしてたかな。オジサンは父さんと何か話していた。父さんとオジサンは知り合いみたいだった。

父さんは何だか大いに驚いていたけれど、しばらく考え込んだ後、私を呼んで言った。

「父さんと王宮に行こう」

王宮？　私は首を傾げた。家からさして遠くない王都。たまに農作物を市場に売りに行くから何度も行った事はある。が、流石(さすが)に王宮には行った事は無かった。

王都は城壁に囲まれていて、その城壁を潜り、更に行った所にもう一つ城壁がある。それが王宮だ。小さな王国の小さな小さな王宮。でもその当時の私は「すごい！　おっきなお屋敷！」だと思ったわよ。

王宮は石造りで概(おおむ)ね三階建。お屋敷というかお城だ。飾り気は全然無く無骨な外見だった。これは王都をここに移した時に以前からここにあった古い砦(とりで)を王宮に転用し、それを囲むように王都を形成したかららしい。手入れはあまり行き届いておらず、外壁は蔓草(つるくさ)や苔(こけ)でビッシリ覆われていた。

大扉から王宮の中に入る。流石に中は王宮らしく美しく仕上がっていた。壁には白い漆喰(しっくい)が塗られ、床には紺色の絨毯が敷かれている。そこここに絵が飾られていたり、花が飾られていたりする。今考えれば質素。悪く言えばしょぼ過ぎる王宮だ。

だが、当時の私には十分華麗な王宮に見えたわね。

そして通された普通の部屋。別に勿体(もったい)ぶった謁見室でもなんでもない小さい部屋にその人は待っていた。

「おお、よく来てくれた。ま、座りなさい」

白い髪は長く、頭の後ろで縛っていた。前髪に埋(うず)もれて目がよく見えない。白い髭(ひげ)もダラリと長く、つまり顔全体のほとんどが白い毛で覆われている。頭に小さな王冠を乗せ、白いマントを羽織っていた。

威厳のあるお姿だと思ったわ。この方がマクリーン三世。この国の王様だった。私は流石に緊張しながら頭を下げた。

「初めまして。リューです！」

すると国王様は少し驚いた様子を見せた後、髭を震わせて笑った。

「おお、小さいのによく出来た娘ではないか。ギード」

すると、父さんは苦い物でも噛んだような顔をして言った。

「私の娘ですからな。それより王様。一体あれはどういう事なんですかい？」

父さんは勧められた席に座りもせず、国王様に対してとは思えないほど乱暴な口調で、国王様に詰め寄った。ちょっと！　そんな態度で大丈夫なの？　と私は驚いたわよね。

「うむ。どうもこうも無いであろう。ザルズに伝えさせた言葉通りの意味だ」

しかし国王様は気にした様子も無い。普通の口調で応える。父さんはそれを聞いてむむっと唸った。

「つまり？」

「そこの其方の娘を私の養女に欲しいのだ」

……えー!?

私は声も出ないほど驚いた。

国王様が説明してくれた理由はこうだ。

なんでも国王様には歳の離れた奥さんがいらっしゃったのだそうだ。国王様の奥さんだからお妃様だ。ちなみに三人目の妻だったらしい。そのお妃様が妊娠されて、女の子を産んだのだが、その年の内に母子共に亡くなってしまった。これが十年前。つまり私が生まれた年の話だ。

国王様は嘆き悲しまれたが、事はそれだけでは済まない。国王様には前の奥様との間を含めて子供が居られなかった。つまりこのままでは王家の血が絶えてしまう。歴史ある名門王家であるブロードフォード家の血が絶えてしまったら、帝国全体に関わる大問題になってしまうのだという。

そこで王様はやむなく養子を迎える事にした。それで白羽の矢が立ったのが私という訳だった。?? なんで私？

「実は死んだ子が生まれた時、周辺諸国に知らせを出してしまったのだ。だからその子が生きている事にするには同じ歳である必要がある」

　養子にすると言うより、死んだ実子の身代わりを立てるという方が近いらしい。どうやら養子だと、血縁関係のある周辺諸国から跡を継ぐ際に横やりが入りかねないからだそうだ。なので、同じ歳の女の子でなければならないのだとか。

「それにしてもなんでリューなんですかい？　他にも十歳の女の子はいるでしょうに」

「それはギード。其方の家が我が王家の近縁だからじゃよ。其方の祖母は王家の出だ。つまりその子は王女のひ孫じゃ。それに其方の妻も比較的濃い目の王家の血を継いでおるはず」

　父さんは遠縁だって言ってたけど、意外に近縁だったらしい。後で聞いたら国王様と父さんは親戚だけに昔からよく会って遊んでいたのだそうだ。どうりで話す口調が気安い筈だわ。それにしても王家のお姫様が既に農家だった我が家に降嫁なさったという事ではないか。我が国の零落ぶりに涙を誘われるような話である。

　つまり我が家は農家だが、元名門貴族だけに王家の血が濃く、血の濃さが重要視される王家の跡継ぎにするのに、私は適当だという事らしい。

　父さんは腕を組んで唸っていた。国王様の仰(おっしゃ)る事は分かるが、自分の娘を王家の養子にする。しかも婿取りをさせて国王様の跡継ぎにするなどという事に、咄嗟(とっさ)に判断が付きかねたのだろう。無意味に私の頭を撫でながら考え込んでいる。国王様は縋るような様子で言った。

「勿論、その子はちゃんと王家の子として育てる。何しろ跡取りにするのじゃからな。きちんと王家の姫に相応しくなるよう教育するとも。だが、其方と会う事を禁ずるような事もせぬ。実の親と引き離すような可哀想な事はせぬとも」

必死だ。とても臣下に向かっての要望をしているようには見えない。懇願である。それほど国王様は切羽詰まっていたのだろう。その必死さ加減に父さんは言下に断りかねたようだ。苦し紛れに私に尋ねた。

「……どうする？　リュー？」

そんな判断を十歳の子供に丸投げしないでよね、と今なら言ってやりたいが、当時、純真無垢な私はそんな事は思いもしない。父さんを見て、身を乗り出して私を見つめる国王様を見る。


この時の私の気持ちは今でもよく覚えている。一番大きな気持ちは戸惑いだった。なんで私？という気持ち。

私は父さんも母さんも兄さんたちも好きだったし、その家族である事も好きだった。だからまず養子に出されるかもしれない事に困惑したのだ。

しかし、国王様が言った理由が理解出来ないほど、私は幼くもなかった。国王様が跡継ぎを切実に欲している事は理解出来たのである。

　次に生まれたのは、国王様を気の毒に思う気持ちだった。国王様は困っている。この国で一番偉い国王様なのに、跡継ぎがいなくて困っているのだ。何とかしてあげたい。

　どうやら、この国で国王様の希望に適う娘は私だけのようだ。私が断ったら国王様は更に困ってしまうだろう。さっきの話だと、私が養女にならないと、この国に違う国から王様がやって来て乗っ取られてしまうかも知れないとの事だった。私はこの国が好きだったから、それは何だか嫌だな、とも思ったのだ。

　そして、なんだか面白そう、と思った事も確かだった。国王様の養女になれば、今までとは違う生活になるだろう。何が変わるのか、どんな事が起こるのか。そう、なんだかワクワクした。そんな気持ちで受けちゃいけない話だったと今になれば思うのだが、その時のまだ子供で悪戯好きな私にはそのワクワクは結構、決断のための重要な要素だった。

　うん。決めた。父さんは私にどうするのかと聞いたのだ。私がどう答えても怒る事は無いだろう。父さんは困った人がいたら助けるものだと言っていたしね。

「いいよ。私、養女になるよ」

　流石に養女が何だかは知っていたわよ？　近所の農家には子供を育てられなくて養子に出す例もあったから。

　ただ私はこの時、王家が何なのか、ブロードフォード家の養女になるというのがどういう事なのかはあまり理解してはいなかった。理解していたら？　でもそれでも、国王様が気の毒だから養女になったかも知れないわね。

父さんは驚き、国王様は大いに喜んだ。この後、父さんと国王様が話し合った結果、結局私は国王様の所に養子に行くことになったのだった。

私が養女になる事にさして抵抗が無かったのは、近所で比較的気軽に養子に出したり取ったりが行われていたからでもある。
これは年により収入事情の変動が大きい農家では、作物の実り具合によっては子供が育てられない場合が出てくるからで、そうした場合は子供を簡単に養子に出し、余裕がある家が引き取るのだ。この場合、養子に出されてもその子は実家と縁が切れる訳では無く、普通に実の親に会いに来ていたし、収入具合が改善すれば実家に戻る事もあった。
なので私も別に名前だけ国王様の娘になるだけだ、と思っていたのだ。国王様が親戚で父さんと気安い関係だったのを見て、親近感が湧いてしまったから、国王様がどんな存在なのかを忘れてしまったせいでもある。
実際、私は国王様の養女となり、名前がイリューテシア・ブロードフォードに変わったのだけれど、相変わらず周りはリューと呼んでいたし、住んでいるのも父さんの家だった。畑仕事の手伝いも変わらずして、友達とも山の中を走り回って遊びまくっていた。何にも変わらない。なので私は本当に養女になったのかな？　とさえ思っていた。

ただ、一つだけ変わったのは、最初は週の内二日。王宮に行って教育を受けるようになった事だった。

実家からテクテク歩いて王宮に行くと、まず国王様、もといお父様にご挨拶をする。この時から既に教育は始まっている。

「大女神アイバーリンの代理人にして七つ首の竜の一首を担いし偉大なる国王陛下にご挨拶を申し上げます。ご機嫌麗しゅう」

まずこのご挨拶の台詞（せりふ）の暗記が一苦労だった。挨拶の速度、抑揚にも決まりがある。そしてお父様の前に出る時の歩き方。跪（ひざまず）き方。右手を胸に添え、左手を腰の後ろにする姿勢。身体を前に倒す角度。全てが厳密に決まっているらしい。

これらは王宮に仕える侍女のおばちゃんやおばあちゃんが教えてくれた。侍従長（とはいっても侍従は彼一人しかいない）のザルズが教えてくれる場合もあった。

お父様にご挨拶をしたら誰かしら付いて、続けて礼儀作法の教育だ。立ち方。歩き方。言葉遣い。スカートを広げてお辞儀をする淑女の挨拶。笑う、眉を顰（ひそ）める、優雅に怒るなど表情の練習。などなど。

食事の時も講習はある。カトラリーの使い方から上品なスープの飲み方、パンの食べ方。食べ難い食べ物を食べる方法。お茶の飲み方。お菓子の上品な食べ方。などなど。

更に社交に必須なダンスの練習。更に教養として文字の読み書きや計算の勉強。芸術もやらされたわ。絵とか楽器とかね。

覚える事が多いので、大変な事は結構大変だった。ただ、五人いた侍女たちもザルズも優しかったし、丁寧に何度も教えてくれたので別に教育は嫌では無かった。お茶の飲み方の教育がてら、おやつに出してくれるお菓子も美味しかったし（実家ではお菓子なんて出ない）。

お勉強も慣れると面白くなった。ある程度文字が読めるようになると、王宮の図書室で色んな本を読めるようになったのでより楽しくなったわね。やっぱり知らないことが分かるようになるって面白いわよね。

そんな感じで私は十歳から十五歳まではそうやって実家と王宮を往復しながら生活していた。だんだん教育の頻度が上がって、その内王宮に私の部屋が用意されて、ちゃんとベッドまで用意されて（普通のベッドでマットは実家と同じ藁だったけど）、教育が長引いて遅くなった時には泊まるようにはなったけれど、基本的には実家から王宮に通う生活は続いた。

通っている内に、私が国王様の娘である事は王都の人たちに知れ渡ったようで、王都を歩いていると「おう！　姫様！」「姫様元気か！」「姫様これ持って行きな！」とかいうように気軽に声が掛かるようになった。誰が姫様か。ちょっと恥ずかしかったわよね。

十三歳になる頃には一通り基本の教育も済んで、お作法の講習もハイレベルになっていた。目線で相手に意図を感じとらせる方法だとか、手の動きで自分の機嫌を周囲に悟らせる方法だとか。ダンスの際に相手に意地悪をする方法だとか。こんなのどこで使うんだろうね。

お勉強も結構高度な事をやらされた。帝国や周辺諸国の歴史や地理。ちょっと難しい計算。周辺諸国の言語など。あんな顔してザルズは博識で、分からない事には何でも答えてくれた。

図書室の本もあらかた読みつくし、お父様が私室や別室に保管していた難しい本も読んだ。本を読むのは楽しくて、本を読みたいためだけに王宮に泊まる日がだんだん増えた。農繁期にそれやると父さんが怒ったけどね。

十三歳になると、お作法の教育はドレスを着てやるようになった。このドレスは歴代の王女が着ていたものらしく、それが侍女たちの手によって丁重に保管されていたのだそうだ。それが私の身体に合うように詰められて私に着せられた。さすがに女の子だから綺麗なドレスを着るとテンションが上がったわよね。自分が本当にお姫様になったような気分がした。

……いや、私もうこの時点で十分お姫様になっていたのだ。その頃には私はもう七割程度王宮で暮らし、実家には農繁期に手伝いに帰るくらいの状態になっていたのだから。

王宮内では立ち振る舞いの教育がてらほとんどドレスを着て歩いていたし、外に出る時の普段着も、お父様が仕立て屋さんに頼んでくれていたから、綺麗な服を日常的に着るようになっていた。

侍女がお風呂に入れてくれて髪や肌も手入れしてくれて、お化粧も少しずつしてくれるようになった。あまり実家に帰らないのだから友達と野山を駆け回る事も無くなったし、お作法が身に付いたから歩き方も姿勢も上品になってしまい、実家の周りに居るとかなり存在が浮いているらしかった。周囲も私を完全に王家の姫君と認識し始めたらしく、王都を歩いていると丁重に挨拶されたり礼を施される事も増えた。こうなると気軽に出歩いて買い食いもし難くなるので困ったのだが。お姫様が串焼き咥えて歩いていたら体裁が悪い。

つまり私自身もそういう事を考えるようになっていたのだ。その頃には私は自分が王家の姫君になるという事の重大さが、段々と分かり始めていたのだった。

何しろ姫君だというだけで王都の皆が頭を下げて、贈り物を贈ってくれるのだもの。私はまだ農家の娘のつもりでいても、周りはそうは見てくれない。私は周囲からの期待をひしひしと感じ始めていた。これはいけない。私は意識して姫君として振舞う事を心掛けるようになった。

実家も十五歳になった頃に完全に私を手放す覚悟を決めたらしく、農繁期の手伝いにも来なくて良いと言われた。お姫様を農作業にこき使っていたら外聞が悪いと。私は農作業もそれなりに好きだったのでちょっと寂しかったが、私が手を汚したり擦り傷を作ったりすると侍女たちが悲しんだので、確かにもう農作業はしない方が良さそうだった。

もっとも、お姫様とは言ってもあくまでもイブリア王国のレベルでのお姫様だったのであって、普段着はブラウスとスカート（胸が出て来てからはボディスが加わったけど）だし、靴は普通の革の靴。食べ物も実家と大差無いものだった（食べ方が物凄く上品なだけ）。相変わらず私は王都を気軽に歩いていたし、王国には貴族がいなかったから社交も無く、教育された社交スキルを発揮する場面など無かった。

そうして完全に王家の姫君となってしまった私は十五歳になり、お見合いの日を迎える事になる。

二話　婿取りのための旅

その話は別に突然あった訳では無い。そもそも私が王家に養子に（実子という事になっているが）入ったのは、婿を取って王国を継ぐためだ。婿取りは最初から決まっている。

使う当ても無いのに社交用の礼儀作法を徹底的に教育されたのも、婿取りのために他国へ行ってお見合いした時に恥ずかしい真似をしでかさないためだ。そうでなければイブリア王国には貴族がおらず社交の機会も無いのだから覚える意味が無い。

十五歳になる頃には話は具体化していた。アルハイン公国というお隣の国から婿を出したいという打診があったそうな。私はそれを聞いて不思議に思った。

「なんでこんなしょぼくれた王国に婿を出したがるのかしらね？」

私がそう呟（つぶや）くと侍女のポーラが呆（あき）れたように言った。四十代後半の彼女は侍女ではあるが、私の教育係でもある。

「姫様。ご自分が将来継ぐお国を、自分でしょぼくれたなどと言わないで下さい。事実だとしても」

それから説明してくれた。つまりイブリア王国はしょぼくれているが、かつては勢威を誇った時代があり、王国の七つの竜の首の一つを担っていた時代がある。

「帝国」の皇帝は帝国中の王国や有力諸侯が集まって選帝会議というのをやって選ぶのだが、中でも七つの王国の発言力は別格なものなのだという。そもそも、皇帝に立候補するにも七王家の王でなければならないのだそうだ。

「それは習ったけど、昔の話よね」

「いいえ。現在でもそうです。ですから皇帝を出したいという野望を持っている国にとっては、跡継ぎの王子がいない我が国は非常に魅力的に映るのですよ。姫様の婿になり、その婿を支援して皇帝に押し上げれば実質的に自国から皇帝が出せるのですからね」

アルハイン公国は領域面積が我が国の三倍。人口は十倍以上。予算規模は比べるのも恥ずかしいという程の大国だ。普通は婿を出してくれと頼んでも相手にもされない程の国力差がある国なのである。それが辞を低くして婿を出したいと言ってくるのだから、伝統ある王国と血筋というのは凄いものなのだ。

アルハイン公国には四人の王子がいて、長男は跡継ぎなので無理だから、次男から四男までの三人の中から婿を選んでくれ、と言ってきたそうだ。

選ばせてくれるのか。それはまた良心的な。それだけ、何としても我が国の国王にアルハイン公国の血筋を送り込みたいのだろうという。

お父様はアルハイン公国なら申し分無いので、この話を受けたいと仰った。私には異存は無い。私は婿取りのためにお父様の子供になったのだし、お見合いの時のために教育を受けて来たのだ。いよいよ本番が来たか、という感じだ。

ただ、私には恋愛経験が全く無いし、あんまり興味もない。結婚相手などイブリア王国の役に立つ男であれば誰でも良いわ、とこの時は思っていた。

「ではお見合いのためにアルハイン公国の国都に行くように手配しよう。勿論、会って見て気に入らぬようなら断っても良いからな」

私はびっくりした。断っても良いの？

「そんな事をしたらアルハイン公国が怒りませんか？」

するとお父様は白い髭と髪に覆われた顔を震わせて笑った。

「怒ろうがどうだろうが、私にはリューの方が大事だからな。其方の納得が行く婿を選ぶが良い」

私はちょっと面映ゆい気分になったわよね。お父様は兎に角私を可愛がってくれるのだ。養子なのに完全に実子として、いや実子以上に大事に扱い、私が望むことは何でもかなえてくれようとしてくれる。新しい本を買うのは予算の都合で無理だったけど。

そんな優しくして下さっているお父様に報いるためにも良い婿を捕まえねば。私は頑張って婿取りお見合いに挑むことを決意した。十五歳の年の春の事だった。

◇　　　◇　　　◇

イブリア王国王都からアルハイン公国国都までは七日の旅だった。

いや、簡単に言ってしまったけどこれが大変だったのだ。三台の馬車を囲んで衛兵は歩きながら旅をする訳だけど、衛兵は慣れない重い鎧を着ながら歩いている訳だからすぐ疲れてしまうので、頻繁に休憩しなければならないのだ。おかげで予定していた町や村に辿(たど)り着けずに野宿になってしまう場合も多かった。

宿に入れても何しろ予算が無いので、私以外は一部屋に数人を詰め込む事になるから、ベッドでは寝られず床で寝る事になった者も多かったようだ。なんだか申し訳無い。予算も考えずにこんなに衛兵を連れてくるのでは無かったと後悔したわよね。

私は毎日衛兵にお礼とお詫びの声を掛けて歩いた。兵士たちはアルハイン公国の国都に着く頃にはヘロヘロになってしまったが、一人も逃げ出すことなく付いて来てくれた。ありがたい。

そうやって漸く到着したアルハイン公国の国都。遠目にも目を見張るような大都市だった。人口は確か十万人。この街だけでイブリア王国の人口以上の人間がいるのだ。

高さ十メートルくらいの城壁でぐるっと囲まれていて、数か所の門以外からは出入り出来ない。私たちは門の所でアルハイン公国国主の公爵からの招待状を見せて門を潜る事を許された。

中に入って唖然としたわよね。イブリア王国の王都には三階建て以上の建物は王宮しかない。それが王宮よりもはるかに大きな建物がずらっと連なっているのだ。

歩いている人は王都のお祭りの時より多い。馬や馬車や手押し車が引っ切り無しに行きかい、喧騒が馬車の中にも入り込んできて物凄く煩い。これは凄い。私はお姫様らしく馬車の窓のカーテンは閉めていて、隙間からそっと覗いていたのだけれど、それでもここがとんでもない大都市である事が分かった。

ちなみにだが、私はこの街が実はイブリア王国の旧王都である事を知っている。百年ちょっと前に領土の大部分を皇帝に没収された時に王家は今の場所に移り、この旧王都にはその時に功績を立てたアルハイン公爵が入ったのだ。世が世ならここはイブリア王国の王都だったという事である。まぁ、そんな時代だったら私が国王様の養女になるなんてあり得なかっただろうけどね。

宮殿はもうこれぞ宮殿という感じで、家の王宮なんてこの宮殿入り口の門の櫓くらいの規模しか無い。華麗さはそれ以下だ。この大宮殿から今のイブリア王国の王宮に入った王族の方々、大丈夫だったのだろうか。がっかりして正気を失ってしまったんじゃないだろうか。

高さは五階建て以上で眩しい白壁と鮮やかな青い屋根。それが何棟も聳え立っている。その前に広がる大庭園にはこれでもかと言うくらい花が咲き乱れ、その中に美しい池が点在し、石像や銅像が立ち、その間を優雅に貴人たちが行き交う。

中に入ればもっと凄い。御者に手を取られて馬車を降り、宮殿の車寄せからエントランスの大ホールに入れば、そこは屋内なのに煌々(こうこう)とシャンデリアの灯(あか)り輝く大空間。

　全階層をぶち抜いた吹き抜けドーム天井には美麗な絵画が描かれ、床には複雑な紋様の描かれた絨毯が敷かれ、壁には絵画が飾られ、そこここに花や石像が飾られ、正面にはドーンとアルハイン公国と我がイブリア王国の旗が掲げられている。そしてホールには華麗に着飾った大勢のアルハイン公国の貴族と婦人たちが並び、拍手をして私の到着を歓迎してくれた。

　お姫様のくせにこんな世界があるとは知らなかった私はショックを受けたわよね。同時に私はなるほどとも思った。十歳の頃から習ってきた礼儀作法は要するにこういう世界で使うものなのだ。実際、私が習った通りの作法で迎えてくれた皆様に礼をしてニッコリと微笑(ほほえ)むと、皆様はほぉと感心したようにざわめき、案内してくれる侍女も非常に丁寧な態度で接してくれた。ゆったりした歩き方や、ゆるゆるとした手の動きなど、作法通りの動きがいちいち馴染(なじ)む。

　ただ、一つ気になったのが髪の長さだ。私は黒い髪を肩の上くらいにまで短くしている。イブリア王国では珍しくない長さだが、ここにいらっしゃる貴婦人方は全員腰くらいまで髪を伸ばしていらした。

　どうやら、貴族の方は長髪が基本らしい。男性でも伸ばしている方もいらっしゃる。侍女のポーラが言うには過去には短髪が流行った事もあり、別に短くてもおかしい訳ではないらしいが。

　案内されたのは控え室で、これから謁見室で公爵と会うのだそうだ。手順の説明があり「狭いところで申し訳ありませんが少しだけお待ち下さい」と言われた。いや、王宮の私のお部屋の三倍くらい広いんですけどね、ここ。私は宮殿の侍女が入れてくれたお茶をお作法に気を付けつつ飲みながら待つ。あら、流石に美味しいお茶ね。

習った通りのお作法を守り、上品な笑顔を振り撒いていると、控えている召使いの者たちが、崇敬の表情も露わに応対してくれた。ふふふ、何だか私、本当にお姫様みたいじゃない？　お姫様教育がちゃんと役立っているんじゃない？

私は嬉しく、楽しくなってきた。何しろ私はこのお見合いのために五年もの間、お姫様教育をしっかり頑張ってきたのだ。養女になってからは、この日のために生きて来たと言っても過言ではない。これまでの頑張りが役に立っているのだ。それは嬉しいわよね。

案内があったので席を立ち、ゆるゆると歩いて謁見室に向かう。謁見室の大扉が開かれると「イブリア王国王女、イリューテシア・ブロードフォード姫様ご入来！」という呼び出しの声に被さって楽団の歓迎の曲が奏でられた。

扉が開き切るとその荘厳さはエントランスホールの比では無い、謁見室の中が見渡せた。これは凄い。この部屋に家の王宮は全部入ってしまうだろう。

ドーム型の天井にはやはり巨大な絵画が描かれているが、エントランスの絵は神々が微笑むようなものだったのに対し、こちらの方は勇ましい騎士たちとそれを見守り踊る女神たちが描かれている。シャンデリアが連なり、王国と公国の旗が天井から何枚も垂れ下がって連なる。まっすぐ延びる赤い絨毯。その左右には着飾った貴族と婦人たち。正面には椅子があってそれが公爵の椅子なのだろう。今はまだ居ない。

本来、謁見室には階があり、その上に玉座が置かれるのが普通だ。家の王宮の小さな小さな謁見室にも国王の玉座が（ただの椅子だけど）階の上にある。

しかし、公国の主君は公爵だ。王では無いので階を設置することが許されない。この一事をもってしても公爵と王には歴然とした格差があり、どんなに国力で上回っても逆転出来ない公国と王国の格式の差が分かる。そりゃ、公国が私に婿を出し、王の地位を欲するわけなのだ。

私たちが絨毯をゆっくり進み、椅子から少し離れた所定の場所に到着すると、呼び出しが大きな声を上げる。

「七つ首の竜を護る騎士にして帝国を支える者にして公国のご主君。ケルバーツ・アルハイン公爵閣下のご入来！」

貴族たちが一斉に頭を下げる。先ほどされた説明では主賓の私たちは跪く事になっていた。が、私と来ていた侍従と侍女はサッと跪いたが、私は知らん顔をして立ったままでいた。

「姫様？」

ザルズが戸惑ったように言う。周囲の貴族もざわついている。私は優雅に微笑んだまま悠然としていた。しかして公爵が専用入口から入場したのだけれど、公爵は私が立ったままなのを見て嫌そうな顔をした。なぜ私が跪かなかったのか分かったからだろう。

公爵と王国の王女では、王女の方が位が高い。百歩譲って公国の国主である公爵と公国で会うのなら、公爵が出迎えなくても許されるかもしれないが、王女を跪かせるのは不遜な行為である。公爵はそんな事は百も承知で私を跪かせようとし、私はそれを見抜いて跪かなかったのだ。

私がここで跪いてしまうと、私は公爵にへりくだった事になり、公爵の方が上だと認めた事になってしまう。関係性が貴族たちの面前で示されてしまうのである。

こういう最初に印象付けられてしまった事はなかなか取り返しがつかないものだ。婿取りの行方に影響するばかりか、婿を迎えた後に公爵が王国の事に口を出す口実になってしまうかもしれない。だから私は尊大な態度でいるべきなのだ。私は傲然（ごうぜん）と顎を上げて公爵を迎える。

おそらくは世間知らずの田舎姫君なら跪けと言われれば、よく分からずに跪くと思ったのだろう。公爵は舌打ちでもしそうな表情を一瞬だけ浮かべたが、すぐに微笑みに押し隠して私に一礼した。

「ようこそいらっしゃいました。イリューテシア姫。はるばる我が国都までようこそ」

公爵はこの時四十代前半。焦げ茶色の髪と瞳を持つ端整な顔立ちの紳士だった。少し太めだったけど。私は彼を気分的には睥睨（へいげい）しながら（背は私の方が随分低いから見上げていたけど）尊大な態度のまま礼もせずに言った。

「アルハイン公爵。息災で何よりでした」

ニッコリ笑いながら言う。こういう上から目線の態度もちゃんと教育で身につけたものだ。下の者に舐（な）められないためには偉そうな態度が出来なければならないと言って。まぁ、その教えてくれたザルズや侍女たちは目を白黒させているけど。

公爵は流石に顔色一つ変えていないが、何か企んでいるような薄笑いを浮かべていた。

ふむ、この人、結構な美男だから、息子たちは美男子揃いかもね。容姿には期待出来そうじゃない？　問題はイブリア王国の役に立つかどうかなんだけど。

私がそんな事を考えているのを知ってか知らずか、アルハイン公爵は薄笑いのまま言った。

「早速この後、姫様には我が息子とご対面頂きますが、その前に……」

召使と思しき男性がお盆に乗せて何かを持ってきた。何だろう。見ると大きめの手鏡がベルベットの布の上に置いてある。私は何だこれ？　と思いながらも何食わぬ顔を意識しながら見ていた。

「竜の手鏡でございます」

「竜の手鏡？」

何だそれ？　教育でも習わなかったし、本で見た覚えも無い。公爵は薄笑いのまま説明する。

「竜の血を引く者を判定するための手鏡です。竜の血を引く者がその姿を鏡に映すと反応があるそうです。帝都の皇帝陛下より特別にお借りしました」

竜の血を引く者というのは、七王家の血筋の事を指す。つまりこの手鏡を使えばその人物が王家の者かどうかが分かるのだそうだ。へー。随分便利な物があるのね。

「なぜそのような物を？」

公爵は薄笑いのまま私をジロジロと見た。

「姫様がもしも万が一偽物だと困るからですよ。イブリア王国の国王陛下は随分長い事お子が生まれませなんだ。それがようやく生まれたと十五年前に書簡が送られてきましたが、その後とんと音沙汰が無かった。それがここ二年ほど、突然婿取りの動きを始められた。少しおかしいと思っても不思議はありませんでしょう？」

公爵、正解。確かにおかしいのだ。普通王家の、しかも婿取りの場合には、姫君が幼少時から許婚の選定を始め、まだ婿が小さい内に引き取って自国の事を教え込ませるものなのだから。そうしないと生家の影響が強くなり過ぎるからである。

家の場合はお父様が私が十歳になるまで何とか次の嫁を見つけようと頑張ったのと（もう老齢の国王に嫁ぎたいという娘がいなくて頓挫した）、私の教育がある程度進むまで待ったという事情があって、私のお見合いは婿取りの常識より大分遅れてしまったのだ。

隣国からすればいるんだかいないんだか分からなかった王女が突然婿取りに動いたように見えただろう。疑われて当然である。

つまり公爵は私が偽王女だと大いに疑っている訳なのだ。多分養子である事をまで半ば確信しているのだと思う。

それは困ったわね。私がここでその竜の手鏡とやらを光らせられないと、私が養子である事がバレてしまい、アルハイン公爵は「本物の王女でないなんて話が違う」と騒ぐだろう。

私がお父様の跡継ぎであるのは事実なので、婿取りは継続させるかも知れないが、私と王家の立場が弱くなる事は間違い無いだろうね。そうなるとアルハイン公爵家主導で婿入りの話が進む事になり、私の意見意向は無視される事になるだろう。結婚後の国政の行方にも影響しかねない。

でもそんな事は態度に出せない。私は上品に眉を顰める。

「そのような疑いを王女である私に掛けるなど無礼でしょう」

「もちろん申し訳無く思っております。しかし、王家同士の婚姻ではこの手鏡を使って血統の証を立てるのが普通だと聞きます。ですからどうか、一度この手鏡を使っては頂けませぬか？」

公爵が低姿勢でお願いしているのに、これ以上無礼であると突っぱねるのも難しい。絶対嫌だと言うなんて、実は本物の王女では無いのでは？　と疑ってくれと言っているようなものだ。仕方がない。私は観念した。

「わかりました。その手鏡をここへ」

平然を装って私が言うと、公爵が自ら恭しくベルベットに載せたまま手鏡を差し出した。私はその柄を握り、別に緊張していませんよ、という表情を意識したまま、鏡に自分の顔を映した。

大丈夫大丈夫。私はイブリア王家の王女の曽孫だし、調べたら母さんの実家にもちょっと前に王家の血が入っているし、そもそも実家は王国が落ちぶれる前は名門貴族で、その時にも何度も王家から血が入っている。傍系王族とも言える家なのだ。今はただの農家だけど、十分王家の血は濃いはず。

そうは思いながらもドキドキしながら鏡を見下ろす。しっかりお化粧をしているからいつもより美麗になっている筈の顔が映る。紫色の目がパチパチと瞬いた。……普通に顔が映っていいのかしら……。そう思いながら鏡を覗き込むことしばし。

次第に自分の像の輪郭がぼやけてきた。あれ？　思わず首を傾げた、その瞬間だった。

いきなり鏡が金色の輝きを放ったのだ。

「おお！」

公爵を始めとしたその場にいる貴族も驚いていたが、誰あろう私が一番驚いたわよ。うっかり手鏡を落としたら大変だ。慌てて自分の顔を鏡から外す。すると、光は急速に弱まって、鏡は元のただの鏡に戻った。ふう、やれやれ。

突然公爵が跪いた。深々と頭を下げて大きな声で謝罪する。

「ま、間違い無く竜のお血筋！　紛れも無く王女殿下！　疑いを掛けるような真似をして申し訳ございません！　まさか金の光を放たれるとは……！」

あれ？　あの光にも種類があるみたいね。私は当然ですよ、という微笑を浮かべながら公爵に手鏡を返す。

「公爵も自分の大事な息子を婿に出すのですもの。疑いたくなる気持ちも分かります。許しましょう」

内心では物凄くホッとしている事なんて顔には出さないわよ。

「寛大なお言葉誠に有り難く存じます」

公爵は恭しく手鏡を受け取りながら言った。

私はこの時、鏡が金色の光を放ったことを大して気にしていなかったのだが、この事は後々、重大な意味を持ってくることになる。


挨拶の儀式が終わり、私はそのまま大広間に案内された。歓迎の宴兼お見合いのためである。大広間はもう説明も面倒臭いくらい豪奢で華麗でキラキラピカピカしていた。とりあえずアルハイン公国はお金持ちで、イブリア王国は物凄く貧乏だという事が嫌という程分かった。婿に来る王子、王国の有様を見たらショックで死んじゃわないかしらね。大丈夫そうな王子を選ばないと。

歓迎の宴は舞踏会の形式のようだ。ダンスは習ったから大丈夫だと思いたいけどね。何しろ私はこれが社交界デビューになるのだから、自信など無い。しかしながらこの場の最高位の王女として不安げな顔や自信なげな態度は出来ない。

居並ぶ貴族たち、特にご婦人のドレスは明るい色合いでレースも金糸銀糸の刺繍も多用され眩しいくらいに輝いている。私のドレスは濃紺で、金糸で美しく刺繍は入っているがやはりやや古臭くて地味だ。逆に目立つ。

私は出来るだけ堂々とした態度を意識しつつ進む。お作法を思い出し、微笑みは絶やさず、他からの視線は受け流す。そして広間の中央まで進み出た時だった。

私の前に三人の男性が進み出て来て、跪いた。

左から金髪、焦げ茶色の髪、くすんだ金髪の男性だった。三人は深く頭を下げている。一番左の男性がハキハキとした声で言った。

「イリューテシア王女殿下のご尊顔を拝し奉り、恐悦至極に存じます、よろしければご挨拶をさせて頂けますでしょうか」

私は周辺からの注目を十分に意識しながら頷(うなず)く。

「許します。顔を上げてください」

三人はゆっくりと顔を上げた。左の金髪の男性がその精悍(せいかん)な顔に笑みを浮かべながら名乗る。

「私はホーラムル・アルハイン。アルハイン公爵の次男です」

真ん中の焦げ茶色をした髪の男性はアルハイン公爵に一番似ていた。髪の色が似ているからより似て見える。その端整な顔に甘い笑みを浮かべている。

「私はグレイド・アルハインです。アルハイン公爵の三男です。お見知り置きを」

そして一番左のくすんだ金髪の男性は、女性的で秀麗な顔立ちは悪くないものの、ちょっと痩せ過ぎだった。肌の色も驚くほど白く、表情に覇気が無い。ただ、その深い碧(あお)というような色合いの優しい瞳は印象に残った。

「クローヴェル・アルハインです。アルハイン公爵の四男です。初めまして。王女殿下」

これが、私とクローヴェル様との初対面となる。

三話　病弱公子

私は三人の公爵令息の挨拶を受けると、最初に一人一人とダンスをする事になった。いきなりダンスなの？　と思ったのだが、貴族の男女の出会いはまずダンスからなのだそうだ。

最初は公爵の次男であるホーラムル様とだ。彼は年齢が十九歳。結構年上である。というか、十九歳でまだ結婚していないのは男でも珍しい。

「もちろんイリューテシア様のところに婿入りしたくて結婚を控えていたのですよ」

ゆったりとしたワルツを踊りながらホーラムル様が言った。何でもイブリア王国に王女がいて、そこへアルハイン公国から婿を出す事は二年前から取り沙汰されていたそうだ。それで彼は結婚を先送りにしていたらしい。そんなに王になりたいのかしらね。王国に行ったらがっかりすると思うけど。

ホーラムル様は鮮やかな金髪を短めにしていて、活動的な雰囲気がある。実際、騎士として鍛えているそうで、踊りながら触れる部分はゴツゴツと硬かった。

それより印象に残ったのは兎に角自分を強く推してくる事だった。それはもうゴリゴリと。

「私は次男でありますし、公爵家からも引き継げるものが多数あります。それを王国へ持って行けば王国を栄えさせられるでしょう」

「私は騎士としても一流ですから王国の者たちを鍛えて強くする事が出来ます」

「私は複数の隣国に知り合いがいます。その伝手を使えば王国の商業を発展させることが出来るでしょう」

などなど。自分が如何に王国の役に立てるかを語り、自分の優秀さをアピールしてくる。私はすぐにお腹いっぱいな気分になってしまったが、確かに王国に迎え入れれば役に立ってくれそうな方ではあった。

とりあえずホーラムル様とは三曲踊って、次は三男のグレイド様だ。年齢は十七歳。

グレイド様は焦げ茶色の髪も目も顔立ちも、アルハイン公爵にそっくりだ。痩せているけど。聞けば彼は愛妾の子として生まれ、母が亡くなったので公爵の妃に養子として引き取られたのだそうだ。つまり他の兄弟と母親が違うのである。ただ、お妃様は公平な方で、実子と扱いで差を付けるような事はなさらなかったと仰った。

曰く、自分を選んでくれれば嬉しいが。兄のホーラムル様を選んでくれても良いと仰った。やはり正妻の子であり兄であるホーラムル様への遠慮がありそうだ。

最後に踊ったのが四男のクローヴェル様だ。年齢は私と同じ十五歳。くすんだ金髪で顔立ちは女性的。公爵にも兄君たちにも似ていない。多分、お母様似なのだろう。

紺碧色の瞳は美しいが、兎に角元気が無くて如何にも不健康そうだ。こんなので踊れるのかしら？　と思ったのだけど、さすがは公爵令息。流麗な踊り方で上手に私をリードしてくれた。私が内心でクローヴェル様に謝っていると、彼はニコリと笑って私を見下ろした。

「上手ですね」

「そうですか？」

クローヴェル様が私を褒めてくれた。

「ええ。足の運びに迷いが無い」

それはよかったわ。何しろお見合いが決まってからザルズと侍女、たまにお父様まで駆り出して特訓したもの。

「態度も堂々としていらっしゃるし、流石は竜の血筋ですね」

むう。私はちょっとそれを聞いて不満を覚えた。

「踊りの上手い下手に血筋など関係無いのではありませんか？　これは単に練習の成果です」

クローヴェル様はびっくりした顔をなさった。

「クローヴェル様も苦労して身に付けた技能が血筋が良いから、で片付けられたら不満を覚えるのではありませんか？」

クローヴェル様は私の言葉を聞いて少し表情を歪めた。多分心当たりがあるのだろう。

「そうですね」

クローヴェル様は特にご自分をアピールなさらなかった。どうも自分は病弱だし、四男でもあるし、私の婿になれる筈が無いと思っていらっしゃるらしい。

というより、公爵家の意向としてはどうもホーラムル様を私の婿にしたいようで、後のお二人は賑やかしか当て馬かというところのようだ。

一応、私に選ばせるというのが建前として大事なのだろう。私が選んだ婿なら、結婚後に何をされても、王国も文句を言い辛いから。逆に言うと、ホーラムル様を婿にしてアルハイン公国は王国に対して干渉する気満々だということになるわよね。

そう考えるとホーラムル様の言った、公爵家からの財産を王国にもたらすとか、騎士として王国の兵を鍛えるとか、諸国に知己が多いとかのアピールポイントも違って聞こえてくる。王国へこうやって干渉します宣言だよね。これ。

一応三人と踊り終えたが、この時点で私が一番「無いな」と思ったのは、実はクローヴェル様だった。何しろ見るからに青白い顔した不健康そうな方だったんだもの。私は子孫繁栄のために婿を取る訳なのだから、健康は大事だ。クローヴェル様の感じでは下手をするとあの大変な王国までの旅路で息絶えそうだ、とか酷(ひど)い事を考えていた。

やはり一番評価せざるを得ないのはホーラムル様だった。自分で言うだけあって能力は高そうだし、アルハイン公国の意向にも沿うのなら別にこの人でも良いのかな？　という気がする。アルハイン公国からの干渉が煩そうという事に関しては、それは半ば覚悟してアルハイン公国から婿を取るのだから、王国にあんまり酷い不利益が無ければ構わないだろう。

グレイド様はどうやら自分よりホーラムル様を推す感じで、あまり自己主張をしてこなかった。ただ、話した感じでは頭の回転は良さそうだし、性格も良さそう、はっきり言ってあまりにも自分推しで暑苦しいホーラムル様より、人格的には好印象だった。

その日の宴は令息三人と踊ったりお話ししたりして親睦の切っ掛けくらいを摑(つか)んで終わった。私は数日は公国に滞在するので、その間に親睦を深め、誰を婿にするか決めるのだ。

私はとりあえず宮殿に用意された私の部屋に入り、流石に疲れ果てて倒れるように寝てしまった。見た事も無いくらい豪奢な部屋で、お風呂も家にあるようなシンプルなものではなく飾りが沢山付いていている上に何故かバラの花が浮かんでいる豪華なお風呂だったんだけど、その時の私の目にはろくろく入らなかった。浸かりながら半分寝てたもの。


翌日は朝からホーラムル様とお会いした。まず宮殿の庭園で歓談し、それから宮殿をお散歩しながら語り合うという、まさにお見合いという感じのスケジュールだ。

正直、あの暑苦しいホーラムル様と丸一日お会いするのかと思うとうんざりする気分だったが、私がここに来た理由がお見合いなのだから仕方が無い。というか、ホーラムル様と結婚すれば毎日会うのだから慣れておいた方が良いのかもしれない。

庭園の東屋(あずまや)で待っていて下さったホーラムル様は濃い青の上着と白いズボンという爽やかな格好

で、昼の光の中で見ると確かに体格が良いのが分かる。家の近辺で見かける農家や職人の体格の良さとは違う身体つきで、なるほどこれが騎士の身体か、と思ったわよね。

お茶を飲む所作や笑みの浮かべ方は、流石に公爵令息。実に優雅で、精悍なお顔もあいまってなかなかの美男子ぶりだった。多分貴族女性をキャアキャア騒がせているのではないだろうか。

だがしかし、口を開けば昨日感じたのと同じ通り、俺が俺がのアピールタイム。自分が如何に勉学で優秀だったか。騎士として優秀で三年前の初陣では手柄を立てたとか。頻繁に他国へも使者や使節として向かい、帝都にも何度か行った事があるとか。公爵にこのような献策をして褒められたとか。

いや、確かに大したものだと思う。実際優秀な方なんだと思う。でもねぇ……。

この人はこれほど熱烈に自分を推しては来るのだけれど、一向に私をどう思っているのか、私にどうして欲しいのかは言って来ないのである。

簡単に言えばお見合いであるのに私の事を一言も褒めない。というか言及もしない。私は置物のように彼の前に置かれ、延々と彼の自慢話を聞く係だ。私で無くても良さそうだな、これ。

ただ、私の婿になって王国の王になりたいのは本当らしく、自分が王になったら王国を強くして、次期公爵である兄とも協力して王国の勢威を昔のように大きくしたいと目をギラギラさせながら語っていらっしゃった。それは良いのですが、そこに私はいるのでしょうか、という感じだ。

何とか一日中、昼食晩餐(ばんさん)も含めてお付き合いしたが、私は相槌(あいづち)以外ほとんどしゃべる事も無く、ひたすらホーラムル様の俺がオーラに当てられてしまって、非常に疲れた。

だめだこれは。あれはもしも結婚しても変わらずあの調子のままだろう。あの調子でお婿に来られて、田舎の王国を私の言う事も聞かずに引っ掻き回されたら国民全員から総スカンを喰うだろう。私まで巻き添えで王国を追い出されかねない。

私は心の中でホーラムル様に大きなバツ印を付けた。

次の日はグレイド様とお会いした。昨日と同じ東屋にいらしたグレイド様は濃いグリーンの上着に紺のズボン。ただ、上着には華麗な金糸の刺繍が入っていて、お顔も端整なので色合い程地味ではなく華やかな印象を受けた。

相変わらず控えめな口調と話しぶりで、私に「何か聞きたい事はありませんか？」と仰ってくれて、私が訪ねた公国の様々な事についてしっかり答えてくれた。

ご自分の事も話されたが、公国の東の国境は遊牧民の襲来が多い地域なので、将来はその地域の代官になって、国境の警備に力を注ぎたい、などと仰っていた。王国に婿入りして王になる事には全く意欲も展望も無いようで、話を振っても考えた事も無いと苦笑していらした。なんですか、このやる気の無さは。

そしてこの人も私については何も問わない。褒めない。私にまるで興味が無いことは明白で、お見合いなのにそれはどうなのよ、と私はかなり萎えた。

いや、褒めろっていうのではなくて、私個人に興味が無いのにお見合いするな、と言いたいのだ。

それは私の価値のほとんどが王国の唯一の姫であり、竜の血を引く者であり、婿になれば王国を継承できる点にあるのは仕方が無いとしても、幾らなんでも私自身を無価値のように扱われては良い気分はしない。

とりあえず、グレイド様は私にも王国にも興味が無さそうだったので、私は彼にもバツを付けた。残るはクローヴェル様しかいない訳だが、私はあの病弱で覇気の無い公子は最初から無いな、と思っていたので、この時点で既に困ってしまった。

クローヴェル様が駄目ならこのアルハイン公国からの婿取りを諦めるか、どうにも気に入らないのを承知で誰かを婿にするしかない。お父様はアルハイン公国からの話を断っても良いと仰ったが、断って一番近い隣国であるアルハイン公国の機嫌を損ねても王国には良く無いだろう。他の国にもっと良い相手がいるのかどうかも分からない。

私は困ったなぁ、と内心で頭を抱えながら翌日、クローヴェル様がお待ちになっている庭園の東屋に向かった。

クローヴェル様は本を読んでお待ちになっていた。紺色の地味な上着と白いズボンで控えめな装いだった。私が近付くと本を閉じ、立ち上がって優雅に礼をした。

「これはイリューテシア姫。ご機嫌は麗しゅうございますか？」

「ごきげんよう。クローヴェル様。本を読んでいらしたのですか？」

私は本が好きなので何を読んでいらしたのかに興味が湧いた。

「はい。私は身体を動かす事が苦手ですから本ばかり読んでいます」

「私も本は好きですよ。身体を動かすのも好きですけど」

するとクローヴェル様は嬉しそうに微笑んだ。そして私が本を見ているのに気が付くと、表紙をスルッと撫でながら言った。

「詩人エッキクの詩集です。少し感傷的な詩ばかりですから、兄には『そんな女子供が読むようなものを読むな』と怒られます」

「あら、エッキクの詩は私も読みましたけれど、感傷的ですが強い決意を示すものが多くて私は好きですよ？」

私の言葉にクローヴェル様は目を丸くなさった。

「イリューテシア様も読んだのですか？」

「同じ詩集であるかは分かりませんが、家の図書室にあるものは読みましたよ。『大海原に舟一艘が浮かぶ。覆すには僅かな風でも足りるかも知れぬが、その船乗りの想いは嵐でも覆せぬであろう。おお女神よ船乗りに祝福を！』でしたか？」

「凄いです！　確かにこの本に載っているエッキクの詩の一つです！　諳んじていらっしゃるなんて素晴らしいですね」

クローヴェル様は目を輝かせ、それからしばらく私たちはエッキクの詩やその他の読んだことがある本についてお話をした。確かにクローヴェル様は読書家で、様々な本を読んでいらっしゃるようだ。ただ、読んだ本の数自体は私の方が多いようだった。クローヴェル様は不思議がる。

「何故でしょうね？」

「伺った感じですと、多分王国の方が蔵書が多いのですよ。王国の本は王国が縮小される際に全部持って来たと聞きましたから」

本は宝石よりも高価なものだし、書いてある知識は正に国家の財産だ。そのため王家はあんなに落ちぶれても、宝石の類は大分手放したと言っていたのに、本は手放さず溜(た)め込んでいたのである。落ちぶれても元は帝国で竜の一首を担った王家なのだ。その蔵書量は帝国でも屈指である事が想像される。

私がそう言うとクローヴェル様は心底羨ましそうに溜息(ためいき)を吐(つ)いた。

「確かに私は宮殿の本は全部読みつくして、何度も読んでいる状態です。良いですね……。王国の本。是非読んでみたい」

私のお婿になって王国に来れば読み放題ですよ。とは言えないが、言わなくても分かるだろう。

私たちはお散歩しましょうと庭園に出た。私には当然日傘が掛かったが、クローヴェル様も従僕に日傘を差し掛けられている。陽光を浴びると眩暈(めまい)がするそうだ。やはりかなり病弱らしい。そのクローヴェル様は私の事をじっと見ている。なんだろう。

「お美しいですね。そのドレスも良くお似合いだ」

私は頬が熱くなるのを感じた。と、突然何を言い出すのか。だが、クローヴェル様はニコニコと笑いながら無邪気に私を褒め続ける。

「先日も思いましたが、黒髪の艶は夜空のようだし、瞳もアメジストのようで美しいです。姿勢も堂々としていらっしゃる。その山吹色のドレスも良いですが、先日の紺色の物も良いドレスでしたね。それに……」

「お、お待ちください！」

確かに私はホーラムル様やグレイド様に「ちょっとは褒めろ」と思ったけれど、これほどあからさまに褒め称えられると流石に恥ずかしくて居たたまれない。

「あ、あなたはいつもそのように、女性を軽々しく褒めるのですか？」

クローヴェル様はキョトンとした顔をしている。

「どういう事でしょう？」

無自覚か。実は意外と無自覚女たらしなのかしらこの人。私は内心クローヴェル様への警戒心を強くした。

庭園のお散歩はクローヴェル様にはきついという事で、クローヴェル様の提案で宮殿の図書室に行く事になった。私ももう三度目の庭園散策で飽きていた事もあり、その提案に喜んで同意した。図書室にどんな本があるかも気になったし。

宮殿の図書室はかなり大きい部屋だったが、書架には空きが目立った。これは確かに部屋の大きさは全然負けているが、蔵書は王国の方が遥（はる）かに多いわね。クローヴェル様の説明を受けながら蔵書を確認した限りでは、ここにある本は王国にも大体ある事も分かった。

これは、あれだわね。多分、王国がこの地から引っ越す時に蔵書はみんな持って行ったのだけれど、同じ本が二冊あった場合は荷物を減らすために一冊を置いて行ったのだろう。だから王国と重複する本が多いのだ。まったくの想像だけど当たっていると思う。それがアルハイン公国に引き継がれてそのままなのだ。本はあまりに高価だし、価値が分からない人は購入しようとしないので、そう簡単には増やせないからね。

私がそう言うと、クローヴェル様はがっかりした顔をなさった。

「王国に行って、本を読みたいです」

そのために私の所にお婿に来ますか？　とは言えない。

私は同じ読書好きという事でクローヴェル様にかなり親近感を覚えるようになっていたし、この兄弟の中ではちゃんと女性に気を遣い褒めることが出来るクローヴェル様に、少しずつ好感を覚え始めてはいた。しかし何しろ歩くだけで息を切らしてしまうような病弱さ加減である。私は婿にすぐに死なれでもしたら結婚が無駄になる、とか酷いことを考えていた。

図書室でしばらく過ごし、昼食の時間になったので食堂へと案内される。廊下をクローヴェル様のペースでゆっくり歩いていると、前からホーラムル様が召使や侍女を引き連れて歩いていらした。

ありゃ。せっかくクローヴェル様とゆったりと過ごしているのに、あの暑苦しい人とは会いたくないな、と思ってしまう。

案の定、ホーラムル様はキラキラした笑みを浮かべ、私の所にやって来た。

「これはイリューテシア様！　どうでしょう！　三人の内、誰を選ばれるかは決めて頂けましたかな？　いや、もうお決めになったとは思いますが」

そう言いながらクローヴェル様を見る。あからさまに馬鹿にしたような目付きだった。

「こんなまともに歩く事も出来ぬ奴に、王国の王の重責は担えませぬでしょう。お会いするだけ時間の無駄ですぞ。どうでしょう？　これから私と昼食を摂りながら私たちの将来についてお話しいたしませんか？」

勘弁して下さい。とはまさか言えない。私は微笑みながら受け流す。

「今日一日はクローヴェル様と過ごす事になっておりますの。ホーラムル様とはまた後日お会いしましょう」

私の言葉にホーラムル様はあからさまに顔を歪めた。俺に逆らうとは生意気な女め、という傲慢さが見え見えの表情だ。すっかり私を手に入れた気でいるようね。結婚相手は自分しかいないと思い込んでいるのだろう。うん、やっぱりこの人はダメね。却下。

ホーラムル様はクローヴェル様の肩を強めに叩いた。そしてクローヴェル様を睨み付けると唸るように言った。

「おい！　クローヴェル！　分かっているのだろうな！」

そして鼻息も足音も荒く歩き去って行った。やれやれ。私はホッと息を吐いた。

しかし、クローヴェル様は表情を暗くして俯いていらっしゃる。下唇を軽く噛み、目つきが鋭くなっていた。あら？　私はその様子を見て、思わず声を掛けていた。

「……悔しいのですか？」

クローヴェル様が思わずといった感じで、私の事を意外と鋭い目で睨んだ。すぐに気が付いて柔らかな微笑みを浮かべたが、その一瞬浮かべた覇気のある表情は私の印象に強く残った。

ちょっと私はドキドキした。もしかしたらこの方の見た目の無気力さに騙されない方が良いかもしれないわ。私はクローヴェル様に言った。

「馬鹿にされて悔しいと思うのは悪い事ではございませんよ」

「いえ……。仕方が無いのです。私は病弱ですし、剣を振るう事も出来ません。あのように強い兄上には弟として不足に感じる事も多いのでしょう」

むむむ。私はその言葉に彼の無気力さ加減の根本原因を見つけた。

私は向き直ってクローヴェル様を正面から見据えた。彼も居住まいを正して私の事をその輝く紺碧色の瞳で真っ直ぐに見てくれた。ふむ。やっぱりこの人、思ったより胆力はあるし、人の言う事を真剣に聞ける人なんだわ。

「人の強さには色々あるものでございましょう。私は剣など持った事もございませんが、自分がホーラムル様より弱いなどとは思っていませんよ」

私がそう言うとクローヴェル様は目を見開いて驚かれた。強さ＝腕力や剣の強さだと思いこんでいるのだろう。私は彼をじっと見つめながら言う。

「私はホーラムル様とは違う知識を色々持っていますし、あの方より頭も良いと思います。あの方に負けるとは思いません。腕力で勝てなくても他で勝てば良いのです」

クローヴェル様の表情が真剣になる。気が付いて欲しい。クローヴェル様にはクローヴェル様しか持っていないモノが沢山ある筈よね。

「クローヴェル様も同じでしょう？　沢山本を読んでいらっしゃるのだから、知識では負けないし、他の人を褒められるという事は他人を良く観察出来るという事でございましょう。それはホーラムル様には無い美点ではございませんか」

「……そんな風に考えた事はありませんでした……」

クローヴェル様は納得の表情で頷いた。瞳に先ほど垣間見た覇気が表れ始めている。

うん。この人良いわ。人の話を聞いて気付きを得られる人というのは、実はそんなにいない。その気付きを使って自分の欠点を改められる人はもっと少ないけれど。少なくとも人の話を聞ける人というのはそれだけで人間的価値が高いと思う。

私は期待を込めて言う。

「クローヴェル様はホーラムル様には負けていませんよ。色んな部分で上回っていると思います。後は、クローヴェル様のお気持ち次第なのではありませんか？　最初から負けていると思いこんでは絶対に勝てません。勝つ気がなければね」

私の言葉にクローヴェル様は考え込まれてしまい、昼食の時もその後のサロンでのお茶の時も上の空で言葉少なだった。でも、私は黙って彼を見守っていた。期待を込めて。


この時点で、私はクローヴェル様に対する評価を大きく上げていた。少なくとも公子三人の中では最も好感が抱けるし、その人格やきちんと他人を見て評価出来る姿勢、そして知性はイブリア王国の国王になった時に有効に働くだろう。

しかしながら、それで婿決定というほどになった訳では無かった。何しろ病弱だというのはネックだったし、彼が私をどう思っているのかも分からなかったからだ。もう少し時間を掛けて彼の事をもっと知り、彼の思いを確認した上で、それから選びたいなと思っていた。その夜までは。


その夜。私はベッドに入る前に窓際の椅子で図書室から借りて来た本を読んでいた。珍しく最近入れたらしい、私の読んだ事の無い本があったからだ。窓際にランプを置いて、その灯りを頼りに文字を追う。内容は灌漑（かんがい）農業の研究書みたいで難しくて面白みは無いが、読んだ事の無い本を読むというだけで楽しい。

と、窓に何かが当たる音がした。気のせいか？　と思って読書に戻るが、二度三度と音が聞こえる。私は窓の外を見た。……何か人影があるような。

警護の者を呼ぼうかと思って、呼び出しのベルを手に取ったが、思い直す。窓をそっと開き、下を見る。私の持つランプと月明かりにうっすらと照らされて、どうにかその人物が判定出来た。光に僅かに光るくすんだ金髪。格好は夜着のようで白いひらひらした服だった。クローヴェル様が窓の下から私の事を一心に見上げていた。因(ちな)みに私の部屋は三階である。

「イリューテシア様！」

クローヴェル様がパッと微笑んだ。お作法の作り笑いではない、歓喜の笑顔だった。私は驚きながらも納得していた。この人はこういう事をやりそうな人だ。

「どういたしましたか？　クローヴェル様。夜風はお身体に悪うございますよ？」

しかしクローヴェル様は笑顔のままじっと見上げている。そして、ゆっくり跪いた。右手を胸に当てるのはお作法通りだが、左手を上に、私の方に向ける。顔も上に向けたままだ。そして歌うように言った。

「あなたに心を奪われました！　私と結婚して下さい！」

……うふふふ。私は思わず気持ち悪いくらいご機嫌な気分で笑ってしまった。そうなのだ。私は実はこういう風にプロポーズされたかったのだ。

そりゃ、私が政略結婚する事は当たり前で覚悟していたとはいえ、齢(よわい)十五の乙女なのだから、恋愛小説のような恋愛やプロポーズに憧れなかった筈は無いのである。自分で恋愛をした事は無いが、恋愛小説や恋愛詩は沢山読んだからね。ただ、政略結婚に愛が無いのは付き物だし、実際にお見合いをしてみたら誰も私自身について語らないし、しっかり見もしない。なので物語のようなプロポーズなどすっかり諦めていたのだが……。

「これはあれでしょう『シューベルタン物語』。あれの剽窃ですね？」

私が笑いながら言うと、クローヴェル様も笑いながら言った。

「私はあの物語が好きなのです。いつかプロポーズする時はこのようにしようと思っておりました」

「私も好きですよ」

私はすっかり嬉しくなってしまった。この人は何というか、私に合うと思う。好きになれそうだ。政略結婚なのだから熱烈な大恋愛は無理かも知れないが、想いをこのように示され、私も彼が好きになれそうなのだ。それ以上を望むのは贅沢というものだろう。

「クローヴェル様、王国に来て本を読んでみますか？」

するとクローヴェル様は初対面の時の覇気の無い顔が嘘のように瞳を輝かせて言い切った。

「本など無くても、イリューテシア様の婿になるために、イブリア王国へ参ります！」

私は大きく頷いた。

「あなたを、私の婿に。よろしくお願い致します。クローヴェル様」

窓から身を乗り出す私と、跪いて満面の笑みで見上げるクローヴェル様を月明かりが照らしていた。物語そのままのロマンチックな一夜。全ては、このプロポーズの夜から始まったのだ。

四話　イリューテシア姫の婿攫い

翌日、私はアルハイン公爵に面会を求め、クローヴェル様を婿にすると宣言した。

アルハイン公爵はそれは驚いた。

「く、クローヴェルでございますか？　ホーラムルではなく？」

私は誤解の余地が無いくらいはっきりと頷いた。

「はい。クローヴェル様と想いが通いました。ご本人の承諾も既に得ておりますれば、クローヴェル様を我が婿にお迎えいたしたいと思います」

アルハイン公爵はかなり困ったような表情をしていたが、人をやって息子たちを呼び出した。別にクローヴェル様以外の方は呼ばなくても良いのにね。

慌ててやって来た公爵の息子たちに、私は座ったまま改めて、クローヴェル様を私の婿にすると言った。三人は立ったまま三者三様の反応を見せた。ホーラムル様は愕然。グレイド様は唖然。そしてクローヴェル様は喜色満面。クローヴェル様はすっと跪き、私に言った。

「ありがとうございます。イリューテシア様。必ずやあなたの良き伴侶となり、力を尽くしてイブリア王国のために働くと誓います」

「お願い致しますよ。クローヴェル様」

うぬぬぬぬ、っと唸る声が聞こえた。ホーラムル様がお顔を真っ赤にして唸っている。そして跪いているクローヴェル様に叩きつけるように怒鳴った。

「クローヴェル！　貴様！」

しかし、クローヴェル様は昨日のホーラムル様に引け目のある態度とは打って変わって、兄の顔を見上げてしっかりと目線を合わせた。

「兄上には申し訳ありませぬが、私はイリューテシア様を愛してしまいました。そして王女殿下は私の想いを受け入れて下さった。残念ですが、兄上と言えどお譲り出来ませせぬ」

「貴様のような軟弱者に王が務まるか！　馬鹿が！」

そしてホーラムル様は私に向かっても叫んだ。

「王女殿下も王女殿下だ！　こんな奴の言葉にたぶらかされおって！　王国を発展させられるのはこの私しかいないのだ！　それが何故分からんのか！」

私は座ったまま、ホーラムル様を睨み上げた。社交用の仮面を外して本気で睨んだ。私が初めて示す本気の怒りにホーラムル様が思わず黙る。私は彼を睨んだまま、ここ数日のうっ憤を晴らす意味もあってやや大き目な声で言った。

「一体誰があなたに王国の将来を担ってくれと頼みましたか！　発展させてくれと頼んだのです

か！　少なくとも私もお父様も頼んではおりません！　我が国民の誰もがそんな事は望まないでしょう！　我が国の発展は我が国の問題です。あなたが考えるような事ではありません！　そこを勘違いして我が国を好き勝手にしようとする者に王国の将来など委ねられません！　あなたは私の婿には不適格です！　下がりなさい無礼者！」

ホーラムル様は私の剣幕に押されて二歩後ずさった。しかし退室はせずにクローヴェル様に向けて怒鳴る。

「クローヴェル！　貴様！　後悔するなよ！　この私に逆らってタダで済むと思うのか！」

クローヴェル様はジッとホーラムル様を見上げると、ゆっくり言い聞かせるように言葉を発した。

「兄上。このお話は既に母上に報告しています。母上は喜んで下さいました」

「な、何！」

ホーラムル様の顔色が青くなる。アルハイン公爵のお妃様はグレイド様以外の公爵令息の実の母だ。つまりクローヴェル様とホーラムル様の共通のお母上だという事になる。こんなホーラムル様だがお母上には弱いのかもしれない。

「それと、イリューテシア様の内諾を頂いた段階で、私は王女殿下の婚約者です。その時点で単なる公爵令息の兄上よりも階位が上になります」

「ま、まさか、そんな馬鹿な！」

「ですから私に何かしでかせば、兄上は王国と公国から罰せられる事になりますよ。父上。そうですよね？」

私の正面に座っているアルハイン公爵は頭が痛そうな顔はしていたが、頷いた。

「そうだな。そういう事になる」

「ですから兄上。もしも私に危害を加えるつもりならその覚悟で行って下さい」

クローヴェル様は一度もホーラムル様から視線を外さずに言い切った。うん。この人やっぱり優し気な風貌なのに、根性があるし肝も据わっているわ。

「は、話にならん！　俺はそんな事は認めんぞ！」

とは言いながら、ホーラムル様は自分の不利を感じたのだろう。身を翻すと足音荒く部屋を出て行ってしまった。

「やれやれ。クローヴェル。あまり兄上を挑発するな。面倒は見ておいてやるが」

グレイド様が首を振りながら苦笑する。

「申し訳ありません。兄上。宜しくお願いします」

「いいさ、慶事だからな。イリューテシア王女殿下、クローヴェル。婚約おめでとうございます。謹んでお祝いを申し上げます」

「感謝を。グレイド様」

グレイド様は私たちに婚約を寿ぐ言葉を残して部屋を出て行った。

クローヴェル様は私の前にゆっくり歩み寄った。私は椅子から立ち上がり彼を迎える。クローヴエル様は私の前にゆっくり跪き、私は彼に右手を差し出す。クローヴェル様は私の右手を取り、頭の上に掲げるようにした。

「私、クローヴェル・アルハインは、何時いかなる時もあなたを愛し、敬い、常に寄り添い、護り、そして命尽きるまでお側にいる事を誓います」

私はニッコリと笑って応える。

「私、イリューテシア・ブロードフォードは、何時いかなる時もあなたを愛し、敬い、常に寄り添い、支え、そして命尽きるまでお側にいる事を誓います」

私の誓いの言葉を受けて、クローヴェル様は掲げていた私の手を下ろし、その手の平にキスをした。アルハイン公爵の立ち会いの下に、正式な婚約がこれで成立した。クローヴェル様は立ち上がると、私をそっと抱き寄せた。

「必ずあなたを幸せにします」

「期待しておりますよ」

私も彼の背中に手を回す。うふふふ。なんだか小説の主人公になった気分。こんな幸せな気持ちで婚約が出来るとは、公国に来る前には思いもしなかったな。

それから私たちはアルハイン公爵と婚姻について打ち合わせた。アルハイン公爵はやはりホーラムル様こそを私の婿にしたかったようで、終始若干渋い顔をしていたが、婚約が成立してしまったものは仕方が無いし、自分の息子からイブリア王国の国王を出すという目標は一応達成されたのだから、まぁ、良いだろうという感じで私たちの婚姻を認めて下さった。

クローヴェル様は終始幸せそうに笑っておられたが、アルハイン公爵と会話をする時に、自分は既に私の婿で王族に準じる者である、という立場を明確にし、父である公爵に臆さず対していた。アルハイン公爵が大分驚いていていたから、以前はこうではなかったのだろうね。

おかげでアルハイン公爵は、イブリア王国にクローヴェル様の後見名目で自分の家臣を送り込むことに失敗した。クローヴェル様が言を左右にして受け入れなかったからである。軍の進駐も受け入れなかった。アルハイン公爵は何度かクローヴェル様に意味ありげな視線を送ったが、クローヴェル様は微笑んでそれを受け流していた。最終的にはアルハイン公爵は諦めたのだが、悔しそうな顔をしながらも、どこか息子の成長を喜んでいるように見えたものだ。

私と婚約した事で、クローヴェル様の本質が段々と表れ始めていたのだろう。お優しく人当たりは良いが、大事な部分はけして譲らず、多くの交渉相手を嘆かせた。それでいてその器量で多くの敵をも魅了した。それが後の偉大なる皇帝クローヴェルである。


クローヴェル様の準備があるので婿入りは二ヶ月先に決まった。

王族の婚姻であれば一年ほど準備期間があるのが普通らしいのだが、イブリア王国では盛大な結婚式など無理であるし、出来る範囲の結婚式ならさして準備も要らない。私のウェディングドレスは例によって歴代王妃様がお使いになったものから選んでリメイクする予定だし。それなのに一年も空ける意味は無いので、二ヶ月後になったのだ。

ちなみに王国はあまりに遠いので、公国のご家族は誰も結婚式には出席出来ないだろうという。

それは、公爵の家族が総出で公国を空にする訳にはいかないのだろう。

なので数日後に婚約を寿ぐ宴を開いて結婚披露宴に代える事にした。ありゃ、それは困ったわね。

披露宴に相応しいドレスなんて持って来ていないわ。私が少し困っていると、にドレスを贈ってくれると言ってくれた。正式には婚約者であるクローヴェル様名義で贈って下さるそうだ。


そのドレスだが、この直後に呼ばれてお会いしたクローヴェル様のお母上、つまりアルハイン公爵夫人、国主の妻なので公妃様が張り切って準備して下さった。公妃様は輝くような金髪の方で、お顔はびっくりするほどクローヴェル様に似ていらした。年齢は四十代前半くらいだが若々しくて驚いた。これで四人の子供の母親なのだそうだ（クローヴェル様には姉上がいらっしゃる）。

公妃様のお部屋に入ると既に仕立て屋さんが待ち構えていて、挨拶もそこそこに私の身体を測り始め、生地はどうのデザインはどうのと大騒ぎして「大急ぎで仕立てますから！」と言い残して去って行った。そんな二、三日で仕立てられるものなのかしら。

「大丈夫ですよ。王女殿下。必ず間に合わせます」

お妃様は微笑んで言った。私も微笑む。

「イリューテシアとお呼び下さい。私はお妃様の義理の娘になるのですから」

「あら、それは嬉しいわ。では私の事もコーデリアとお呼び下さいな」

私たちはサロンに移動してお茶をしながらお話をした。

「どうしてまた、ホーラムルでは無く、クローヴェルを選んだのかしら？　どう見ても男としてはホーラムルの方が上ではなくて？」

　コーデリア様は言ったが、表情はどことなく含みがあるというか、私の事を窺っているようなお顔だった。私は正直に言った。

「私にはホーラムル様は合わないと思ったからです」

「国にとってはホーラムルの方が役に立つのに？」

　確かに、私が国家の改造と強化を志しているのなら、あのやる気だけは十分なホーラムル様は役に立ったかもね。

「そうとは思いません。ホーラムル様は『王』になりたいのであって、『我が国の王』になりたいわけでは無さそうでした。あれではあの人が我が国に来たら、国民と軋轢が生まれるだけだと思います」

　昔は兎も角、我が王国は今ではすっかり田舎の農耕牧畜国家だ。平和そのもので、よその国との付き合いもほとんどない。そんな国でいきなり勢力拡大だの戦力の強化だの言い始めても、国民が素直に話を聞くとは思えない。そしてホーラムル様の性格では話を聞かない国民は強圧的に処断すると言い出すだろう。

「我が国に必要な王は、お父様と同じように国民の意見を受け入れて、国民と共に国を運営していけるような人です」

「クローヴェルならそれが出来ると？」

「クローヴェル様は人のお話に耳を傾けられる人だと思いました」

私が言うと、コーデリア様は感心したように頷いた。

「ほんの短期間で良くそれが分かったわね。あの子の良い所に気が付いてくれて嬉しいわ」

まぁ、というよりホーラムル様があまりに人の言う事を聞かな過ぎなんですよ。私が内心思っているのを知ってか知らずか、コーデリア様はそれは嬉しそうに微笑んで下さった。

「良かったわ。貴女がちゃんとクローヴェルの良い所に気が付いて婚約したのなら安心。クローヴェルは身体が弱いから、ちゃんと気遣ってくれる女と結婚させたかったのよ」

コーデリア様は末っ子のクローヴェル様を大変可愛がっておられるらしい。親として息子の結婚相手をきちんと見極めたいというのは当たり前の事だろう。どうやら私はコーデリア様に認められたようだった。

一週間後、私とクローヴェル様の婚約披露宴が開かれ、私は見事間に合った白と薄黄色の華麗なドレスを着て出席した。

クローヴェル様も濃紺のスーツ姿で、二人並ぶとほとんど婚礼衣装に見える。その状態で出席者から婚約を寿ぐ挨拶を受けるのだから確かに事実上の結婚披露宴だ。近隣諸侯がこぞって出席していて、その数は数十人に上った。アルハイン公国の勢威の大きさを物語るわね。

私とクローヴェル様の婚約は近隣諸侯からも公国の貴族からも概ね好評のようだった。単純にアルハイン公国からイブリア王国へ婿が出た事を祝っているというのが大きな理由のようだったが。

彼らにしてみれば私の婿はアルハイン公爵の息子であれば誰でも良いわけだからね。アルハイン公爵家の者がイブリア王国国王になれる事が大事で、その結果アルハイン公爵がイブリア王国の名代として周辺諸国や帝国そのものへの影響力を拡大出来るのであれば何でも良いのだろう。

クローヴェル様は私の事を見てとても嬉しそうに微笑まれた。

「まるで女神のようですね。イリューテシア様。こんな美しい方が私の婚約者だなんて、夢でなければ良いのですが」

この人の褒め言葉は語彙に工夫が無く直球だ。それだけ素直に思った事を口に出してしまっているのだろう。貴族としてはどうかと思うが、個人的には好ましい。裏を感じないからだ。私は素直に受け止めて言った。

「ありがとうございます。クローヴェル様。貴方もその衣服はとてもお似合いですよ」

「そうでしょうか。私は痩せていますから、何を着ても似合わなくて」

「そんな事はありませんよ。クローヴェル様は素敵です。自信をお持ちください」

私は彼の腕に手を絡めながら言った。

「ありがとうございます。イリューテシア様」

私たちが挨拶を受けたりダンスをしたりしている様を、ホーラムル様は厳しい顔とキツイ目付きでずっと睨んでいた。

そりゃ、結婚を先延ばしにしてまで狙っていた王国の婿の座を、土壇場で軽く見ていた末の弟に攫われたんだから穏やかでは無いだろう。しかしながら婚約は正式に決まってしまったし、こうやって周辺諸侯や貴族たちにも認知されてしまったのだから、諦めてもらうしか無いわね。

そうして婚約披露宴をした三日後、私はイブリア王国に帰る事になった。馬車の前で見送りに来たクローヴェル様と抱き合って別れを惜しむ。婚約以来ほぼ毎日一緒にいたせいで、何だか別れが物凄く寂しい。

「王国でお待ちしています。なるべく早くお出で下さいませね？」

クローヴェル様も少し瞳を潤ませて言う。

「二ヶ月後には必ず王国に参ります」

「王国までは遠うございます。お気をつけていらしてくださいね」

「姫こそお気をつけてお帰り下さい」

そうして別れがたきを振り切って、私は王国への帰途へ就いたのだった。この時私は「アルハイン公国には当分来ることは無いわね」と思っていたのだ。しかしながらその予想は思わぬ出来事により完全に外れる事になる。

また大変な思いをして王国に帰って来た訳だが、王宮に辿り着いて、アルハイン公国宮殿とのあまりのギャップに私は頭が痛くなった。あの豪壮華麗な宮殿に暮らしていた癖に、こんなしょっぱい王宮でここに移ったばかりの国王は良く我慢出来たものだ。クローヴェル様も絶対驚くわよね。騙されたって憤慨なさらないかしら。

◇　◇　◇

婚約が調ったという報告をするとお父様は大層喜んだ。

「それは良かった。気に入った者がおったのだな？」

「ええ。とっても。お父様も気に入って下さると思いますわ」

喜んだお父様は早速家臣たちに結婚式の準備を進めるように命じた。私も侍女にウェディングドレスを、保管してある物の中から身繕ってくれるように頼む。結婚式は王都の神殿で行う予定で、神殿にもその旨を連絡しなければならない。

もっとも、こんな山奥まで諸国の来賓が来るはずがないので王国基準でも大した規模の結婚式にはならないだろう、と私は思っていた。

私も張り切って結婚準備を始めた。何しろ私はこの結婚のために王女になったのだ。この結婚式はこれまでの人生の集大成と言っても過言ではない。力いっぱい準備をして、精一杯の結婚式を挙げ、お婿のクローヴェル様を国王にするのだ。

婚約については実家にも知らせた。父さん母さんは驚いたが喜んで、特に母さんは結婚衣装を用意するのは母親の義務だからと、ウェディングドレスの修繕を買って出てくれた。母さんは私の婚約者であるクローヴェル様とお会いするのをずいぶんと楽しみにしてくれて「早く孫が見たいわね」と気の早い事を言っていたわね。

そして王宮にクローヴェル様のお部屋を用意しようとしたのだが、その時に私はちょっと考えた。クローヴェル様の健康についてだ。

クローヴェル様は病弱だというのだが、特に持病がおありとかそういう事は無いらしい。幼少時より病気がちであまり外にも出られず、運動もしなかった事で体力が付かず、必然的に引き籠る事が多くなり本ばかり読んでいたら、更に動けなくなったという事らしい。そんな状態ではすぐに風邪も引くし熱も出るだろう。

いきなり運動させようとしても無理だろうし、陽の光に当たる事も厭うようでは外に出す事も難しい。だが、この王宮のお部屋に引き籠らせては一生改善しないし、あの体力のままでは流行り病でもあればイチコロだ。せっかく貰ったお婿様に死なれては困る。少しでも健康になってもらわねば。

私はお父様に相談し、許可を貰うと、父さんに会いに行った。久しぶりの実家で父さんに言う。

「離宮が欲しいの」

「離宮？」

大層な名前に父さんは目を剝いたが、何の事は無い。要するに私とクローヴェル様の新居を、王都郊外であるこの実家の近くに建てたいという相談だった。

あんな谷底にあり日当たりの良くない王宮に居るより、自然たっぷりで日当たりが良い丘の上のこの実家の近くに住んだ方がクローヴェル様の健康には絶対に良いと思う。王都まで私なら走って一息に行けるくらいの距離だし、慣れればクローヴェル様でも歩いて王宮まで通えるだろう。

私の話を聞いて納得した父さんは、近所の人に声を掛けて、あっという間にサクサクと丸太小屋を一棟建ててしまった。場所さえ貸してくれれば王宮で手配しようと思ったのにその暇も無かった。

「家の娘の旦那のためだからな」と父さんは笑っていた。近所の人も幼少の頃より可愛がっていた私の結婚なので、無料で一肌脱いでくれたそうだ。

そういえば、私は本当は養女なのだ問題はどうしようかな？　クローヴェル様の事だから事実を知っても怒るような事は無さそうだけど、流石に昔のご近所さんが沢山なここに住んだら、誤魔化し切れないと思う。……ま、何とかなるでしょう。

そんな感じで結婚の準備を進めて、二ヶ月が過ぎた。クローヴェル様がそろそろやって来る頃だ。準備は終わったので、私はクローヴェル様が出発なさったという知らせを楽しみに待っていた。

しかしこれが、半月ほど待っても来ない。何だろう。クローヴェル様が体調を崩されたのかしら？　そう思いながら更に半月が経ってしまう。これはおかしい。何かあったに違いない。私は人をアルハイン公国に派遣して状況を調べようと考えた。その人選を進めていた矢先の朝早く、アルハイン公国から使者が来て書簡が届いたのである。

ものすごく嫌な予感がした。しかして封を開けて書簡を読んでみると……。

『クローヴェルは体調を崩してそちらには行かれない。どうやらやはり婿として国王の任にも耐えられないと言っている。なので婚約は解消し、やはりホーラムルを婿として送りたい云々』

などと書かれていた。一応はアルハイン公爵の印章が使われているわね。

この書簡を読んで。

私は激怒した。

周囲にいた侍女や衛兵、書簡を持って来た使者が引くほどの表情だったらしい。しかし私はそれどころではない。私は書簡を握りつぶし、使者を睨み付けた。

「なんですか！　これは！」

使者は身の危険を感じたか、思わず立ち上がって後ずさる。

「い、いえ、私は書簡を持って来ただけで……！」

「私のクローヴェル様に何をしたのですか！　一体誰がこんな書簡を出したのですか！　あなたは誰にこの書簡を託されたのですか！　返答次第によってはただでは済ませませんよ！」

私は衛兵に命じて使者を拘束した。

「な、何をなさる！」

「拷問します！　真実を吐かなければ命は無いと思いなさい！」

「わ、私は公爵からの正式な使者なのですぞ！」

「それが本当なのであれば、王国と公国の戦争になります！　私の大事な婚約者を奪おうというのですからね！　その覚悟があっての虚言なのですか！」

私は叫ぶと、衛兵から剣を受け取る。剣など持ったことは無いが、鍬を一日中振っていた事もある農家の娘の力である。両手で剣を振り上げる事くらいは容易（たやす）い。

「まずは右腕を切り落とします！　その上で虚言が吐けるならやってごらんなさい！」

私が冗談を言っている訳では無い事は良く分かったのだろう。使者は真っ青になり、泣きながら叫んだ。

「わ、分かりました！　言います！　言いますとも！　私は本当はホーラムル様の家臣です！　公爵閣下の使者だというのは嘘です！」

白状した使者の言う事には、クローヴェル様は確かに予定より少し遅れて国都を出立したのだが、ホーラムル様の手の者に阻まれ、途中の町に閉じ込められてしまっているのだという。そしてホーラムル様はこの使者を出して、私に婚約解消させようとしたのだそうだ。

本当はクローヴェル様から婚約解消をさせようと書簡を書くように迫ったらしいが、クローヴェル様は頑として同意せず、結局公爵からの書簡を偽造する事になったらしい。

「クローヴェル様はご無事なのですか！」

「だ、大丈夫です。ちゃんと宿に泊まって頂いておりますし。お母上が可愛がっている末の弟に何かあったら大問題になってしまいますから、ホーラムル様も直接の危害は加えられないと思います」

私は一まず安心したが、同時に怒りの炎がメラメラと湧き上がってくるのを感じた。

許せん！　私の大事な婚約者、しかも身体の弱い彼を慣れない宿屋に一ヶ月も閉じ込めるなんて！　彼の身に何かあったらどうするのか！　ホーラムルめ、もしもクローヴェル様に万が一の事があったら、地の果てまで追い込んで復讐してやるから覚悟しなさい！

私は持ったままだった剣を思い切り床に叩きつけた。木の床に剣が突き立つ。正面に跪いていた使者は情けない声を上げて引っくり返った。私は構わず叫んだ。

「具足を持ってきなさい！」

流石に侍女が驚く。

「具足ですか？」

「そうです。私用の鎧兜を持ってきなさい！　今すぐ！」

「落ち着いて下さい姫様！　鎧など着て何をなさるおつもりですか!?」

私は決然と顔を上げ、叫んだ。

「知れた事！　兵を率いてクローヴェル様の所へ向かい、彼を助け出します！」

怒り狂った私は侍女やザルズが止めるのも聞かず、鎧を保管してあった倉庫に飛び込んで私に合う鎧を探し始めた。古い鎧をひっかき回していると、お父様が慌てて飛んで来た。

「お、落ち着け！　リュー。何があった！」

ダメだ。私に合う鎧は見当たらない。私は諦めて剣だけを身に着け、ブーツを履いた。そして馬に跨るとお父様に向けて叫んだ。

「ご安心をお父様！　必ずやクローヴェル様を助け出してここへ無事に連れてまいります！」

「そ、そうではなくてだな……」

私は剣を抜いて高々と天に掲げた。

「大丈夫です。正義は何処（いずこ）にあるか大女神アイバーリンはご存じです。竜の一首の名を辱めるような戦いは致しません！　安んじてお待ちください！　行くわよ！」

私は馬を歩かせて出撃した。私の乗馬技術では走らせるのは無理なのだ。衛兵が数人慌ててついて来る。ドレス姿で馬に跨るという珍妙な格好で王都を練り歩く私を見て、何事が起きたのかと王都の人たちは驚嘆したらしい。だが、私が婚約者を奪還に行くのだという話は付いて来た衛兵からあっという間に知れ渡ったそうだ。

「そりゃ大変だ！　姫様一人では行かせる訳にはいかねぇ！」

「おう、俺たちも行くぞ！」

と、王都の人たちも王宮で鎧兜を借りて身に付け、急いで私の後を追い掛けて来てくれた。おかげで一行の人数はすぐに百名近くになった。馬車も追い掛けて来て、私は馬車に乗せられた。乗馬は子供の頃にほんの少しやった事しか無くて、少し乗っただけでお尻が痛くなってしまっていたから助かった。

そして出来る限りの速度を出し、山を下って国境の境を抜け、アルハイン公国に入った。これで国境にアルハイン公国の衛兵でもいたらひと悶着(もんちゃく)あるところだったわね。

私たちは街道を丸一日急ぎ、陽が沈む前にはその町に辿り着いた。因みにこの街には前回のお見合いの時の道中では二日目に泊まった。それだけ今回は急いだのである。

その町は街道沿いのそれ程大きくは無い町だった。平和な所らしく町を囲む柵なども無い。そこへ半分くらいは鎧兜を着けていないとはいえ、百人もの武装した集団がやってきたのだ。町は大騒ぎになったらしい。

私は町の外で馬車を降り、馬にまたがって町へ入った。宿屋の位置は分かっている。石畳に馬の蹄(ひづめ)の音を響かせながらどんどん進む。

目的地の宿屋の周囲には兵士と思しき者たちが十人ほどいた。おそらくホーラムル様の手の者だろう。彼らは私たちを見て驚いたようで、宿の中に声を掛けて仲間を呼び出した。出て来た者は十数名。ちゃんとした兵士だろうから、ほとんどがただの王都のおじさんたちという我々よりも数は少なくても強いかもしれない。

しかし私は構わない。私は指示を出してホーラムル様の手勢を押し包むように我が方の手勢を展開させた。人数はこちらの方が多い。ホーラムル様の手勢は突然の私たちの来襲に驚愕しており、寄り集まって宿の入り口近くで戸惑うだけだった。

私は一人、馬に乗ったまま進み出て叫んだ。

「クローヴェル様はどこですか！」

連中は戸惑ったように私を見上げた。私の事を知らないのだろう。私は持って来ていた旗をバサッと広げ、見えるように振った。

「私はイブリア王国王女イリューテシアです！　我が婚約者であるクローヴェル様をお救いすべく参上しました！　道を空けなさい！」

その時、宿の入り口に慌ててやってきた大柄な人影が見えた。恐らく部屋で休んでいたのだろう、シャツ一枚にズボンという砕けた格好をした金髪の男性。つまりホーラムル様は、宿から出てくると周囲の有様に啞然として立ち尽くした。

「な、何事だ！　これは！」

私に気が付いてもいないようだ。私はもう一度旗を大きく振って、彼に向けて怒鳴った。

「ホーラムル！」

呼び捨てられて驚いたホーラムル様は、その馬上の人物が私だと気が付いてこれ以上無いくらい驚愕したらしい。私は貴族には珍しいショートヘアだし、髪色も黒っぽい紫と特徴的なので、すぐ

に分かっただろう。

「我が婚約者を奪ったのは其方ですか！　あまつさえアルハイン公爵の書簡を偽造するとは許し難し！　そこへなおりなさい！」

ホーラムル様は口を大きく開けたまま後ずさった。

「お、王女殿下……!?」

「如何にもイリューテシア王女である！　自分の器量も弁えられず、視野も狭い其方など私の夫になれるわけが無いでしょう！　私の婚約者はクローヴェル様だけです！　クローヴェル様を返しなさい！」

ホーラムル様は唖然とし、脂汗を流しながら私を見上げていたが、どうにかこうにか何かを納得するように頷くと、叫んだ。

「こ、こんな野蛮なトンデモじゃじゃ馬王女こっちから願い下げだ！　帰るぞ！」

そして手勢を促すとほうほうの体で逃げて行った。宿屋に荷物とか置いていないのかしらね。それにしても野蛮なトンデモじゃじゃ馬王女とは失礼な。

そう思ったのは私だけだったようで、後ろに居る者たちは「ああ、間違いねぇ」「上手い事を言う」などと言っていた。解せぬ。

その時、宿屋の三階の板戸が開いた。私が振り仰ぐと、そこに麗しの私の婚約者が姿を現した。

おおお！　私は馬上で仰け反り過ぎて落ちそうになったわよね。

くすんだ金髪は前より少し伸びている。服装は水色の部屋着。少しやつれた様子は見受けられたが、特に大きな傷も無さそうで一安心だ。クローヴェル様は下を見て、軍勢が居るのに驚き、更にその先頭で、馬上で旗を持っているのが自分の婚約者だと気が付いてその紺碧色の瞳を見開くと、思わずといった感じで笑った。

「イリューテシア様。その勇ましい格好はどういう事なのですか？」

「あら、奪われた婚約者の奪還に来たのですもの。歩いていたのでは格好が付かないではありませんか」

「それは王子の役目なのでは？」

「昨今は女性も強くなりましたからね」

私が嘯（うそぶ）くと、クローヴェル様はクククっと本当に面白いものを見たという風に笑った。

「お手数をお掛け致しました。イリューテシア様」

「よくぞお兄様の要求を撥（は）ねのけられました。ご立派ですよクローヴェル様」

私は馬上で左手を伸ばす。プロポーズの時と立場が逆だな、と思いながら。

「さぁ、参りましょう。王国へ。私の大事な婚約者様」

……この時の出来事の顛末（てんまつ）はこの町の人たちからあっという間に周囲に広がったらしく、程無く吟遊詩人が「イリューテシア姫の婿攫い」という題名で面白おかしく歌うようになったそうだ。何でも結婚に反対されていたのに自ら兵を率いてアルハイン公国に攻め込んで三倍の敵を撃ち破り、クローヴェル様を攫って婿にしたとかいう無茶苦茶な話になっているらしい。尾ひれが付くにも程があるわよね。

そして同時に「イブリア王国のじゃじゃ馬姫」という二つ名も広まってしまったらしい。これがこれから幾つも付く事になる私の二つ名の、記念すべき第一号となる。

五話　クローヴェル様の誓い

私はクローヴェル様を連れて王都に戻った。同時に、使者をアルハイン公国国都に走らせて事の顛末を報告させる。ホーラムル様がある事無い事報告したら困るからね。

実際、ホーラムル様は国都に逃げ帰って、公爵やコーデリア様に色々訴えたらしいのだが、私の使者（王国からの使者とクローヴェル様の使者の二人）から事実を突きつけられて、公爵とコーデリア様から非常に厳しく叱責され、罰も下ったらしい。後で公国から謝罪の使者がやって来て詳しい話は聞いた。

クローヴェル様は大変お疲れで、私の顔を見てホッとしたからか熱まで出されたので、監禁されていた宿にそのまま二日ほど泊まって頂いて、私が看病した。もちろん、宿の人や町の人には騒がせたお詫びはしておいた。事情を話すと理解してくれて「婚約者を取り返しに来るとはあっぱれな姫君だ」と褒めてくれたが。

クローヴェル様が回復なさるのを待って、私たちは出立した。クローヴェル様に負担を掛けないためにゆっくり進んだので、王都まで丸三日掛かった。クローヴェル様を馬車で寝かせるのは心配だったが、初めての経験だと楽し気にしていらしたわね。

そうして王都に帰り付いたのだが、私はクローヴェル様を王宮には入れず、そのまま造ってあった離宮、ただの丸太小屋にお連れした。こちらの方が療養には良いと思ったからだ。いきなり粗末な丸太小屋に連れて来られて生まれながらの公爵令息であるクローヴェル様はかなり戸惑ったらしいが、私が説明すると納得して下さった。ちくちくする藁のベッドには大分びっくりしていらしたけど。

日当たりも良く、風通しも良い。周囲は森で囲まれ、緑の香りが充満するこの丸太小屋を、クローヴェル様はすぐに気に入って下さった。彼は公爵令息の割には贅沢好みではなく、順応性も高いようだった。クローヴェル様のために私がせっせと本を運んで差し上げて、離宮はすぐに本で一杯になった。彼とテラスに並んで座って木陰で本を読むのは素敵な事だったわね。

一緒に住み始めて分かった事だが、クローヴェル様は交代で来てくれる侍女たちにもきちんとお礼や褒め言葉を掛ける事が出来る方だった。公爵令息であるのに偉ぶった所は全く無い。しかし卑屈ではなくいつも毅然としている。出入りする人々に親しくはしながらも、キッチリとした主従の一線を引いている。私は感心した。これは見習わなければならないだろう。

というのは実家は近所だ。父さんも母さんも兄さんたちも幼なじみも頻繁に様子を見に来るので、ついつい農家の娘時代の地が出てしまい、私が養子である事はあっという間にクローヴェル様にバレてしまった。

幸いな事にクローヴェル様は怒らなかったが、アルハイン公国関係者にバレたら大変な事になる可能性がある。クローヴェル様を見習ってキッチリ一線を引く事を意識しなければ。

私が養女であると分かって、クローヴェル様は流石に驚かれたが「養子なのになぜ竜の手鏡が金色に光ったのですか？」と私が思ったのと違う方向に驚いていた。

「王家の近縁という意味ではアルハイン公爵家もそれほど負けてはいない筈なのに、私たちが手鏡を使っても、ほんのうっすらとしか光らなかったのです」

それは不思議ね。ところで金色の光は何か特別な意味があるのかしら？

「金色に光らせる事が出来るのは、竜の血を特に強く受け継ぐ者であるとされています。直系の王族でも滅多にいないそうです」

それはおかしいわね。いくら近縁とはいえ、直系の王族に比べれば私の血は薄い筈だもの。だけど、クローヴェル様は私が手鏡を光らせたのは事実で、竜の血筋の証明にはあれ以上の方法は無いのだから、今更養子である事は誰も問題に出来無いだろうと仰った。

「それに私には貴女があなたである事が大事なのです。あなたが竜の血筋であるかなんて私にはどうでも良いことです」

嬉しいことを言って下さるのだ。この婚約者様は。私とクローヴェル様は一緒に住み始めて、急速に仲良くなっていった。クローヴェル様はあの日以来私の事を熱心に愛して下さっていて、私の方は彼の人柄と一途さに絆(ほだ)されて段々と好きになっていったという感じだ。彼の良い所を新たに見つける度、彼への愛情が深まる度に、私は「自分の目に狂いはなかった」と誇らしい気持ちになったわよね。

因みに私とクローヴェル様は一緒にこの離宮に住んでいるけど、部屋は分けていてまだお互い清い関係ですよ。神殿で大女神に誓いを立てるまでは我慢我慢。

その神殿での結婚式だが、クローヴェル様が回復なさるまで延期になっていた。やはり慣れない宿屋で一ヶ月も監禁されたのはきつかったらしく、しばらくは熱を出したりふらつかれたりでとても結婚式をする事が出来る状態では無かったのだ。

しかし、健康的な離宮での生活（食べ物も新鮮な野菜、果物、乳製品がすぐ届く）でクローヴェル様はグングンと回復され、離宮に入って一ヶ月後にはゆっくり歩いて王宮にまで行けるようになった。王都を二人で歩いていると、そこら中から婚約を祝う言葉が投げ掛けられたわよね。クローヴェル様は私と王都の民の距離感の近さに大分驚いたようだけど、不快そうな様子は無かったので一安心だ。

ちんまりした王宮には意外にクローヴェル様は驚かなかった。それはそうか。離宮って言って連れて行ったのが丸太小屋だったし。そもそも王宮はあそこから見えるしね。

お父様との対面では、お父様は滅多に使わない謁見室を使い、正装をして階の上に座ってクローヴェル様を出迎えた。顔付きも精一杯厳めしく保っている。クローヴェル様は流石のお作法で、美しい動きで跪くとお父様にご挨拶をした。

「大女神アイバーリンの代理人にして七つ首の竜の一首を担いし偉大なる国王陛下にご挨拶を申し上げます。ご機嫌麗しゅう」

「うむ。大儀である」

「アルハイン公爵子息、クローヴェルと申します。この度イリューテシア様とのご縁を頂きまして、厚かましくも王国にやって参りました。以後、お見知り置きを」

丁重なクローヴェル様の態度に、お父様は表情を緩めた。ああ、これは大国アルハイン公国の令息なんてどんな傲慢な奴が来るかとお父様は恐れていらっしゃったんだわね。それで精一杯威勢を張っていらっしゃったのだ。確かにホーラムル様がいらしたのだったら初手からお父様にマウントを取りに掛かって大変だったかもね。

場所をサロンに移してお茶を飲みながら談笑を始めると、クローヴェル様の柔らかな態度にお父様はすっかりいつも通りのリラックスした態度に変わった。うんうん、と頷き私を見て言う。

「良い婿を選んだようじゃな。リュー」

「そうでしょう？　お父様」

私がフフフっと笑うと、クローヴェル様が楽しそうに笑った。

「リュー？　あなたの愛称ですか？」

「そうですよ」

本当は本名だけどね。

「私もそう呼んでも？」

あら、素敵。

「もちろん。是非そう呼んで下さいませ」

「では、リュー。私のこともヴェルと呼んで下さいね」

という事で私は婿様の事をこの時からヴェルと呼ぶ事になったのだ。仲睦まじい私たちの様子を見ながら目を細めていたお父様だが、少し目を鋭くして、さり気ない口調で言った。

「ところで婿殿。其方はアルハイン公爵から何を言いつかってきておるのかな？」

クローヴェル様は少し姿勢を正した。

「どういう意味でしょうか」

「ふむ。其方が婿に来るに当たってアルハイン公爵が何も其方に命じておらぬ筈はあるまいよ。何らかの思惑があって我が国に婿を送り込んだのだろうからな」

それはそうなのだ。アルハイン公国はイブリア王国に婿を出すにあたり、当然見返りを得たいと考えている筈である。クローヴェル様個人は良い人だが、一族であるからにはアルハイン公国の意向から全く自由でいられるとは思えない。アルハイン公国が何を考えているかをお父様が気にするのは当然だろう。

しかし、私はちょっと慌てた。いきなり本人に直接聞くのはどうなのか。その辺は私がそれとなく後で聞き出そうと思ってたのに。だが、クローヴェル様は気にした様子も無く答えた。

「それは色々言われました。やれ、王国の軍事力を強化して、アルハイン公国の東国境の防備に使わせろとか、今は殆ど封鎖されている王国の南国境を越える街道を再開し、聖都の大神殿への巡礼路を開けとか、王国からの帝都への影響力を高めろとか」

クローヴェル様は列挙した後、苦笑しながらお父様と私を交互に見やった。

「出来ると思いますか？」

お父様も私も即答した。

「無理じゃな」

「無理ですね」

「私もそう思います。王国に来てからは尚更です。アルハイン公国では王国の国力がここまで落ちている事が分かっていないのだと思います」

良かったわよホーラムル様を連れて来なくて。あの野望に燃えた方が王国にやってきたら、何もかも無理な現状に絶望するか逆切れしてヤケを起こすかのどっちかだったでしょうね。

「ただ、アルハイン公国に言下に無理と言ってしまうのは下策でしょう。父上や兄上は無理だと思って無いわけですから、王国が不当に公国の要求を拒絶したと見做すでしょう。私も無能扱いされる事になる」

そうよね。アルハイン公国としては見返りを期待して婿を出している訳だしね。公国の要求を何もかも拒絶したら怒るだろうし、そうなればクローヴェル様は王国と公国の軋轢に挟まれて、苦しい立場に晒される事になる。そうした場合、クローヴェル様がアルハイン公国の都合で動いても仕方がないと、私でも思う。

「私も実家の意向は無視出来ませんが、王国に無理させてまで要望を実行しても、長続きしませんから、意味が無いと思います」

「ふむ、ではどうするね？」

お父様が髭をしごきながら問う。クローヴェル様は柔らかな笑顔で言った。

「ここは当面、やっている、準備していると言い逃れましょう。そうしながら、王国に出来る、王国とアルハイン公国に役立つ方策を考えましょう」

まぁ、その方策はこれから考えるんですけどね、とクローヴェル様は苦笑した。それはそうだろう。彼はまだ王国について何も知らない。そこは私や国民のみんなで教えて一緒に考えれば良いのだ。

「ふむ。なかなか強かな。リュー、本当に良い婿を迎えたようだな」

お父様は満足そうに頷いた。

晩餐をお父様と食べ、既に暗かったが私たちは離宮に戻るべく王宮を出た。衛兵が二人、松明を持って護衛してくれた。クローヴェル様のペースなのでゆっくり歩く。

今日は月は暗く、その分星の光が降るように輝いている。私はクローヴェル様の手を握り、彼の足元を気にしながら、彼に言った。

「それにしてもヴェル。ヴェルはアルハイン公国の公子ではありませんか。実家の意向を優先しなくても良いのですか？」

するとクローヴェル様は少し微妙な笑みを浮かべた。

「良くはありませんよ。実家とはいえアルハイン公国は王国よりも何倍も大きく強い国です。あんまり逆らっていると攻め込まれて強制的に私はリューの婿を辞めさせられるかも知れません」

確かにその通りなのだ。今回の婿取りは一応こちらの顔を立ててくれたわけだが、両国の国力差にモノを言わせて私に強圧的にホーラムル様との結婚を迫る可能性だってあったのだ。

「ですが、私は決めたのです。貴女の婿になり、この国の王になり、父上や兄上たちに勝とうとね」

クローヴェル様の言葉に迷いはなかった。

「アルハイン公爵家は代々尚武の家で、武力に長けた者が讃えられる家です。ですから私のように身体の弱い者は軽く見られ、何をしても半人前扱いされる事が多かったのです」

そうでしょうね。ホーラムル様もグレイド様もだけど、公爵も次期公爵も立派な体格で強そうだった。

「ですから私は、何をしてもどうやっても兄上たちには敵わないのだと思っていました。貴女に会う前は」

　クローヴェル様は立ち止まり、微笑みながら私の事を見詰めた。紺碧色の瞳が松明の灯りに揺れる。

「貴女は『勝ち方には色々ある』と仰いましたね？　私はそれを聞いて真剣に考えました。兄上たちに勝つ方法をです。力では、武力では勝てないのならどうすれば良いのか。そして考え付いたのが……」

「私と結婚する事だった？」

　私の言葉にクローヴェル様は頷いた。

「そうです。貴女と結婚し、王国の王になれば私は兄上たちの上の身分になる。それどころか、王国の王になれば皇帝になれる可能性さえ出てくる」

　皇帝？　意外な言葉が飛び出して、私は驚きに目を見張った。

「ヴェルは皇帝を目指すというのですか？」

「いけませんか？」

　クローヴェル様はふわりと笑った。その常と変わらない笑顔を見ながら、私は背中がゾクゾクするような感覚に襲われた。流石の私も、帝国の皇帝の座など現実なものとして考えた事が無かったのである。私はこんな田舎の王国の生まれだ。帝都すら見た事が無い。

　それなのに、田舎に引っ越してきて十分イブリア王国の現状を知っている筈なのに、クローヴェル様は当然のように皇帝を目指すと言ってのけた。そのスケールの大きさに私は圧倒される思いだった。私はこの人の器量を見誤っていたのかも知れない。私が思っていたよりも大きな度量の持ち主なのかも知れない。

そう思うと、私の心は熱く震えた。よくぞこの人を選んだものだと思った。

「流石に皇帝になれば、私は兄たちに勝った、と言っても良いですよね？」

確かにその通りだ。だが、それには幾つか越えなければならない障害があるわよね。私がそう思いながら首を傾げると、クローヴェル様は苦笑した。

「そうですね。まずは貴女と無事に結婚しなければなりませんし、アルハイン公国よりも絶対的に弱い王国の国力を改善しないと身分が上だなんて威張っても鼻で笑われるだけですし、今のままでは皇帝なんて夢のまた夢ですからね」

クローヴェル様は決意を込めた瞳で私を見詰めながら、一言一言真剣な口調で仰った。

「ですから私は兄上たちに勝つために、私のために、王国を発展させ強くしたいと思います。行く行くは皇帝になるために。私はそのために貴女の婚約者になったのです」

私はジッとクローヴェル様を見つめる。お優しいお顔に決意がみなぎっている。うん。やっぱりこの人を選んで良かったわ。いえ、よくこんな素晴らしい人が私の婿になる事を決意してくれた。私は心からそう思ったのだった。

逆に、クローヴェル様は少し心配そうな顔で私を見詰めた。

「がっかりなさいましたか？」

私が単なる乙女で、恋愛に憧れ溺れたい少女だったらがっかりしたかもね。でも、私は王女で、私たちの婚姻は政略結婚。それなら婿の志はむしろ好ましい。そして私はこの時、クローヴェル様の決意を聞いて、心の中に熱い思いが湧き上がって溢れんばかりになっていたのだ。

そう。結婚してこのまま田舎の王国でのんびり暮らすのも悪く無いけど、クローヴェル様がそのような大きな志を持った方だと分かれば話は別だ。

私も協力しよう。全力で協力しよう。いえ、クローヴェル様が皇帝になるなら私は皇妃だ。私も皇妃を全力で目指そう。この田舎の山奥から皇帝夫妻が出れば、どんなにか帝国中が驚く事だろうか。これほど面白い事があるだろうか。

病弱で心優しいクローヴェル様と、田舎育ちで元農民の私なら、きっと今までの皇帝とは全然違った皇帝と皇妃になれるんじゃないかしら。貴族と戦える騎士が尊重されている現状を変えて、弱い人や農民も満足出来る国に、この帝国を造り替える事が出来るんじゃないかしら。

そんな事を考えると、もう私のワクワクは止まらなかった。私は頬を赤くして叫んだ。

「うふふ、望むところですよ。婿様。私は王国を豊かに強くするために貴方を婚約者に選んだのです。むしろヴェルがそんな大きな野心をお持ちだと分かって嬉しいですわ！」

志の無いところに成功は生まれない。望まぬ事は現実にならない。クローヴェル様が望み、私が望み、協力して実現に向けて邁進（まいしん）するなら、夢は夢ではなく目標だ。皇帝になる。そんな凄い目標が他にあるだろうか。私はそんな凄い目標をくれたクローヴェル様に、心から感謝した。私はクローヴェル様の手を握り、言った。

「皇帝になる。素敵な目標ではありませんか。目指しましょう！　一緒に！」

「貴女ならそう言ってくださると思っていました。リュー」

そしてクローヴェル様は私の目を潤んだ瞳で見詰め、不思議な事を言った。

「私は、貴女を必ず女神にしてみせます」

皇妃ではなく女神。クローヴェル様が告げたこの言葉を、興奮していた私はうっかり聞き流してしまったのだけれど、彼がこの言葉に重大な意味合いを持たせていた事を、私はずっと後に知る事になる。

私たちは手を取り合い見つめ合い、降って来そうな星空の下で熱い思いを抱いて笑い合った。この時から私とクローヴェル様の、「皇帝になる」という壮大な野望に向けての戦いが始まったのだ。

もっとも、我が王国の現状では皇帝どころか私とクローヴェル様以降の代に繋がるかも怪しい有様だ。志は高く、やる事は目の前の事から一つずつ。とりあえずやらなければならないことは私たちの結婚式だ。クローヴェル様が元気になったのだから、延び延びにしていた結婚式を執り行う必

要がある。

準備は終わっているのだから明日にでも執り行うことは出来るのだが、一応は帝都や他の王国、諸侯に結婚式の連絡をして、来賓の出席を仰がなければならない。まぁ、こんな山奥の寂れた王国にまで来賓が来るわけもないので、一応だ。そしてもしも間違って来賓が来る事があっても大丈夫なように、移動期間分の二週間ほど待ってから式を行うことにした。

そして最終準備をして式の日を待っていたら。なんと来るはずがないと思っていた来賓が来てしまった。

しかも大物だ。

「クーラルガ王国王子、フェルセルムでございます」

お父様の前に跪く赤茶色の髪の男性。背は高いが均整が取れた体格で、着ている服は目を見張るほど豪奢。そして服に負けないほどお顔立ちも華麗だった。

「おお、フェルセルム殿。久しいな」

「マクリーン陛下におかれましてはお変わりなく。恐悦至極に存じます」

フッと微笑む。オーラが凄い。美青年というだけではない。何かを持っている人のオーラだ。

それもその筈。フェルセルム・クーラルガ王子といえば、現皇帝陛下ファランス三世の長男で、現在次期皇帝に一番近い男だと言われているらしいのだ。

クーラルガ王国にしてからがアルハイン公国より大きいという広大な領土を持ち、強力な軍隊をもってガルダリン皇国や北の海賊国とバチバチ戦っているという強大な王国だ。こんな山奥の王国とは月とスッポンだ。同じく七つ首の竜の一首とはいえ比べるのも烏滸がましい。

そんな超大物がどうしてまたこんな山奥に？　私がお父様の横で首を傾げていると、フェルセルム様が私の方を見た。私はスカートを広げて挨拶をする。

「初めましてフェルセルム王子。私はイブリア王国王女、イリューテシアでございます」

フェルセルム様は頷くと胸に右手を当てて立ったまま礼をする。王女と王子なので同格だからどちらも跪かない。

「フェルセルムです。お初にお目に掛かる」

お父様はもう少し若い頃は年に一度、帝都で行われる竜首会議と呼ばれる国王のみが集まる帝国の会議に出席していたので、その時にまだ子供だったフェルセルム様に会った事があるのだそうだ。因みにその時に必要だったので、社交が全く無いこの王国に住むお父様や家臣たちがお作法に詳しいのだ。私とクローヴェル様が結婚すれば、来年からはクローヴェル様が竜首会議に出る事になる、のだが、クローヴェル様の体調で帝都まで二週間も掛かる長旅が出来るかが問題だわね。

フェルセルム様は私をしげしげと眺めている。何でしょう？　私は社交的な微笑みで困惑を隠しながら言った。

「遠路はるばるお疲れ様でございました。このような山奥まで私たちの結婚式に出るためにおいで頂いて感激しておりますわ。クローヴェル様からもくれぐれもよろしくと」

フェルセルム様が来たという連絡に、私一人が急ぎ駆け付けたのでクローヴェル様は離宮にいるのだ。クローヴェル様はまだ王族では無いので、フェルセルム様に跪かねばならず、ここで跪いてしまうと後々の関係性に影響を及ぼしてしまうかもしれない。なので結婚式前に会わない方が良いと考えたのである。クローヴェル様は国王になり、皇帝を目指す事になる。こんな所で変な上下関係は作らない方が良い。

「いえ、王族の結婚式にはクーラルガ王家からは誰か一人が必ず出る事にしているので、お気になさらずに。今回は私が行くことを希望しましたが」

「ご希望なさった？」

帝都にお住まいならここまで二週間は掛かった筈だ。そんな大変な思いをしながらこんな山奥に来ることを希望するなんて物好きな、と思ったのだが、フェルセルム様は意外な理由を述べた。

「貴女が竜の手鏡を金色に光らせたという事を聞きつけまして、これはお会いしなければ、と思ったのです」

なんでもあの鏡を金色に光らせるには、高い『金色の竜の力』が必要なのだとか。大昔は兎も角、最近では王家の者にもほとんどいないような力の強さが必要であるらしく、私が手鏡を金色に光らせたという知らせは、大事件としてあっという間に帝都に届いたのだという。それは知らなかった。というか、竜の力って何なのかしら？

「金色の竜の力は人を率いる力です。人を率い、統率し、戦わせる事が出来ます。正に王の力です」

??　良く分からないわね。具体的には何が出来るのか分からなくて、私は曖昧に微笑んだ。その私を笑顔で見ながら、フェルセルム様はとんでもない事を言った。

「貴女の婚約者がこの場に居なくて幸いでした。どうでしょう。イリューテシア様。そのアルハイン公子との婚約を破棄して私と結婚して頂けませんか?」

は?　あまりのトンデモ発言に私もお父様も目が点になる。しかしフェルセルム様は笑顔ながら真剣な顔で続ける。

「鏡を金色に光らせる、金色の竜の力の持ち主は本当に貴重なのです。実は私も光らせる事が出来ますが、我が一族も、他の竜首の一族の誰も光らせる事が出来ていません。まだ噂が広まっていないから良いのですが、他の王国にこの知らせが届けば、貴女に縁談が殺到する事になるでしょう」

「いや、私は数日中には結婚してしまいますし……」

「恐らく、アルハイン公国に圧力を掛け、無理やりに離婚させてでも貴女と結婚しようという王族が出ると思います。それくらい貴女の力は魅力なのです」

とんでもない話が飛び出した。私が手鏡を金色に光らせた事がそんな大事だとは知らなかった。離婚まで強要される可能性があろうとは思っていなかったのだ。確かにそれは由々しき事態だった。

動揺した私に、フェルセルム様はじりっとにじり寄りながら訴える。

「その点、私なら貴女を護れますし、私も金色の竜の力の持ち主です。貴女と釣り合う力を持っています。私と貴女が揃えば誰も敵わないでしょう。私が皇帝になる事は確定となります。そして私たちの子供にも金色の竜の力が発現する事が期待出来ます。そうなればその子も皇帝になる事になるでしょう」

うむむむ。この押しの強さ。ホーラムル様を彷彿とさせるわね。彼よりスケールが何倍も大きいけれど。

「是非、私と結婚して頂きたい。その方がアルハイン公子のためにもなるのではありませんか?」

確かにフェルセルム様の言う通りなら、私とクローヴェル様の結婚生活はいきなり波乱含みになるだろう。アルハイン公国は帝国の中でも大きい国だが、竜首の王国より階位も格も低い。複数の王国に強圧的に迫られれば逆らい切れないかも知れない。強制的に離婚させられたり、我が王国への侵攻を黙認させられたりするかも知れない。無理に断ったらアルハイン公国自体が問責されて侵攻されるかもしれない。

そうなれば私とクローヴェル様は離婚。最悪クローヴェル様は殺されてしまうだろう。彼を護るためには彼と婚約解消してフェルセルム様と結婚した方が良いのかも知れないわね。何という悲劇でしょう! 愛し合う二人がこのような事で引き裂かれるなんて! これぞ王族の、政略結婚の悲劇だわ!

……なんてね。まったく。危ない危ない。この人なかなかの弁舌術の持ち主だわね。私はあえてクスクスと声を上げて笑った。

「面白いお話でしたが、聞かなかった事に致しますよ。フェルセルム様」

「……なぜですか？」

「他の王国がアルハイン公国に圧力を掛けて来ても、我が王国が権威的な後ろ盾になってアルハイン公国を護ります。なにせ婿様の実家ですからね。権威があればアルハイン公国は他の王国に一方的にやられる程弱くはありません」

アルハイン公国は帝国の南東の護りを任されていると聞いている。弱いわけが無いし、実際見たあの豊かさからして、いかな竜首の王国とはいえ軽く扱える存在だとは思えない。

そしてアルハイン公国としても権威的な後ろ盾になるイブリア王国に婿入りしたクローヴェル様は大事な存在だ。絶対に見捨てられないし、全力で護ってくれるだろう。

イブリア王国とアルハイン公国がお互いに補い合えば、他の竜首の王国、たとえクーラルガ王国が攻め寄せたとしても十分に対抗出来るだろうというのが私の見立てだった。そう。ここでフェルセルム様の申し出を断った場合、クーラルガ王国の動きが一番危ない。

おそらく誰よりも私とクローヴェル様の婚姻を妨害したがっているのが、ここにいるフェルセルム様だ。というか他の王国の王家が、離婚させてまで私を欲しがるという話自体が信じ難い。私が独身で婚約もしていないなら婚姻の話自体は持ち掛けられたかも知れないが、大女神様に誓った婚約や婚姻を破棄させるというのは大変な事だ。お互いの同意があっての離婚さえも難しいのにそれを強要するなんて、幾らなんでも無茶過ぎるのである。

つまり、他の王国が私を欲しがっているというのは多分嘘で、実際に私を欲しがっているのは目の前のこの男、フェルセルム様だけだろうと思われるのである。なのでフェルセルム様のプロポーズを断った場合に実際に起こり得るのはクーラルガ王国による圧力、場合によっては侵攻だ。

しかし、遥かに遠いクーラルガ王国がイブリア王国にまで多大な戦費を掛けてまで本当に攻めて来るかは疑問よね。それにクーラルガ王国とアルハイン公国が戦ったら内乱になってしまう。クーラルガ王国の国王陛下は皇帝陛下だ。息子の横恋慕を助けるために内乱を起こすなんて事を、帝国の平和と安定に責任を持つ皇帝陛下が許可するだろうか。あり得ないんじゃないかと思うのよね。

結論として、フェルセルム様の仰っている事はほとんどブラフ、脅しだ。自分がやると脅さないから始末が悪い。

流石次期皇帝候補。なかなか巧みな交渉術だわ。責任は他の王国に押し付け、恩着せがましく自分が助けてやろうと言い、更に私にも実利を提示する。もしもアルハイン公国から連れて来た婿様が渋々連れて来たお婿だったら、私もうっかりお誘いに乗ってしまったかも知れない。

しかし、私の婚約者は、今や私が心から愛するクローヴェル様。そのクローヴェル様と別れて自分に嫁げなどとは無礼千万。許せない。そしてこの人は次期皇帝候補だという。それならば同じく皇帝を目指すクローヴェル様のライバルではないか。ここはきっちりこの横恋慕男に思い知らせてやらなければいけない。次の皇帝になるのはクローヴェル様なのだと。

私とフェルセルム様は社交的な笑顔のままバチバチと睨み合った。

「良いことを伺いました。金色の竜の力を持つ者は、皇帝になるのに有利なのですね」

私が言うと、フェルセルム様が失笑した。

「貴女が皇帝になると？　女性が皇帝になった事はありませんよ？」

「それも素敵だと思いますがそうではありません。私という金色の竜の力を持つ者の配偶者としてなら、夫が皇帝になり易くなるという事ですわ」

これにはフェルセルム様が、思わず口を大きく開けて驚いた。

「公子を皇帝に？」

「私の婿になってイブリア王国国王になれば有資格者になると聞いておりますわ」

フェルセルム様がここで初めて苛立(いらだ)つような様子を見せた。生まれながらの王子であり、次期皇帝候補を自認して生きて来たフェルセルム様だからこそ、自分より劣る身分のクローヴェル様が皇帝を目指すなんて侮辱だと思えたのだろう。

「皇帝は生まれながらの王族から選ばれるのが通例ですよ。王女の婿が皇帝になった事などありません」

「前例が無い事は不可能である事を意味しません。可能であるならばいつかは実現するのです」

私はフェルセルム様をしっかりと見据える。紫色の瞳に決意を込める。これはフェルセルム様に対する次期皇帝争いにおける宣戦布告だった。ここでこの男にライバル宣言を叩きつけてやる事は、クローヴェル様を皇帝にするための第一歩なのだ。私は高らかに言い放った。

「金色の竜の力があれば皇帝になれるなら、貴方がそれほど私を求める筈がありません。つまりそれだけでは確定では無いのです。ならば我が夫にも付け入る隙があるという事です。私は全力で夫を皇帝に押し上げて見せますわ」

フェルセルム様は私の啖呵（たんか）を聞いて呆然としていた。恐らく彼は、これまでに私のような人間に出会った事が無かったのだろう。自分に真っ向から歯向かい、挑戦する人間など初めてなのかも知れない。私の存在の何もかもが理解出来ないという顔をしていた。

ふふん、私の夫になるクローヴェル様は貴方なんかよりも何倍も素晴らしい人なんですからね。よくもクローヴェル様を捨てて自分を選べなんて言えたものね。許せないわ。例えばプロポーズ一つ取ったって全然違ったもの。そうだ。

「貴方に一つ忠告しておきますわ」

私はうふふふっと思い出し笑いをしながらフェルセルム様に教えてあげた。

「プロポーズはもっとロマンチックにやらないとダメですよ。女性はロマンを求めているのですから。そうしないと意中の女性を射止める事など出来ません。貴方よりクローヴェル様のプロポーズの方が何倍も素敵でした」

どうやらこの最後の一言が最も彼の怒りを買ったらしい。ずっと後で知ったが、フェルセルム様は美男子なのに女性受けが悪く、こっぴどく振られた事があるのだそうな。私の言葉は彼の心の古傷を痛烈にえぐったのだ。

フェルセルム様は怒りの表情も露わに、私を完全に無視してお父様にだけ簡易なお別れの挨拶をして、何とすぐさま帰って行った。私たちの結婚式に出るために来たんじゃ無かったのかしら。お父様は頭が痛そうな顔をしていたわね。

ちょっと心配になった私は、アルハイン公国に事の次第と警戒を促す書簡を記して使者に持たせた。十中八九脅しだとは思うけど、あんなに怒っていると衝動的に行動しかねないからね。

そして私たちの結婚式はまたしても延期された。フェルセルム様があんなに怒っていたのでは、暗殺者でも送り込んでクローヴェル様や私に危害を加えようとしても不思議は無いとお父様が心配したのだ。私は心配し過ぎだと思ったのだが、王族同士が険悪になった場合、戦争よりは暗殺の方が危険なのだとか。

離宮と王宮の衛兵を増やし、警戒を厳重にする。こんな物々しい雰囲気の中では結婚式など無理だ。仕方なく私は延期に同意した。がっかりする私にお父様は「あんな事を言って挑発するからじゃ」と呆れていた。

二ヶ月ほど警戒して、アルハイン公国とも連絡を取り合って、どうやら大丈夫そうだという事になり、ようやく警戒を解除して、改めて結婚式準備を始めたのである。

クローヴェル様は事の次第を知って大笑いして「流石はリューですね」と褒めて下さったわよ。

だがこの時、フェルセルム様を怒らせた影響は、後々まで長く尾を引く事になる。

六話　ようやくの結婚式

結婚式が中止になって半年くらい経ったある日、アルハイン公国より使者がやってきた。しかもただの使者ではない。

「一体何をやらかしたのですか？　王女殿下？」

王宮で、心底呆れかえった顔で私に問うのはクローヴェル様の兄君、グレイド様だった。フェルセルム様とのトラブルについて書簡では何が起こったのか良く分からない、下手をすると公国の存続に関わる大問題になってしまうので詳しい事情を聞きたいと、わざわざ遠路はるばるやって来て下さったのだ。穏やかな方だから呆れるくらいで済んでいるが、ホーラムル様あたりだったら私を怒鳴りつけているだろう。

「フェルセルム様と言えば次期皇帝陛下にも擬される方ではありませんか。それを怒らせるなんてどういう事なのですか？」

私は包み隠さず結婚式のために来た筈のフェルセルム様が、私に求婚してきた事情を話した。全てを聞き終えたグレイド様は上を向いて目と額を片手で覆ってしまう。

「それはまた……、何という。フェルセルム様もフェルセルム様だし、イリューテシア様もそれはちょっと、もう少し穏便になんとか出来なかったのですか？」

私としては別にフェルセルム様に喧嘩を売った気は無いのよ？　何だか売り言葉に買い言葉で返していたら、あっちが勝手に怒っただけで。

「そもそもそれがいけません。フェルセルム様はクーラルガ王国の王子。どう考えてもイブリア王国の王女よりも格上の存在ではありませんか。対等に言葉を売り買いできる相手では無いでしょう？」

私はムッとした。

「王国は階位も格も同格です。フェルセルム様は格上などではありません」

「現実を見て下さい。姫。クーラルガ王国は大国で、アルハイン公国でも相手にするのは難しいです。ましてイブリア王国なぞ鼻息一つで吹き飛びますよ」

「フェルセルム様を格上と認めたりしたら、クローヴェル様を皇帝にする時に争えなくなるではありませんか」

グレイド様は私の言葉に目を丸くして驚いた後、はぁーっと溜息を吐いた。

「クローヴェルを皇帝にねぇ。それは本当にクローヴェルが希望したのですか」

「ええ。そうですよ」

私はドヤ顔で答えた。グレイド様は頭が痛そうに額を押さえていたが、表情は少し嬉しそうだった。

「あの弱虫のクローヴェルがそのような事を言うとは。やはりじゃじゃ馬姫の影響は凄いですな」

誰がじゃじゃ馬姫か。そう思ったのだが、グレイド様曰く、あのホーラムル様も私がクローヴェル様を奪還に来たあの日以来、何だか毒気が抜かれたように大人しくなっているのだという。それで私の事は乱暴な振る舞いが多かったホーラムル様をどうやってか大人しくさせた、イブリア王国のじゃじゃ馬姫としてアルハイン公国では定着しているらしい。なんですかそれは。

それは兎も角、もうあれから半年も経っているし、特にそれ以降クーラルガ王国や帝都からの音沙汰も無いという事で、以降も警戒しつつだが特に大きな対応策は取る必要は無いだろう、という事になった。

私は呑気（のんき）にしていたが、グレイド様が言うにはこの半年、アルハイン公国では普段殆ど無警戒な北の国境をホーラムル様とグレイド様で兵を引き連れて警戒し、帝都やクーラルガ王国にまで人をやって動静を探らせる事までしたというのだから大騒ぎだったらしいのだ。物凄く大変だったのだと恨めし気に言われた。挙句にこんな山奥まで使者に出されたのだから本当にご苦労様である。

因みにこの時クローヴェル様は少し体調を崩されて離宮で寝ていらっしゃる。

クローヴェル様とは去年の夏の終わりには結婚出来る筈だったのだが、フェルセルム様のせいで延期になってしまい、改めて結婚準備を始めようとしたら、それからすぐに始まった厳しい山間部の冬に彼が体調を崩されて結婚式はまた中止になり、この春に結婚しようとしたものの、季節の変わり目が悪かったのか具合を悪くされてまた延期になった。分かってはいたがどうにもこうにも虚弱である。おかげで一向に結婚式の予定が立たなかったのだ。

この間のフェルセルム様のお話を全面的に信じる訳にはいかないが、あんまり結婚式を先延ばしにすると、金色の竜の力を持っているらしい私の結婚に横やりが入る可能性があるらしい。私はもうクローヴェル様以外と結婚する気は無いので、とっとと結婚してしまいたいのだ。そろそろ回復なさりつつあるので、今度こそ結婚するつもりだった。

もっとも、実際には私とクローヴェル様はもう一年近く狭い離宮で一緒に暮らしていて、寝込む彼の看病は侍女任せにせず私がやっているし、四六時中一緒に居るので感覚的にはもうとっくに夫婦みたいな感じなんだけどね。単に夫婦生活をしていないだけ。

グレイド様がいらしたのはもっけの幸いだ。やはり新郎席に一人の親兄弟もいらっしゃらないのは寂しいので、せっかく来てもらったのだから少し滞在を延ばして貰って結婚式に出て頂こう。

私がそう言うとグレイド様は「この姫君のマイペースさ加減が全ての問題の原因なのでは……」などと呟いていた。聞かなかった事にしよう。

離宮に戻りグレイド様と話した事をクローヴェル様にお話しする。お兄上が来られた事にクローヴェル様は大分驚いていらした。グレイド様は公国で役職についていらっしゃるし、軍の仕事もあるのでお忙しい筈で、こんな所にまで来るのは余程の事らしい。

フェルセルム様とのトラブルを重視したのもあるが、クローヴェル様に釘を刺しにいらしたのではないかと仰った。

「ちゃんと王国を掌握してコントロールしろ、と言いに来たのだと思います」

クローヴェル様は婉曲（えんきょく）にそう仰ったが、要するに「嫁をしっかり躾（しつ）けろ」と言いに来た訳よね。

それが未だに結婚式も挙げていないのだから大層呆れたのでは無いか、という。確かにこんなに婚約期間が長引いてしまったのは誰にとっても予想外だったから仕方が無い。クローヴェル様の体調も良くなってきたし、今度こそ結婚式だ！　と私は気合を入れる。

夏に結婚するつもりだったので、ウェディングドレスは少し薄手の物を用意していたのだが、今は春だ。使えなくなってしまったので、仕方なく春向けのドレスを保管庫から引っ張り出してきてリメイクする。これも母さんが張り切ってレースを縫い付けるなど色々やってくれた。

クローヴェル様の衣装もやはり保管庫から出してきて直す。クローヴェル様がアルハイン公国から持って来た衣装も春に着るには薄すぎるからだ。

実は衣装を用意するのが大変なので、もう少し待てば夏なのだから後数ヶ月結婚式を先延ばしにしようという意見もあったのだが、私が却下した。もう待てない。待たない。何しろ半年以上延期されているのだ。ここで延期したら、なんだかんだ言って更に一年くらいは延期になる気がする。もしかして一生結婚式が出来ないのでは？　と勘ぐっているくらいなのだ。

何しろ結婚式をして、大女神の前で永遠の誓いを立てないと、夫婦になれない。つまり子供が作れない。私は養女でクローヴェル様は婿。お父様の次の代の王であるクローヴェル様は非常に立場が不安定なのだ。早く子供を作り、次々代の王の親という安定した立場を得ないといけないのだ。

そんな建前は兎も角、私が早くクローヴェル様と結婚したいのよ！　一年も仲良く小さな離宮で暮らしているのですもの。すっかり気心も知れて、彼の優しさに包まれて生活していれば、他の人とはもう絶対に結婚したくないという気持ちになるのも当然だろう。

フェルセルム様がろくでもない事を吹き込んで行ったせいで、皇帝陛下の勅命とかとんでもない理由で他の男が婿に来やしないかと私は凄く不安なのだ。私はクローヴェル様と結婚して彼の子供を産み、そして彼を皇帝にするのだ。

クローヴェル様はご自分が病弱だからか、弱者に対して非常に優しく接する方だった。王都に迷い込んだ行き倒れ寸前の旅人を、手ずから助けて食事を与えるような方なのだ。そんな人は庶民でも珍しいし、王族では皆無では無いだろうか。こういう人が皇帝になったらどういう国を造って下さるかしらね？　それを考えると私は今からワクワクするのだった。

そういえばクローヴェル様を皇帝にする、という目標を立てた私はそのためにしなければならない事を色々考えた。まぁ、イブリア王国が山の中の小さな田舎王国のままでは、クローヴェル様を皇帝になんて出来っこないからね。

何しろ皇帝になるには、皇帝候補に立候補して、選帝会議で王国や有力諸侯から選ばれなければならない。勿論、会議だけで選ばれる筈が無い。立候補までに七つ首の竜の王国や諸侯からの支持を取り付けて、会議で推して貰わなければならないだろう。そのためにはまずはイブリア王国周辺の諸侯からの支持が絶対に必要だ。

アルハイン公国はクローヴェル様が皇帝になりたいと言えば支持してくれるだろうし、アルハイン公国に従う諸侯も同様だろう。が、それだけでは全然足りない。帝都に上がって帝都に常駐しているような有力諸侯の支持を取り付ける必要があるだろう。

帝都に上ると言ったってそんなに話は簡単ではない。単に行くだけだってイブリア王国から二週間だ。しかも行けば良いというものでは無い。諸侯を味方に付けられる何かを手土産に持って行かなければならないのだ。

単純にお金でも良いだろうが、見せつける事が出来るような精強な軍隊でも良いだろうし、何か画期的な政策や施策でも良いだろう。クローヴェル様が皇帝になったら帝国は良くなる、強くなる、発展する、と他の諸侯に思わせられなかったら支持してくれる筈がない。

因みに、現在のイブリア王国にはそもそもお金も軍隊も無い。画期的な政策や施策など思い付きもしない。

そもそも、帝都の情勢も帝国の状況さえもこの山奥にはほとんど聞こえてこない。お父様の長旅がきつくなって帝都の竜首会議に出なくなってからはより一層。このあたりは何とかしなければならないだろう。だが、あの虚弱さ加減ではクローヴェル様が帝都まで毎年竜首会議に向かうのはやはり自殺行為だ。代理で私が行くしかないでしょうね。でも私も結婚したら子育てで忙しくなるだろうから無理かもね。

故にとりあえずやらなければならない事はイブリア王国を発展させる事。ぶっちゃけて言えばもう少しお金になる産業を増やす事。それと少しでも帝都と帝国に伝手を増やして情報を仕入れる事だろう。それだけでも既に難題なんだけど。

現在のイブリア王国は完全に農業国だ。しかも山間部で耕地の拡張が大変なので、全国民が飢えないだけの食料を確保するので精一杯という状態である。本来は酪農に向いた地形と地質で、牛や羊やヤギを飼っている農家が多く、そういう農家は王都がここに移転する前に既に住んでいた家が多いらしい。

対して小麦や芋、野菜などの食料作物を作っているのは私の実家のような大規模農家で、こちらは移転後に農家になった元貴族である。貴族の財産とその家臣たちの労働力で無理やり土地を耕して整地して食料を生産出来るようにしたらしい。

なぜそんな事をしたのかというと、移転当時はアルハイン公国とも断絶状態で、食料の輸入がほとんど出来なかったからだ。食料を確保しないと死んじゃうものね。ご先祖様は王国を餓死から救うために大変な苦労をしてこの地で農業を始めたのだ。

しかし貴族の癖に一から農業を始めるとは物凄い根性だわね。それだけ切羽詰まっていたのだろうが、流石は私のご先祖様である。

ご先祖様が恐らくは王国の貴族らしく溜め込んでいた途方も無い額の私財を投げうって開拓した農地なのだ。今の王国の予算では拡張は不可能だろう。それに食糧作物の収穫をこれ以上増やしても、輸入しなければならない食料が減る（現在ではアルハイン公国から食料が輸入出来る。同時に毛織物や絨毯や乳製品などを輸出している）だけで国庫は全然潤わない。国庫を潤すにはもっと他の産業を考える必要がある。

もちろんこれもこの百年ばかり王国の誰もが考えて色々探したらしい。王国には現在は閉鎖されている古い時代の街道が通っていて、昔は南の山間部を越えて神殿領に抜けられた。神殿領への巡礼のために使われていたらしい。

この街道を整備して巡礼路にする事が出来れば、通過する巡礼者からお金が落ちるのでは？　と考えた歴代の王は頑張って古街道を整備しようとしたようだ。

が、険しい山間部に道路を通した古（いにしえ）の帝国の技術は既に無く、崩落してしまった場所などを補修する術（すべ）が無くて断念された。クローヴェル様からアルハイン公国からの要望としてこれを伝えられた時に私とお父様が即答したのはこういう訳なのだ。

他にも色々と試みたみたいよ？　山間部に何か有望な鉱脈でも無いかと思って探してみたみたいで、岩塩の鉱脈が見付かって一応それは王国の国庫を助ける重要な産業になっている。が、採掘量が少ないし、帝国は北部に海があるから塩はあんまり不足していないので大した儲けにはなっていない。山間部の遥か高い所には氷河があって、そこから氷を切り出して売ろうとした人もいたが、どう考えてもリスクとコストに見合わない事が分かって断念された。

私もクローヴェル様とも相談して、この一年色々考えたのだが、まだ良い方法を考え付いてはいない。

ただ、やはり未踏の場所も多い山間部に何か眠っていないか探してみるのが良いのではないか？ と私もクローヴェル様も思っていた。昔探検した者たちでは見分けられなかった有用な資源が何かあるかも知れない。私もクローヴェル様も沢山本を読んでいて知識はあるからね。

帝都への伝手については、それよりもまず親戚になるアルハイン公国との連絡を密にする事だわね。事が起こって半年も経ってからグレイド様が来ないと事件の事情がアルハイン公国に伝わらない有様では困る。

なんでそんな事になったのかというと、使者と言ってもイブリア王国が送った使者は商人に委託しただけの者なので、事情が漏れたら困るからあまり詳しく書簡に書けなかったのだ。やはりちゃんと訓練された専門の使者を育てるか、アルハイン公国側に早馬をリレーするような通信の方法を考えてもらった方が良いだろう。アルハイン公国は帝都に伝手が既にあるようだから、アルハイン公国との連絡が密になればある程度の帝都の情報は手に入る筈だしね。

アルハイン公国はそもそもイブリア王国がこの山間に押し込められた時に、イブリア王国が山の中から出て来ないように、抑えとして王国の旧王都と領域を与えられたそうなのだ。それが今では封じていた王国に婿を送り込もうとしているのだから時代は変わるものである。

　クローヴェル様曰く、やはり公国では他の竜首の王国には逆らえず、様々な事で貧乏くじを引かされて、どうしても王国の権威が必要だ、という事になったそうだ。それで私へのお見合いを、あれほど辞を低くして申し込んできたらしい。

　実は、アルハイン公爵としては、ホーラムル様を婿として送り込んでイブリア王国を完全に支配した後に、王位をアルハイン公爵に禅譲させる事でイブリア王国を完全に乗っ取ろうとしていたようなのだ。跡継ぎの私がいなければホーラムル様を養子として強引に送り込んで乗っ取るつもりだったのだという。

　ところが、私が竜の手鏡を金色に光らせた事で予定が狂ったようだ。あの金色の竜の力とやらは今や王家でも発現するのは珍しい力なのだが、かつては正統な王の力だと言われていたらしい。その力を持っている私から公爵が王権を奪ったら、他の帝国の王家から確実に問題視され、非難や抗議が殺到する事になるだろうという。皇帝陛下から問責され、反逆であるとして帝国軍による討伐まであり得るらしい。それでアルハイン公爵は禅譲を諦めたようである。

　しかも私が選んだのは公爵の目論見とは違うクローヴェル様で、彼はイブリア王国寄りの立場で公爵に対してくれている。公爵としては色々予定が狂って、現在はどうしようかと思案している所なのではないか、とクローヴェル様は仰った。

　迷っているアルハイン公爵を、どうやって私たちに協力させるかが問題よね。息子を皇帝にしようというのだから、アルハイン公爵も反対はしないと思うけど。アルハイン公爵の協力があれば、クローヴェル様が皇帝になれる可能性はググンと高くなる。
私はもうこの時既に、アルハイン公爵を計画に巻き込む気満々だったのである。

◇　◇　◇

私とクローヴェル様の念願の結婚式は、春の一日に行われた。とはいっても山間部のイブリア王国だからまだ少し寒い。私は生まれも育ちもここだから良くは分からないのだが、クローヴェル様もグレイド様も口を揃えて春とは言えないくらい寒いと仰っていた。

私はウェディングドレスを着て、その上からケープを羽織っていた。このケープは母さんと近所の幼馴染たちが編んでくれたレースで作られている。中古のドレスだけではあんまりだと言って作ってくれた。ヴェールを被って頭に小さい王冠、王女冠を載せている。

お父様のエスコートを受けて神殿の中央の絨毯を進む。その終点でクローヴェル様が待っていた。クローヴェル様も紺のスーツに表はグレー、裏は朱色のマントを羽織っている。このマントは王都の有志が作ってくれたそうだ。

クローヴェル様は王都の人々に人気がある。どうやら離宮から王宮に来る時に王都の街中を通るのだが、その時に柔らかな態度で気さくに話し掛けるクローヴェル様をみんなが気に入ったらしい。今では将来の王様、私のお婿として誰からも慕われている。あと、あんまり虚弱なので心配されたというのもある。朱色は健康祈願の意味があるのだそうな。

　お父様から私の手を受け取ったクローヴェル様はフワリと笑った。くすんだ金髪はしっかり撫で付けられ、少し化粧をしたらしい頬はいつもより血色がよく見える。紺碧色の瞳には何の陰も無い。私も上品を意識して微笑む。うっかりすると張り切り過ぎて鼻の穴が大きくなってしまうので。今朝、ポーラに注意されたのだ。気を付けねば。

　二人並んで神殿の祭壇への階段を上がる。祭壇の前には大女神に仕える巫女がいる。結婚式の巫女は未婚の女性が務めるので、まだ若い。彼女は私たちに聖水を振りかけると女神像に向けて祈った。

「生きとし生ける者全てを生み出しし偉大なる大女神アイバーリンよ。今ここにあなたの子二人が新たなる契りを交わし、新たに家族となり、あなたとの約束を果たそうとしています。アイバーリンよ。この者たちの誓いを受け入れ、二人を永久に護り導きたまえ」

　私とクローヴェル様は進みでて、女神像の前に跪いた。通常と違って両手を胸の前に重ねる。そして暗記していた誓詞を声を合わせて唱える。

「偉大なる大女神アイバーリンよ。私たちは今日より夫婦となり、何時いかなる時も共に助け合い、お互いを敬い、愛し合い、そして生涯を共に歩むと誓います」

　工夫の無い誓詞だが、間違えたら大変だから仕方がない。これを間違えたり声が合わなかったりすると結婚が無効になってしまうので。

「結婚の誓いは大女神に受け入れられました」

巫女が厳かに言う。そして神前に備えられていたトレーを持って来る。トレーには指輪が二つ乗っていた。

「誓いの証明として指輪の交換を」

私とクローヴェル様は指輪を一つずつ手に取る。この指輪は歴代の国王夫妻が代々受け継いで来た物である。竜の紋章を象(かたど)っており、私が持っている指輪は金。クローヴェル様のは銀だ。

まず、クローヴェル様が私の前に跪き、私の左手を取る。

「我が女神よ。誓いの証をあなたに」

そう言うと、私の左手の薬指にキスをして、指輪を差し込む。私は自分の指に嵌(は)まった銀の指輪を見ながら思わずにやける。いけないいけない。上品に上品に。

クローヴェル様が立ち上がると、今度は私がクローヴェル様の前に跪いた。

「我が竜よ。誓いの証をあなたに」

そしてクローヴェル様の左手薬指にキスをして、彼の指に指輪をしっかり嵌め込んだ。

これで大女神への結婚の誓いは終了し、私とクローヴェル様の婚姻は成立した。ようやくだ。ようやく結婚出来た。私は歓喜に震えていたので、クローヴェル様が私のヴェールをそっと持ち上げたのに気が付くのが遅れた。

あ、と思った時にはクローヴェル様の唇が私の唇を覆っていた。忘れてた。誓いの口付けがまだ

だった。神殿にいた人々からワッと拍手が湧く。神殿にはお父様とグレイド様の他、元貴族で親戚だからという名目で私の実家の家族も出席していた。誤魔化すために他の元貴族や王都の有力な商人とかも呼んでいるから合計二十名くらいいて、結構盛大な式になった。

　実家の家族に唇へのキスを見られるなんて恥ずかしいが、何だかみんな顔を輝かせて喜んでいるからまぁ、良いか。

　式が終わると王宮に移って披露宴だ。ささやかながら暖かな宴が行われる。私は婚約披露宴のために作ってもらった薄黄色と白のドレスを着て出席した。アルハイン公国の春に合わせたドレスだから王国の春にはちょっと寒いので、上から毛織物のケープを羽織っている。クローヴェル様は濃い緑色のスーツ姿だ。

　私はやっと結婚出来た事が嬉しくて終始ご機嫌で、お酒も沢山呑(の)んだ。私はお酒が好きなのだが、ビールもワインも王国では生産出来ず、せいぜい蜂蜜酒(はちみつしゅ)か芋から作る蒸留酒が少し出来るくらいなので、お酒は貴重品だ。普段はあまり呑めない。今日くらいは良いだろうと呑んでいたら、侍女のポーラがそっと寄って来て囁(ささや)いた。

「姫様、もとい、お妃様。あんまり呑んで結婚初夜に酔い潰れても知りませんよ？」

は！　そうだった。結婚式を終えればこれで終わりな訳では無い。今日は嬉し恥ずかし結婚初夜。念願のクローヴェル様と結ばれる夜ではないか。気持ち良く酔い潰れている場合ではない。体調を万全にしておかねば。私は初夜の事を想像して気持ち悪くうふふふ、っと笑ってしまい、周囲の人にどん引かれた。

そして宴が終わり、花で飾り付けられた馬車で離宮に戻る。いつもは歩くのだが、今日は特別だ。すぐに離宮に着くと、クローヴェル様に手を引かれて馬車を降りる。

本来であれば馬車からクローヴェル様に抱き上げられて降り、そのまま寝室のベッドに寝かされるのが正式な作法らしいが、クローヴェル様にそれは無理だ。なので普通に馬車を降り、離宮の入り口の敷居を跨ぐ瞬間だけ、両足を揃えて飛び越える瞬間、クローヴェル様に手を添えてもらい、最低限の作法をこなした。

「すみませんね。リュー」

「良いのですよ。人には向き不向きがあるのですから」

クローヴェル様はしみじみと私を頭から足の先まで眺めていらした。

「もう住み慣れた離宮で、見慣れた筈の貴女なのに、全然違って見えます。不思議ですね」

私にもクローヴェル様が全く違って見える。不思議ね。いつも通りほっそりした繊細なお顔が、どこか頼もしい。

「こんな美しく素敵な方が本当に私の奥さんなのか、信じられない思いです。私は世界一の幸せ者だ」

うふふふ。私はクローヴェル様の胸に手と頬を当て、身体を擦り寄せた。

「私も素敵な旦那様を得られて幸せですよ。良い家庭を築きましょうね」

今日から沢山子供を作って、明るく楽しい家庭を創るのだ。頑張るぞ～。……と思ったのだが……。

「それで、その、リュー。申し訳無いのですが……」

あれ？　何だか身を寄せているクローヴェル様の身体が熱いな。それと、何だか私に身体を預けているような……。私は彼の背中に手を回し、支えてあげる。

「今日はちょっと疲れてしまいました……」

「きゃー、ヴェル！　気を確かに！」

崩れ落ちるクローヴェル様を支えながら私は慌てて外にいる侍女を呼び込んだ。侍女と三人掛かりで彼をベッドに担ぎ込む。クローヴェル様はすっかり熱を出されてしまい、それから三日も寝込んだのだった。もちろん結婚初夜は延期だ。

ぐったりする夫の額に濡れた手拭いを置いてあげながら、こんな虚弱さでちゃんと私と子供が作れるのだろうか、と私は今更ながら不安になったのだった。

七話　じゃじゃ馬姫の初陣

結婚したクローヴェル様をお父様は王太子に任じた。簡単な立太子式が行われ、クローヴェル様はイブリア王国の王太子になられた。必然的に私は王太子妃となり、妃殿下と呼ばれる身分になる。

とはいえ、生活に大きな変化がある訳ではない。私とクローヴェル様は離宮に住み、基本的にはのんびり暮らしていた。クローヴェル様は私が持ってきた王宮の本をどんどん読んで行く。「こんなに毎日新しい本が読めるなんて嬉しいです」と仰っていた。気持ちは良く分かる。

私も新しい本が読みたいが、王国にある本は殆ど全部読んでしまった。新しい本を買うなど論外だ。本は宝石より高価なのだから。

お父様のお話によると、帝都の帝宮には大図書室があり、そこには王国の何倍もの本が収蔵されているらしい。おおお、それは凄い。一回行ってみたい。というより、クローヴェル様が皇帝になれば帝都に住み帝宮の主人となるのだから、図書室の本も読み放題だ。そのためにもクローヴェル様には皇帝になってもらわねば。

私がそう言うとクローヴェル様は呆れたように「気が早いですよ」と仰っていた。

もちろん、気が早いのは分かっている。皇帝どころかとりあえずはイブリア王国がこの山間部の小王国から脱するのが先だ。王太子になったクローヴェル様には王国の機密情報に触れる権利が与えられた。クローヴェル様は王宮に通ってそれらを一通り読んでいらした。

読み終わった結論としては、やはり何をするにも先立って必要なモノはお金だ、という事になった。イブリア王国には資産が殆ど無く、農地も商人も貧しくて税があまり納められず、歳入が少な過ぎて現状維持が精一杯で、新しい施策を思いついても何一つ実行出来そうに無かったのだ。

幸い、クローヴェル様は婿入りにあたって持参金をかなりの額持たされていた。アルハイン公爵に持たされたものの他にコーデリア様もへそくりから持たせてくれたとのことで、この資金があれば何か新たな産業に出来そうな施策があれば実行に移せるだろう。

お父様は地道に土地の新たな開墾をするのが良いのではないか、と仰ったが、こんな痩せて開墾が難しい土地を削っても収穫はたかが知れている上に、余剰作物が出ても外部に売れる筈も無いから無駄よね。

それよりも、何か付加価値の付け易い商品の類を考えるべきだろう。とりあえず私は王都の人々や実家周りに声を掛け、王国領の中に何か変わった鉱物や木、その他何でも良いから面白そうな物を見つけたら報告してくれるように頼んだ。

山の上の方にヤギを放牧に行くヤギ飼いや、森の奥深くに入る狩人など、普段人が入らない所に行く事が多い職業の人には特に頼んでおいた。

金とか銀とかは期待しないが、何か変わった宝石なんか見つからないかしらね、と私は甘い事を考えていた。クローヴェル様は珍しい木や植物を売れないかと期待していたようだった。帝都では需要があるらしい。

しかしいずれも良い成果は得られなかった。それはそうだろう。もう百年くらい、何世代にもわたって色々な人が試みてきた事だ。私たちが探し始めてすぐに見つけようなど虫が良すぎる。私もクローヴェル様も長期戦は覚悟の上だ。私は王都の商人や遍歴の旅人などからも話を聞き、小さな情報を見逃さないように領地の村々を視察して歩いた。

いや、歩くのは大変なので乗馬を練習しつつ回った。婿攫い騒動でお尻が痛くなったのに懲りてから練習を始めた甲斐あって、結婚式後くらいにはかなり乗れるようになっていた。乗馬姿で毎日領地の色んな所を視察して歩く私の姿に、王国の人まで「じゃじゃ馬姫」と呼び始めたらしい。私、もう結婚したから姫じゃ無いんだけどね。

そうやって領地の村の一つを視察していたある日、例によって村の人たちと話をしていると、女の子が一人、木の板に何やら絵を描いているのに気が付いた。白い石で一生懸命何やら描いている。興味を引かれた私は彼女に近付いた。

「何を描いているの？」

「お母さん！」

ほうほう。なるほど。なんか牙みたいの生えてる気がするけどお母さんなのか。家も母さんが怒ると怖かったもんね。それより私はその娘が持ってる白い石に心惹(ひ)かれた。

「それ、見せてもらっていい？」

「良いわよ！」

女の子が元気一杯に見せてくれた石は白く、やや柔らかい。木の板に擦り付けると線が引ける程度に。手触りは何だかぬるっとしている。面白い石だな。

話によると、近くの崖にこの白石の層があるそうで、この辺りでは昔からこうして何か書く時にインクの代わりに使っているらしい。インクは高いからね。これも上手くすればお金儲けの手段になるかもしれない。私は白石を一つ譲り受けて離宮に持って帰った。

別に大きな期待もせずクローヴェル様に見せたのだが、クローヴェル様は真剣な表情でその白石を見て呟いた。

「これ、陶石かもしれませんよ？」

陶石？　私は驚いた。良い質の陶器を造るには特別な石を砕いて作った粘土が必要で、その石を陶石と呼ぶ。この石が取れる場所はそれほど多くは無く、その場所は陶器の産地としてどこも栄えている。

「しかもこの白さ。この間読んだ本では、磁器は真っ白な陶石から造るとありました。もしかしたらこれがそうかもしれません」

磁器といえば、その昔は遠い海の向こうから輸入しなければならなかった高級品で、現在でもガルダリン皇国でしか造れない貴重品である。

もしもそれが造れて販売する事が出来れば強力な商品になる。それは凄い！

興奮する私をクローヴェル様が嗜めた。

「リュー。これが確かに磁器も造れる陶石だったとしても、何の知識も経験も無い王国の民では磁器は造れませんよ」

当然である。現在王国で造られている陶器は、川沿いの粘土を捏ねて造られる、陶器というより土器で、日常生活で使われるものだ。そういう土器しか焼いた事がない職人に磁器が焼ける訳がない。

しかし、諦めるには惜しいし、これが本当に陶石なのかどうかも気に掛かる。私は次の日から王都に向かい、片っ端から住民に陶器製作に詳しい者がいないかどうかを尋ねて歩いた。

すると、どうも露天商の一人が昔陶器を焼いていたと、酔っ払ってこぼした事があるという話が聞けた。私は喜び勇んでその露天商に話を聞きに行った。

その露天商は五十代くらいの男性で、丸い鼻と垂れ目が特徴的だった。癖の強い黒髪を掻き回しながら、彼は店先に胡座をかいたまま面倒臭そうに言った。

「はぁ、確かに大昔に焼き物を焼いちゃあいましたがね。それがどうかしましたか？」

私は彼に白石を見せた。その瞬間、男性の表情に力が戻った。

「こ、こりゃあ！　一体どこで！」

私は彼にこの石の発見の経緯を話し、本当に陶石なら焼き物を生産して、販売して国庫を富ませたいのだと言った。男性（ケールと名乗った）は石を見たまま唸り、石を擦り付けたり少し舐めてみたりしながら考え込んでいた。

「どうですか？」

「まぁ……。確かにこれは陶石ですがね。しかしですな、石だけあっても窯がありやせん。石を粘土にするのも大変で設備が要ります。お金も人手も必要ですぜ」

ケールは私を上目遣いで見た。私は躊躇（ちゅうちょ）無く叫んだ。

「やりなさい！」

ケールが思わず立ち上がって直立不動になる。

「お金は出します！　人手も用意します！　あなたの思う通りにやりなさい！　何もかも私が責任を取ります！」

あれだけ色々探しても他に見つからなかったのだ。もうこの白石とケールに賭けるしか無いだろう。私はこの陶器製作事業にクローヴェル様の持参金全てつぎ込むことを即決した。

ケールは目を白黒させていたが、私の熱意に押されたのと、そもそも陶器製作職人を自分の希望では無く辞める羽目になっていて、職人として未練があったらしく、結局私の依頼を引き受けてくれた。

私は領地を駆け回り、希望者を募って陶器製作事業の人員を用意し、窯の設置場所や陶石採掘、粘土作成場所を確保した。

ケールは優秀な職人で、全く何も無い状況からたったの三年で陶器の製作に成功し、翌年には販売出来る品質と数の陶器を製作してみせた。そして更に磁器の製作にも五年で成功してみせたのである。この陶器と磁器の販売はイブリア王国の非常に重要な財源となり、私とクローヴェル様を大いに助けてくれる事になる。

しかしながら、それはかなり先の話である。その時はまだ人と金を喰い始めた駆け出しの事業に過ぎず、私も成功の確信こそあったが、お父様に「本当に儲かるのか？」と聞かれて「分かりませんわ」と答えたくらいの見通ししか持っていない。

まぁ、事業には投資と準備と我慢は絶対に必要だ。私はお金と人を準備する以外はケールに口出し一つしなかった。

それはそれとして、私は陶器製作事業の準備が一段落すると、再び領地の視察を続けた。新規事業は一つでは足りない。他にも何か、小さな事でも見逃さずにお金儲けに繋げたい。

王国にやってくる旅人は少なかったが、王都で旅人から多く耳にしたのはやはり、山越えの巡礼路は通れないのか？　という質問だった。

神殿領の大神殿への巡礼は、大女神信仰の信者にとっては一生の夢だ。死ぬ前に大神殿の大女神の巨像の前でお祈り出来れば、死後に大女神の楽園に招かれるのだという。

しかしながら現在、神殿領に行くには帝国の東に広がる遊牧民の支配領域を通る必要があり、危険を伴うのだそうだ。そのため、イブリア王国の中を抜けて帝国の支配領域の中で完結する巡礼路の確立は、帝国の大女神信仰の信者の全てが求めている事なのだそうである。

そうは言われてもね。私は王国の最奥である巡礼街道も視察したが、確かに崖に張り出すように築かれた桟道が崩落していて、どう見ても修復出来なそうだった。古帝国の連中はどうやってこんなモノ造ったのかしらね。

しかしながら、要望が強いという事は、街道を通せれば利用者が多いという事になる。利用者、巡礼者が多ければ多いほど、通過点である王都やそれ以外の村にも宿泊や買い物でお金が落ち易くなるだろう。何とか再開通出来ないかしら。

私は数日、うんうん唸って考えたが、あんな神業的な工法で築かれている桟道を修復する方法などどう考えても思い付かない。諦め掛けていたその時、横で本を読んでいたクローヴェル様がポツリと呟いた。

「他にルートは無いのですか?」

え?　ルート?

「聖都に行くのに、その旧街道を使わなければならない法は無いわけですよね。なら、どこか違う山道を越えて聖都に向かうルートは考えられないのでしょうか」

私は顎が外れかねない程口を大きく開いてしまった。

「そ、それです！」

確かにその通りだ。昔街道がそこを通っていたからといって、街道をそこに限定する必要など無いのである。

慌てて領民に尋ねると、別の高い山を越えて神殿領に至る峠道はちゃんと存在する事がすぐに判明した。ただし、旧街道に比べてかなり遠回りになる上に険しい山道なので越えるのは大変だとの事。それを厭った古帝国が神業を使って桟道を通したのだろう。

構わない構わない。どうせ越えるのは私ではなくて巡礼者だ。多少大変な方が巡礼の有り難みが増すというモノではないか。と私は酷い事を考えた。私は人を集めて、その峠道を多少通り易くするように整備させた。実際に行き来もさせて使える事も確認させた。

そしてアルハイン公国に使いを出し、巡礼路の復活を伝えた。アルハイン公国は随分驚いたらしい。しかし、巡礼路のイブリア王国ルート再開は帝国中にあっという間に広まったらしく、王国には翌春から聖都巡礼の旅人が押し寄せて来るようになった。するとその巡礼の人々目当ての露天商もやってくるし、その露天に品物を卸す商人も沢山やってくるようになる。

こちらの施策は即効性があり、イブリア王国の国庫は大いに潤うことになった。露天を出すにも登録料と税金が要るし、入国のための通行料も徴収するようにしたからね。そのお金を陶器製作事業に注ぎ込み、更に後々陶器が販売出来るようになったら巡礼者目当てにやってきた商人に売って広めてもらうという好循環にもなった。

王都の人口も増加。新街道沿いの村も活気付き、結婚の二年後には巡礼者のお陰でイブリア王国はかなりの活況を呈したのだった。私はすっかり感心した。街道の再整備も陶器製作事業もクローヴェル様のお手柄だ。私がそう褒めると、彼は嬉しそうに紺碧色の瞳を細めながらも言った。

「実際に行動したのは貴女でしょう？　リュー。私はきっかけを与えたに過ぎません」

実際、国民の間では巡礼路も陶器製作事業も「じゃじゃ馬姫のお手柄」として語られていて、私はそれが悔しかった。クローヴェル様のお手柄なのに。

「大事なのは結果ではありませんか。まして私と貴女は夫婦。貴女の手柄は私の手柄でもあります。リューが讃えられるのは私も誇らしいです」

クローヴェル様はこれ以降もそう仰って、ご自分が提案した事が私のやった事にされても一切意に介さなかった。お陰でクローヴェル様は無能で惰弱な、妻に何もかもやらせた王とまで言われてしまうようになる。人の語る他人の評判とはかくも無責任なものなのだ。

◇　◇　◇

巡礼路が開通して巡礼者が押し寄せ、かなり国庫が潤うようになってはきていたが、未だに陶器製作事業はまだ試作にも辿り着かなかった頃、つまり結婚二年後の秋の事だ。私とクローヴェル様は共に十八歳である。

私たちにまだ子供は出来ていなかった。その、する事はしているのだけど、出来ていないのだ。うーむ。私はちょっと困っていた。お父様も父さん母さんも楽しみに待っているのに、二年経ってもまだ出来ないのだ。私はする事をすれば子供などポコポコ出来ると羊やヤギを見て思っていたので意外な気分だった。

ただ、私もクローヴェル様もまだ若いし、クローヴェル様は王国の気候にも慣れたからか、この所熱を出す事もかなり少なくなった。クローヴェル様が健康になられれば、そのうち出来るだろうと私はあんまり心配していなかったわね。

二人の関係は結婚二年経っても良好だ。クローヴェル様の発想に私の行動力があればこその新事業である。それが実を結んで段々国が栄えて行くのはなかなか感動的な事だった。二人で力を合わせて王国を発展させているという実感がある。この調子でどんどん王国を発展させ、クローヴェル様を皇帝に押し上げるのだ。

そんな事を思っていたある日、王宮から大至急の呼び出しがあった。なんと馬車が離宮にまで送られて来て、それに乗ってクローヴェル様と一緒に来いとの話である。只事(ただごと)では無い。因みに馬は私の馬で、いつもは王宮で飼われていて、こういう時は馬車も引いてくれる。

少しは国庫が潤っているとはいえ、王族が贅沢出来る程ではないので、全く変わりない小さな王宮に到着してクローヴェル様とサロンに入ると、そこにお父様と、意外な人物が待っていた。

「グレイド様？」

「兄上？」

何とクローヴェル様のお兄上であるグレイド様だった。焦げ茶色の髪と瞳。端整な顔立ちは間違いようが無い。しかし何だかこの時は疲れ果てたような顔をしていらした。

私とクローヴェル様がソファーに座るのを待ちかねたように、グレイド様が仰った。

「援軍が欲しいのです」

随分物騒な単語が出てきた。何なんですかそれは。私も驚いたが、クローヴェル様も眉を顰める。

「どういう事なのですか？　兄上」

「東の遊牧民たちが大規模な略奪にまたぞろやってきたようなのだ」

グレイド様の説明では、東の遊牧民は秋になると、収穫した実りを狙って毎年のようにアルハイン公国に侵入して来るのだという。それ自体は毎年の事なので驚く事では無いのだが、今年のそれはちょっと規模が大きいようなのだという。

遊牧民たちは普段は分散して生活しているし、国家という概念を強く持たないから、略奪もそれ程大規模にはならないのだが、何らかの理由で遊牧民たちが飢えると、連合してたちまち大規模な集団、軍団を形成して帝国に侵入してくる。今回もそういう軍団が侵攻して来ると思われるのだそうだ。

アルハイン公国は遊牧民の支配領域に定期的に偵察も出しているから侵攻の雰囲気はいち早く察

知して、ホーラムル様とグレイド様が急ぎ軍団を率いて国境付近を警戒すると共に、帝都に早馬を出して援軍を求めたのだそうだ。

帝都に援軍を求めるのは初めてでは無く、それどころか、このような大規模侵攻の時は通常の手順なのだという。それはそうだろう。もしもアルハイン公国の防衛が失敗したら、遊牧民たちは北に攻め上がって他の王国や諸侯領を蹂躙し、帝都を脅かすかも知れないのだから。

ところが帝都からは「援軍は出せない」という驚きの答えが返って来たそうだ。なんでもガルダリン皇国に備えなければならない、とか、遊牧民の北上に備えたいとか訳の分からない理由を並べ立てたそうだ。なんでまた。アルハイン公国が敗れて帝国に良い事など無いと思うのだが。

「どうやら、フェルセルム様が援軍を出す事に強く反対したようです」

は？　何だか今や懐かしい名前が出て来て、私は目を瞬かせた。

「どういう事なのですか？」

私が首を傾げると、グレイド様は流石にイラッとしたように眉を逆立てた。

「どうもこうも有りませんよ。恐らく妃殿下への嫌がらせですよ。アルハイン公国を負けさせて、それを理由にアルハイン公国に処分を下すつもりでしょう。アルハイン公国の勢力を弱めれば、間接的にイブリア王国が困るという寸法です」

は？　何それ。何してくれてんの？　あの横恋慕王子!?

「他に理由が考えられませんでしょう。貴女のせいですよ、妃殿下」

「考え過ぎではないの？　あれから二年半も経っているのよ？」

「フェルセルム様は執念深いとの評判です」

マジか。私はフェルセルム様のイヤミなくらいの美麗顔を思い浮かべる。すっかり忘れていたし、あちらも忘れていると思ったのに。何しろクローヴェル様はやはり長旅には耐えられないという事で竜首会議には出ていないのだ。私も忙しかったし。だからフェルセルム様にはあれっきり関わってさえいない。二年以上も会わなければ忘れると思うでしょう？　普通。

「こうなっては仕方がありません。アルハイン公国単独で遊牧民を撃退するしかありません。つきましてはイブリア王国にも援軍の出兵をお願いしたい」

私とクローヴェル様は顔を見合わせる。援軍と言われても……。

イブリア王国には軍隊など無い。この一年、巡礼者が沢山やってくるようになったので、衛兵は増やし国境にも衛兵を置くようにしたが、それだって合計せいぜい百名。交代要員を含めても二百名くらいだ。全員が歩兵、というか単に鎧を着た若い市民で、他の仕事の合間にアルバイト感覚でやってくれているような人たちなのである。

全く訓練などしていないし、戦場に連れて行っても役立つとは思えない。というか頼んでもついて来てくれないだろう。

私たちが困惑していると、グレイド様が厳しい顔で仰った。

「兵がいないなら仕方がありませんが、いよいよとなれば妃殿下だけでも来ていただきます」

私？　私が戦場に行ってどうするの？　それこそ何の役にも立たないわよ？　しかしグレイド様は首を横に振った。

「妃殿下は金色の竜の力をお持ちです。金色の竜の力は戦場において、軍隊の能力を飛躍的に向上する力があると聞いています。そのお力をお借りしたい」

へ？　金色の竜の力って、そういう力なの？　全然知らなかった。だってどの本にも書いて無かったから。すると、それまで黙っていたお父様が唸るような声で仰った。

「竜の力については王家の秘伝じゃからな。書き記す事は無く、口伝で伝えられる。もっとも、ワシには金色の竜の力は発現せなんだから、父から聞いた事しか伝えられぬが」

とりあえず後でイブリア王家に伝わる竜の力についての秘伝を教えてくれる事になった。それは兎も角、どうもグレイド様は私を戦場に連れて行くためにわざわざいらしたらしい。使者で話を済ませなかった事から考えて、絶対に私を参戦させるという決意を感じる。これは断れないかな。

と私は思ったのだが、クローヴェル様は猛然とグレイド様に食って掛かった。

「兄上、イリューテシアは騎士ではありません。戦場に出た事もありません。彼女を戦わせるなんて無理です！」

「そんな事は分かっている。しかしながら、今回の戦役の勝敗如何によってはアルハイン公国、ひいてはイブリア王国の存亡に関わる。勝利の確率は少しでも上げておかねばならぬ」

グレイド様も引かない。アルハイン公国も不確かな金色の竜の力に頼らざるを得ないくらい追い込まれているのだろう。確かにアルハイン公国が敗れればイブリア王国に遊牧民が殺到してくるかも知れない。他人事では無いのだ。

私はクローヴェル様の腕に手を添えて言った。

「クローヴェル様、私、行きますわ」

「リュー！　貴女は戦場を知らないでしょう！　危険すぎます。貴女にもしもの事があったら私は……！」

私だって怖くはある。しかし。

「大丈夫です。これから貴方を皇帝にするためには幾たびも戦いを乗り越えねばならないでしょう？　丁度良い初陣ですわ」

「……貴女は豪胆過ぎる」

淑女として豪胆は褒め言葉なのかどうなのか。しかし、クローヴェル様を皇帝に押し上げるには、戦争がおそらく不可欠なのは事実だ。私はとっくにそう覚悟していた。ならば、ここで恐れてばかりはいられないだろう。

私はクローヴェル様を説得して、結局グレイド様に付いて一人で戦場に向かうことになった。ポーラ以下の侍女たちは真っ青になり「おやめ下さい！」と叫んだが、今更止められない。私は彼女たちも説得して、鎧の用意をしてもらった。婿攫いの時に合う鎧が見当たらなかったので一応造らせておいた物だ。

グレイド様も私を戦力として期待している訳ではなく、金色の竜の力とやらで支援出来るか試してもらうのと、イブリア王国の権威で動揺している味方の諸侯を安心させて欲しいとの意向だった。なので私は一応剣は佩(は)いたが、抜く気は無かった。抜いても馬上では振り回せまい。馬から転げ落ちるのがオチである。

代わりに、戦場でもよく目立つような、大きなイブリア王国の紋章が入った水色の旗を持った。竜首の王国にしか許されない竜の紋章である。これを掲げればアルハイン公国にイブリア王国の権威的裏付けがあると分かるだろう。

戦場まではさして遠く無く、馬を駆け続けさせれば丸一日もあれば着くらしい。私の乗馬技術もかなりのものになっているから、一日駆けさせるくらいなら何とかなる。

私は鎧を身に纏い、しつこいくらいに引き留めようとするクローヴェル様と半ば無理やり抱擁して出立の挨拶をすると、皆に「行ってきます！　留守を頼みます！」と叫んでグレイド様の後について出陣したのだった。

これが私の初陣、初めての戦場となる。

八話　イカナの戦い

グレイド様は供を十騎ほど連れていたので、私はそれに加わって戦場に急ごうとした。のだが。

「姫を一人で行かせるわけにはいかない！」「おう！　俺たちも行くぞ！」

と婿攫いの時と同じパターンで衛兵や王都の市民が慌てて私に付いて来てしまったので、図らずも私は歩兵を百人ほど率いる事になってしまった。

来なくて良いと言ったのだが、どうしてもと言って皆聞かなかったのだ。私は、必ず王宮で鎧兜と武器を受け取ってから来るように厳命し、武装の無い者の従軍を禁じた。そうしないと鋤や鍬を持っただけの者が来てしまう恐れがあったのだ。婿攫いの時と違って今回は本当の戦場なのだ。誰も無駄死にさせたくない。

歩兵が加わってしまったので、進む速度は遅くなり、騎兵だけなら駆け続けて丸一日の所、丸二日掛かってしまった。

グレイド様は伝令を先行させ、状況の把握に努めていた。遊牧民族の動きは読み辛く、目を離すと何十キロメートルも移動してしまう事もあるのだとか。今回は国境付近にあるアルハイン公国の勢力下にあるイカナという城壁都市を狙っているという情報があったのだそうだ。イカナはアルハイン公国南東部最大の都市で、この辺りの流通の要(かなめ)であり、重要戦略拠点でもある。ここを陥落させられたら、アルハイン公国の南西部がごっそり切り取られることだろう。

イブリア王国にとっても他人事では無く、そうなればイブリア王国のある山間部への入り口は遊牧民に抑えられてしまう事になる。絶対に防衛しなければならなかった。

イカナに到着すると、街の城門はしっかり閉じられていて入る事は出来なかった。既に完全に籠城の態勢なのだ。

アルハイン公国の軍勢は街の外に野営していた。遊牧民たちの動きにいつでも即応出来るようにするためだろう。私はイブリア王国軍の皆に野営準備と休息を命じ、私自身はグレイド様に付いて本陣へと向かった。

本陣に使われている大型のテントに入った途端。

「遅い！」

という怒鳴り声に迎えられて私は仰け反った。

「遅いぞグレイド！　危うく間に合わぬ所だったではないか！　じゃじゃ馬姫は説得できたのか！」

懐かしのホーラムル様が金髪をぼさぼさにして青い目を血走らせていた。私はグレイド様の背中からひょいと顔を出して、ニッコリ笑った。

「じゃじゃ馬姫は来てますよ。お久しぶりです。ホーラムル様」

すると、ホーラムル様はピキッと固まってしまった。ありゃ？　そして数歩後ずさると、ようやくそこで踏みとどまった。額に汗まで浮かべている。一体どういう態度なのか。私、この人をこんなに怖れさせるような事を何かしたかしらね？

「お、おひさしぶりでございます。お、王女殿下」

「もう王太子妃ですけどね。申し訳ありません私の手勢は歩兵ですので遅くなりました」

本陣にはホーラムル様の他、十名程の鎧姿の方々がいた。見覚えがある人もいるので、アルハイン公国の貴族や周辺の諸侯たちだろう。全員、私の事を驚きの目で見詰め、ホーラムル様の態度に困惑している。

それはそうだ。恐らくはこの戦いの総大将であるホーラムル様があんなに動揺しているのだ。何者が来たかと思って不思議は無い。私は進み出て自己紹介をする。

「イブリア王国王太子妃、イリューテシア・ブロードフォードです」

全員が「ああ」となる。

「「イブリア王国のじゃじゃ馬姫ですか」」

全員が声を揃えるくらい有名なのその二つ名？　恥ずかしいんだけど。

とりあえず私を知らぬ者はいないようだったし、イブリア王国王族の参戦はアルハイン公国の権威を高める意味で重要な事であるので、私の参戦に異議を唱える者はいなかった。後は私がその「金色の竜の力」とやらを使えるかどうかなんだろうけどね。

一応、出立前にお父様に王家の秘伝とやらを伝授されてはいた。ただ、お父様曰く、お父様自身は金色の竜の力を持っていないし、先代、先々代の王も同じく持たなかったのだそうだ。そのため、ここ何代かは誰も使った事が無く、使い方が正しいのかの確認も出来ていないというあやふやな秘伝だった。

しかも困った事に、この金色の竜の力は一度使ったら三日くらいは使えなくなるという制限があるらしく、王都で練習してから戦場に駆け付ける訳にはいかなかったのだ。なので使う時はぶっつけ本番になってしまう。大丈夫なのかしらね。そんなので。

ただ、作戦会議を聞いている限りでは、ホーラムル様はそんなあやふやな力に頼ることなく、何とか自力で勝とうと試みているようだった。流石に騎士としての自分を誇っていただけの事はある。

周囲の者の様子を見てもホーラムル様の指揮能力には信頼を置いているらしい事が分かる。本当に能力は高いのだろう。あと、要所要所でグレイド様が発言し、上手く議事をコントロールしているようだ。この兄弟のコンビ、なかなか良さそうね。

作戦上、私とイブリア王国軍に求められた事は二つ。前線までちゃんと従軍する事。後はアルハイン公国軍の邪魔をしない事だった。

護ってやる余裕はないので、逃げ回っても良いから自力で自分の身は守れというような事を言われた。要するに私が前線に出るという事実がアルハイン公国にとっては重要なのだろう。後、役に立ちそうなら金色の竜の力を使って下さい、と一応はホーラムル様からもお願いされた。ま、一応やってはみましょう。

私は王国軍の陣地に戻り、全員を集めて訓示をした。戦ってはダメ。勝てるわけが無い。戦いが始まったら逃げたと思われないようにそっと後方へ下がり、敵が来たら全力で逃げる事。私は馬で全力で逃げるので、皆は散り散りに逃げなさい。無駄死にダメ絶対。というような事をしっかり申し渡した。全員が笑いながら聞いていたからどうだろうね。私を心配して付いて来てくれたような人たちを、こんなところで死なせたくはないのだが。

私だけ天幕を借り、しかしベッドまでは無かったので毛布にくるまって眠る。何だか子供の頃に戻ったようで懐かしい。友人の家で遊んで泊まる時などは、ベッドが小さくて二人は寝られ無いので、友人と木の床に転がって寝たものなのだ。私はクローヴェル様に「豪胆」と言われた度胸の良さで、明日戦場に出るというのに全く気にせずぐっすりと寝た。

翌日早朝、私は手勢を率いてアルハイン公国軍の後をついて行った。

アルハイン公国軍は五千五百。内訳は騎兵が三千、歩兵が二千。輸送部隊が五百である。騎兵の方が多いのは、遊牧民がほぼ全員騎兵で構成されているからで、敵に即応するには騎兵が多い方が良いのだそうだ。

遊牧民はあまり鎧をきっちりと着込まない軽騎兵が多いそうだ。アルハイン公国も過去の戦訓から全身鎧の者は少なく、戦場での速度を優先している事が分かる。ただ、それでも比較すれば重武装のアルハイン公国軍、軽装の遊牧民という感じになるようだ。私はきっちり全身鎧を着ている。万が一流れ矢に当たったりしたら大変だから、戦闘が始まったら兜も被るように色んな人に言われた。

敵の数は良く分からないが七千くらいで、先ほども述べたようにほぼ全て軽騎兵だ。彼らの目的は略奪だが、その戦闘力は高く、長年帝国を悩ませている。百五十年くらい前には大連合軍を形成して攻め寄せ、帝都が何ヶ月も囲まれた事があった。

敵の数の方が多いのだから、いくらアルハイン公国軍が精強とは言え、苦しい戦いになるだろう。本当はここに帝都からの援軍が来る筈だったのに。フェルセルム様の馬鹿者め。

昨日の軍議を聞く限りにおいては、ホーラムル様は敵を有利な戦場に誘導し、そこで短期決戦で打撃を与えて追い返そうと考えているようだった。アルハイン公国にとっては遊牧民がアルハイン公国に深く侵入しなければ良く、完全に撃滅したり撃退する必要は無いそうだ。

グレイド様が仰っていたが、公爵領都には公爵と次期公爵が率いる一万の軍勢がまだおり、最悪の場合はその軍勢で領都だけは死守するとの事。

ただ、そうなるとアルハイン公国の面目は丸つぶれとなり、おそらく帝都から何らかの処分が下るだろうとのこと。勝手な話だが、アルハイン公国は帝都の南東の護りを任されているのだから仕方が無いのだという。

　戦場は低い丘が連なる地域で、遊牧民が攻めてくる時は大体ここの辺りで迎え撃つ事になるのだそうだ。全くの平原だと、遊牧民の機動力について行けなくてアルハイン公国軍の勝ち目が薄くなるので、地形変化を利用して敵の動きを少しでも抑えたいとの事だった。

　ホーラムル様が軍議で仰っていた感じだと、こちらは出来るだけ高所を占位し、敵を低地に押し込めて、チャンスがあったら突入するというような作戦のようだ。


　さて、戦域に進入する前に、いきなり私の出番がやって来た。アルハイン公国軍が整列し、その前にホーラムル様とグレイド様が騎乗で出て、そこに私も歩いて付いて行く。鎧は着ているが、兜は脱いでいる。下馬したのは、馬上で儀式が出来るか分からなかったからだ。お父様には立った状態で教わったからね。ホーラムル様が大きな声で言う。

「こちらは、イブリア王国の王太子妃殿下、イリューテシア様だ。これから我々に竜の力を分け与える儀式を行って下さる！　全員、王太子妃殿下に捧げ剣！」

　五千人の軍団が一斉に抜剣して顔の前に掲げた。剣が鞘から抜かれるジャキンという音が揃って聞こえたのだから、動きが揃っている証拠だ。良く訓練されているのだろう。全員、真剣な顔で身動きもしない。ざわめき一つ聞こえてもこない。うーん。これはやっぱり出来ませんでしたでは済まないのでは？

私はちょっと真面目な顔を意識する。せめて見た目と動作はそれらしくして失敗しても何食わぬ顔で、ちゃんと儀式はしましたよ、と言うために。

私は進み出て、両手を真っ直ぐ上に上げた。手の平は上に向け親指の付け根同士が触れる感じ。顔も上を向けるが、目は閉じる。一応真剣に集中する。

「おお、我が祖でありその源である七つ首の竜よ。我が戦士に力を与えたまえ。戦士たちに勇気を与えたまえ、戦士たちに幸運を与えたまえ。その剣は鋭く鎧は堅牢で、その腕はたくましくその脚は疲れを知らぬ。おお、七つ首の竜よ。その末裔たる我らに勝利を与えたまえ！」

祝詞を唱えると、私はくわっと目を開いた。

……のだが、どうなのかしら。これで良いのかしら。お父様に教わった手順と祝詞なんだけど。やっぱり私には無理なんじゃないの？

と思いながらもその姿勢をキープする事しばし。突然、天に向けていた私の両掌からピカーっと金色の光が迸った。光は天に向かって真っ直ぐに上がって青空に吸い込まれて行く。え〜!?

驚く私だが、動いてはいけないのは何となく分かる。我慢して動かずにいると、ほんの数秒で私の手から噴き出す金色の光はかすれるように消えた。な、なんだったんだろう。今のは。

しかし安心するのは早かった。次の瞬間天より、打ち上がった光の何十倍もの金色の光の奔流が、バシャーンと落雷のように軍団の上に落下してきたのだ。落雷と違うのは無音だった事だ。しかしながら突然の光の豪雨に軍団の兵たちは「うおお！」と叫んで大慌てになる。しかし光はやはり数秒で止み。終わった。

……私は天を見上げた姿勢で固まっていた。何ですかあれは。あれが金色の竜の力なのだとすれば、何ともはや派手な事だ。

自分でやった事ながらちょっと現実感が無い。何しろ、手から光が出たのだけれど、痛みも何も無く、疲れたとか何かを失ったという感覚も無いのだ。間近で光ったから物凄く眩しかったけど。事象としては凄かったが、あれは何の役に立つのかしらね？　絵的に派手なだけで何の意味も無かったらどうしよう。

などと考えながら私が固まっていると、ざわざわとアルハイン公国軍の兵たちがざわめき出した。私はようやく我に返り、手を下ろすと兵たちが何に騒いでいるのか確認しようとした。

兵たちが目を輝かせて見ているのは私だった。え？　私!?　五千人もの人間がキラキラした目で私を一心に見つめているのだ。幾ら私でも動揺を禁じえない。彼らは口々に「凄い！」「竜の力か！」「力がみなぎって来る！」「身体が薄っすら光っているぞ！」とか言っている。ほうほう。やはり何らかの効果があったようだ。兵士たちは興奮し、今にも私の所に殺到してきそうだ。そこへ、ホーラムル様が馬を進めて大音声を上げた。

「皆の者！　これが竜の力だ！　帝国を護る聖なるご加護だ！　我々には竜の力を操る聖女が付いている！　勝利は疑いないぞ！」

軍団がどおおお！　っと地響きのような雄たけびを上げる。ホーラムル様は頷くと、剣を高く掲げた。

「行くぞ！　前進！」

ホーラムル様が叫び、私は慌てて軍団の前面から避けた。全員が胸に拳を当てる騎士礼をしながら私の前を行き過ぎる。全員が目を輝かせているのが何とも怖い。私の所にグレイド様がやって来て馬から飛び降りると、跪いて深々と頭を下げた。

「期待以上でした！　ありがとうございます妃殿下！」

「い、いえ、あれで良いのでしょうか？」

「確かに力がみなぎり身体が軽くなっております。間違い無く伝え聞いていた金色の竜の力と同じです。何より、お力を受けて軍団の士気が天井知らずに上がっております。これなら何とかなりそうです！　後は我々の仕事です。殿下はお早く後方におさがり下さい！　では！」

グレイド様はそう言うと馬に飛び乗り、軍団を追い掛けて行った。呆然とそれを見送っていると、イブリア王国の兵が私の所に集まって来る。彼らも竜の力を受けたらしく、目を輝かせている。そういえば確かに薄っすら身体が光っているわね。

後方へ下がれと言われたし、先ほどまではそのつもりだったのだが、どうも私が竜の力を与えたせいでアルハイン公国軍は恐れを知らぬ集団になってしまったようだ。そのせいで兵たちが無用な戦いをして死んだら、何となく私のせいみたいで嫌だな、と思ってしまった。どうにも戦場が気になったので、私はこの辺りで一番高い丘に登る事にした。そこも後方といえば後方だし。兵百人を連れて移動する。

丘を登り切るとそこは灌木(かんぼく)が僅かに生えているくらいで見晴らしが良かった。かなり前方の丘の上にアルハイン公国軍がいて、丘の下にいる者たちと戦っているようだった。あれが遊牧民たちか。私はこの時初めて遊牧民を見た。

遊牧民は全体的に黒髪の者が多いようだった。私も黒髪なので親近感は湧くわね。確かにあまり重そうな鎧は着ておらず、服装も赤を多用した色鮮やかなものだ。全員が馬に乗って弓を持っている。丘の上のアルハイン公国軍に向けて次々と矢を射かけていた。しかしアルハイン公国は手慣れた感じで盾を翳(かざ)し、その矢を防いでいる。

そして遊牧民たちが効かぬ矢に苛立って接近してきた瞬間、ホーラムル様が何か号令すると、アルハイン公国の騎兵たちが一斉に槍を翳して丘を駆け降りる。そして一気に遊牧民の隊列に突入した。

高い所から低い所への突撃なのでアルハイン公国軍の攻撃力がはるかに優ったようだ。遊牧民たちの隊列はその一撃で大きく乱れた。おお、凄い。しかし、ホーラムル様は深追いせず、すぐに丘の上に戻ってしまう。そしてまた敵を待ち受け、遊牧民たちが接近すると突撃して、一撃して離脱。なる程。数が少ないアルハイン公国軍を集中させて使い、有利な接近戦のみを挑み、相手を消耗させる作戦なのだろう。

遊牧民は好戦的だが、彼らの目的は戦争では無く略奪だ（戦闘さえも敵の死体から戦利品を剝ぎ取るためなので略奪の一環らしい）。自分たちに損害が多くなり、割に合わないと思えば撤退して行く。

故に全滅させる必要はなく、割に合わないと感じる損害さえ与えれば良い。事前の軍議で聞いていた通りの作戦だ。ホーラムル様は確かに優秀な前線指揮官だ。何となく脳筋で突撃しか能が無いのかと思っていたが、そんな事はなかった。ごめんなさい。

だが、お見合いの時に感じたのは、やや調子に乗り易い事と、視野が狭い事だった。物事が上手く行っている時の方が危ないタイプだったわね。

私は周辺に目を凝らす。すると、アルハイン公国軍が陣取っている丘の後ろにごそごそと何かがうごめいていた。良く見ると、それは身体に木の枝や葉っぱを張り付けた人間で、どうやら遊牧民の戦士たちのようだった。なんと、馬を降り、偽装をして密かにアルハイン公国の背後に接近中なのだ。

遊牧民にとって馬に乗るのは誇りであるとさえ聞いている。それ故、遊牧民の戦士が馬を降りて戦うなどとは誰も考えない。ホーラムル様もグレイド様も予想もしていないと思われる。

敵の偽装集団は進んで丘の麓に取りついた。アルハイン公国軍が気付いた様子は無い。危ない！

私は思わず、手に持っていた王国の紋章旗、竜の紋章が描かれた水色のその大きな旗を馬上で頭の上に掲げて大きく振った。二度、三度と振ると、アルハイン公国の兵たちが気付いたようだ。こちらを見る者が多くなる。

私は十分注目を集めた事を確認すると、旗で丘の麓、アルハイン公国軍に襲い掛かって来つつある遊牧民の偽装兵たちを指し示した。

それでようやく、アルハイン公国軍も気が付いたようだ。恐らく後方を警戒していた騎士の指揮官が慌てて動き、歩兵の槍兵が一斉にその偽装兵の所に突入して行くのが見えた。おお、間に合った。

更に、良く見ると、同じような偽装兵の集団が何組か見える。私は旗でそれらの集団を指して、アルハイン公国軍に対処を促す。偽装兵の集団は数もいないし、対処すれば脅威にはならないだろう。やれやれ。

「姫！　敵が来ます！」

イブリア王国の兵士が叫ぶ。見ると偽装兵の集団の一つがこちらに向かって来るではないか。大変だ！

「逃げるわよ！　全員！　後方へ脱出！　全力で！」

私は馬を駆けさせたが、王国の兵は金色の竜の力の影響か、馬にも負けない速度で付いて来た。これは凄いわね。確かに身体能力が大きく向上しているわ。元々精強なアルハイン公国軍なら大きな助力になった事だろう。私たちは敵の追撃を振り切って逃走に成功した。

◇　　　◇　　　◇

このイカナの戦いはアルハイン公国イブリア王国連合軍の大勝利となった。

ホーラムル様率いるアルハイン公国軍は遊牧民の軍団に何度と無く突入して一方的に打ち破り、また、伏兵も歩兵で排除して大きな損害を与えた。

捕虜三百名を得て打ち倒した者は数知れず。対して味方の死者は百人に届かなかったそうで、自軍より多数の敵と戦ってこの損害なら軽微であると言って良いのだそうだ。諸侯には死者は無かったそうだし。

戦場から引き上げてきてイブリア王国軍と合流したアルハイン公国軍は意気軒高。戦場の興奮がまだまだ治まらない様子だった。……そういえば、金色の竜の力にはこういう興奮を治める儀式もあるんだよね。今は力を使ったばかりだから出来ないけど。

お会いしたホーラムル様は馬から飛び降りると跪き、深々とお辞儀をした。

「王女殿下のおかげで大勝利でございます！　見事な儀式、見事な指揮！　感服いたしました！」

指揮？　指揮したのはホーラムル様だよね？

「ホーラムル様こそ流石の指揮ぶり、お見事でございました」

「ありがたきお言葉！　全て王女殿下のおかげでございます！」

ホーラムル様は感激の面持ちだし、周りの諸侯や騎士たちも目がキラキラ顔を紅潮させて私を見つめている。ちょっと怖いくらいだ。そもそも私は王太子妃で、王女と呼ばれるとちょっと微妙な感じがする。

「此度（こたび）の勝利はアルハイン公国の勇名を高め、その強さは帝都にまで聞こえたでしょう。我がイブリア王国も親戚として誇らしいですわ。我が夫、クローヴェル王太子殿下もお喜びになるでしょう」

私はクローヴェル様の名前を強調した。ちゃんと結婚しているんですよ、と。

「クローヴェル様の祖国でもあるアルハイン公国とはこれからも手を携えて行きたいですわね」

「ありがたきお言葉！　アルハイン公国は竜のお力を持つイブリア王国をけして裏切りませぬぞ！」

ホーラムル様は再度頭を下げてそう仰った。まぁ、ホーラムル様はアルハイン公爵ではないし、次期公爵でもないから確定した約束にはならないだろうけど、アルハイン公国がイブリア王国との関係を重視してくれるようになるのは好材料だ。クローヴェル様を皇帝にするためにはアルハイン公国の協力が不可欠なのだから。

この後数日、アルハイン公国軍とイブリア王国軍は周囲に偵察隊を出しながら遊牧民の再度の侵入に警戒を続けたが、遊牧民の損害はやはり大きかったらしく、軍団を解散して部族ごとに散っていったそうだ。これならもう心配は無かろうということで、イカナの街の城門が開放され、アルハイン公国軍とイブリア王国軍はイカナの街に入城した。

そりゃもう大歓迎を受けたわよね。遊牧民族は結構な大集団だったので、攻撃されれば落城していた可能性が高かったらしい。そのため、街の人は恐怖に震え、我々の勝利を心から祈っていたのだ。

大きな拍手と歓声の中、私たちは街の中央通りを練り歩いた。いや、王都よりもよほど大きな街で、人口も三万人くらいと最近増えつつある王都よりも多い。そんな大勢の人々が涙さえ流して私たちの勝利を喜んでくれる。気分は良いし高揚もする。私は微笑んで上品に手を振りながら馬を進めた。

イカナの大守はコーブルク子爵だったが、ホーラムル様とグレイド様には歓喜の抱擁をし、私の前に来ると跪いて、頭が地面に付くくらい深々と頭を下げた。

「何もかも妃殿下のおかげでございます！　このケイマン・コーブルク、御恩は生涯忘れませせぬぞ！」

子爵の屋敷で勝利を祝う宴が開かれ、そこでも私は従軍した諸侯、街の有力者などから感謝されまくった。こんなに感謝されるようなこと何かしたかしらね？

「妃殿下がいらっしゃらなければ、この勝利はあり得ませんでした。敵は我が軍より多数だったのですよ？　普通に戦えば負けていました。妃殿下の下さった竜のお力は本当に凄いものでした」

グレイド様はそう仰って下さるが、実際戦ったグレイド様やホーラムル様、諸侯や兵士の皆様の方が凄いと思うのだ。私はなんだか皆をけしかけて死地に送り込んだような感じがしてスッキリしないのよね、あの力はあんまりたちの良い力では無い気がする。ゆめゆめ多用はするまい。

　ようやく全てが終わった私たちイブリア王国軍は、イカナの街の人の盛大なお見送りを受けてイブリア王国への帰途へ就いた。

　帰り道は上り坂である事もあり丸三日掛かった。だが、あの遊牧民の軽快さからして、これくらいの距離はなんということもないだろう。アルハイン公国軍が負けていればイブリア王国も本当に危険だったのだ。私は改めてフェルセルム様への怒りを覚えた。私怨のために国民を危機に陥れるような奴を皇帝にするわけにはいかないわよね。

　そうして私たちはようやく王都へ帰還した。ほっと一息だ。私は兵士たちに改めてお礼を言い、そして後日給金を払うから王宮に来るようにと言っておいた。

　王宮に入ると侍女たちは泣いて喜び、侍従長のザルズも涙を流し、お父様も目を潤ませて私を抱擁してくれた。私はよく働いた馬を労(ねぎら)い、厩(うまや)に繋ぐと、歩いて離宮へ帰った。王都の人たちは兵士たちから戦地の話を聞いたからか、歓声を上げながら手を振ってくれたわよね。

　さて、離宮に帰ると侍女のポーラは出迎えてくれたが、クローヴェル様の姿は見えない。あれ？私はポーラに尋ねた。

「クローヴェル様は？　体調を崩されでもした？」

するとポーラは苦笑して言った。

「王太子殿下は妃殿下をご心配なさっておられたのですよ」

？　どういう意味だろう。私は首を傾げつつ離宮の中に入った。離宮の寝室に入るとベッドに向こうを向いて寝そべるクローヴェル様の姿が見えた。私はホッとした。なんだ、いるじゃない。

「ただいま戻りましたよ、ヴェル」

私はそう声を掛けたのだが返事が無い。どうしたのかしら。流石の私も半月近くも戦地にいて、戦場も見たし、色々あったので疲れていた。早く最愛の旦那様の顔を見て癒されたいのに。

「ヴェル？　ご気分でも悪いのですか？」

すると、クローヴェル様が小さな声で仰った。

「私は、自分が情けない」

「へ？」

「私が強ければ、みすみす貴女を戦地に向かわせるような事は無かった。貴女を戦わせるような事はしないで済んだのに」

どうやらクローヴェル様は本来戦いに出る筈が無い妃である私が戦地に向かった事を、自分の責任のように感じて落ち込んでいるらしい。私はベッドに腰を下ろして、クローヴェル様の肩をポンポンと叩いた。

「仕方ありませんよ。今回は私の竜の力が必要だったのですから。それより、金色の竜の力は凄かったみたいですよ。あの力があれば、クローヴェル様を皇帝にするのに役に立てると……」

「リュー！」

クローヴェル様はガバッと起き上がると、細い身体で私を精一杯の力で抱き締めた。ああ、クローヴェル様の匂いがするわね。

「貴女の無事が何よりです。貴女を失うような危険を犯すくらいなら、私は皇帝になどなりません！　貴女が戦う必要など無いのです！」

私はクローヴェル様の髪に頬を擦り付けながら、なんというか、やっぱりこの人と結婚して良かったな、と思った。今回は誰もが私を金色の竜の力の持ち主として扱い、讃えてくれたのだが、それはなんと無く腑に落ちない気分にさせる事だったのだ。あんな力は知らない内に自分の身に宿っていたもので、それこそ自分で望んだものでもない。

こうしてクローヴェル様が私自身を見てくれて、私を心配してくれる。そうしてくれて私はようやく肩の力を抜く事が出来たようだった。私は彼の頬にキスをすると微笑んだ。

「ご心配をお掛けいたしました、ヴェル。無事に戻りましたよ」

「お帰りなさい。リュー。本当に貴女が無事で良かった」

ようやくクローヴェル様も笑顔を見せてくれた。彼の紺碧色の瞳が細められるのを見て、私は初めてようやく今回の戦争が終わった気がしたのである。

九話　引っ越し

イカナの戦い以降、巡礼に来る旅人が更に増えた。単純に道中で遊牧民に襲われる危険が減った事と、どうも戦いでの私とイブリア王国軍の働きが誇大に喧伝されているかららしい。

何しろ私を神像か何かのように跪いて拝んで行く人がいるのだ。なんですかそれは。一体どういう噂の広がり方をしているのか。

ただ、季節はすぐに冬になり、冬になれば巡礼路は雪に閉ざされて通れなくなるので巡礼の旅人はいなくなり、多くの商人は王国を離れて行く。そうすれば妙な噂も落ち着くと思うけど。

冬は王国の泣き所で、冬は経済活動も人の動きもほとんど止まってしまう。個人的には暖炉の側で暖まりながら一日中本を読む冬の生活も嫌いではないが、国家としては弱点でしか無いだろう。

私はこれを解消するために、王都が移転出来ないか考えていた。

アルハイン公国に土地を譲ってもらい、山を降りた所に新たな王都を造るのだ。そうすれば冬の間も経済活動を止めずに済む。

しかしクローヴェル様は賛成しなかった。

「それは無理ですよ」

「どうしてですか？」

「まず、王国の山間部出口あたりの土地はアルハイン公国内ではありますが、コーブルク子爵に与えられています。勝手に切り分ける訳にはいきません」

イカナの街の大守だった人ね、あの人なら今回の戦いで大分恩を感じてくれていそうだったから、お願いすれば聞いてくれそうだけど。

「リュー、領地持ちの土地に対する執着を甘く見過ぎです。彼らはそこが使いようの無い泥湿地でも、自分の土地は人に譲りたがりません」

そ、そうなの？　王国には貴族がいないのでよく分からないが、確かに農民同士で境界争いを起こしている話はよく聞くわね。

「それと、王都がここを離れた場合、山間部に広がる領地を統治し難くなります。陶器製作事業の監督もし難くなりますよ。それに、巡礼者は今の王都があそこにあるから、王都で山越えの準備を整えるのです。麓にあっても素通りするだけ。つまり商人も居着かないでしょう」

クローヴェル様に私の案がダメな理由を整然と並べられて、私はしょんぼりと凹んだ。クローヴェル様は苦笑しながら仰った。

「確かに、この王都ではこれ以上の発展が難しいのは確かですが、焦ることはありません。ここで力を蓄えて、時を待つべきですよ」

「待つって、何を待つのですか？」

私が首を傾げると、クローヴェル様は少し遠くを見るような目付きで仰った。

「今回の事で、アルハイン公国は帝国を見限ったと思います。これまでも様々な無理難題に耐えてきましたが、今回の援軍拒否は流石に度を超えていますからね。父も兄上たちも帝国からの独立を考えていると思います」

「帝国からの独立？」

びっくりするような話が飛び出してきた。

「珍しい話ではありませんよ。帝国の力が弱まれば諸侯は独立して、帝国の力が強まるとまた七つ首の竜の旗の下に集まる。帝国の歴史はそういう歴史ではありませんか」

確かに私は歴史でそう習ったのだけど、それを今の時代に当て嵌めて考える事が出来ていなかったのだ。

「ヴェル、凄いわ！」

私は感動した。流石はクローヴェル様だ。

「私よりずっと凄い貴女に褒められるとどうしようかと思いますね」

クローヴェル様は苦笑していたが、私にとってクローヴェル様は私には思い付かない事をいつでも思い付いてくれる凄い人なのだ。私は彼の事を知れば知るほど、その発想の鋭さと視点の斬新さに、よくぞこの人を婿に選んだと誇らしい気分になるのよ。

「皇帝陛下に従う理由は、いざという時に帝国に支援を求められるから、という一点にあります。今回、それを断られたのですから、それなら帝国から独立して帝国とは関係無くやって行こう、となるのは当然です。その時、鍵になるのは貴女です」

「私？　クローヴェル様ではなくて」

「そうですね。私と貴女です」

クローヴェル様が仰っている事は分かる。アルハイン公国が帝国から離れて独立するには、権威が必要である。アルハイン公国に限らず、大諸侯領というのは直轄地と配下の小諸侯領の集合体だ。今回、アルハイン公国が帝国と離れようとしているのと同じ理由で、アルハイン公国の求心力が下がれば配下の諸侯が逃げて行ってしまう可能性がある。

それを防ぐには第一にアルハイン公国が諸侯を従えられるくらい強い事。そして、色々なモノに裏付けられた権威を持つ事だ。

イブリア王国は超弱小国家だが、かつて皇帝を何人も輩出したという王家の家柄の権威だけはこの大陸でも有数レベルなのだ。

そのイブリア王家にアルハイン公国が婿を出した。その婿であるクローヴェル様がイブリア王国の王になればアルハイン公国は外戚となり、イブリア国王の代理人として振舞えるようになる。他の王家からの命令をイブリア王家の意向だとして拒否する事も出来るようになる。そうなれば帝国から分離独立してもほとんどの麾下の諸侯は従うだろう。

「特に今回の戦いで貴女は王家にも珍しい金色の竜の力を示しました。その力が戦場で大きな脅威となる事は帝国では広く知られているようですから、貴女がアルハイン公国に味方するという事は、大きな軍事的抑止力になるのですよ」

確かにそれはその通りだ。何しろ実質倍くらいの敵を撃ち破ったもんね。あの時のアルハイン公国軍。

あれが味方に無く、敵が自在に使えると思えば軍事的なちょっかいを出す気も無くなろうというものだ。それはフェルセルム様がわざわざこんな山奥まで帝都から二週間も掛けてやって来て、結婚直前の私に横恋慕プロポーズかましてまで手に入れようとするのも当然というものなのである。

クローヴェル様曰く、血筋的な権威、金色の竜の力、巡礼路として重要な意味を持ち始めた土地。それらを持つ王国自体を丸ごと手に入れる事をアルハイン公国は狙っていて、自分の婿入りでほぼ達成出来ているとの事。

私がアルハイン公国に加勢するために出陣したのが象徴的な出来事だという。確かにお父様が戦場に出た事は無いそうだし、アルハイン公国に特別な便宜を図った事も無かったそうだ。イブリア王家とアルハイン公爵家の関係が劇的に親密になっていると帝国中に知れ渡る出来事だっただろう。

「だから、アルハイン公国、父上や兄上たちはその路線を推し進めるしかないのですよ。そう考えれば、父上たちが次に考える事も見えてきます」

え？　それは何？　と私は思ったのだが、クローヴェル様は面白そうに笑うだけで「仮定の話で外れたら恥ずかしいから」と教えてくれなかった。仮定でも良いから教えて欲しかったんだけど。

しかしながらそのクローヴェル様の予想が当たったと分かる出来事は、比較的早く訪れた。

山間部の厳しい冬を乗り越え、雪が溶けて国境から王都までの街道が通れるようになり、気の早い商人たちが王都に集まり始めた早春。私とクローヴェル様は馬車のお迎え付きで王宮に呼び出された。

また戦争でも起こったのかしら。そう思いながら急ぎクローヴェル様と王宮に駆け付けると、そこに意外な人が待っていた。前回のグレイド様も意外だったが今回はもっと意外だった。

「アルハイン次期公爵!?」

「兄上!?」

私のお見合い相手に唯一ならなかったアルハイン公爵の長男。次期アルハイン公爵であるエングウェイ・アルハイン様が、王宮のサロンでお父様と向かい合い、優雅に長い脚を組みソファーでお茶を飲んでいらした。

フワフワした金髪と濃い青の瞳はお母様のコーデリア様譲りのようだ。非常に長身で、体格も良く、脚もスラリと長い。顔立ちもキリリと端整。このご兄弟は美男子揃いだが、一番女性受けは良さそうという容姿だった。エングウェイ様は私たちがサロンの入り口で立ち尽くしているのを見て、優雅に立ち上がると、私たちの前に来て跪いて礼をした。

「お久しぶりでございます。王太子殿下、妃殿下」

私も驚いていたがクローヴェル様の驚きはそれどころではない。

「あ、兄上、兄上がこのような所にまで何をしにいらしたのですか？」

「おいおい。このような所とは失礼だろう」

いや、別に失礼でも無いと思いますけどね。

クローヴェル様から以前に伺っていた事によると、エングウェイ様は次期公爵として大変忙しくしていらっしゃるそうで、ご兄弟なのに滅多に会えない程だったのだという。次兄のホーラムル様よりも関係は良かったようで、クローヴェル様はエングウェイ様を慕っているとも聞いた。

「其方の顔を見に来た、と言いたいところだったのだが、そうではない。王国と王家に頼みがあって来たのだ」

「頼み……、ですか」

クローヴェル様の表情がきゅっと引き締まった。私たちは二人揃ってソファーに腰を下ろし、エングウェイ様と向かい合った。

「前置きは無しにしましょう。アルハイン公爵家としては、イブリア王家に我が国都へ移住してもらいたいと思っているのです」

衝撃の発言に私もクローヴェル様も咄嗟に反応出来ない。固まっていると、お父様が髭を撫でながら言った。

「それは、我が王家に旧王都を返してくれる、という意味だと思ってよろしいかな？」

「そうです。イブリア王家に王都と領地をお返ししますので、併せた全体を、新たなイブリア王国として治めて頂きたい。我がアルハイン公爵家はその下で王家に尽くさせて頂きます」

とんでもない発言だった。

「父上はご存じなのですか？」

「クローヴェル。私が父上に無許可でこのような話をするわけが無いだろう？　当然ご存じだ。公国の諸侯も承知の上だよ」

この時、私は冬前にクローヴェル様が予想していらっしゃったのがこの事だと分かった。

そう。アルハイン公国がイブリア王国の権威を利用する上でネックになるのが、イブリア王国よりもアルハイン公国の方が大きく強く、他の国から見ればイブリア王国を山間部に閉じ込めているようにも（かつては事実だったし）見える事だ。

その状態でイブリア王国の権威を利用し過ぎると「アルハイン公国はイブリア王国を傀儡にしている」と言われてしまう事になる。場合によっては帝国や他の王国からイブリア王国の解放を大義名分に戦争を挑まれたり、無茶な要求をされかねない。

それを防ぐには、イブリア国王を主君として迎え、その下でアルハイン公国が実権を握る形に変えた方が良い。

そのためにはイブリア王家に王都と領地を返して、私たちを取り込む必要がある。私たちが現在のアルハイン公国の都に行っても、もう百年以上もアルハイン公爵一族がしっかりと治めて把握していた都と領地を、実効力を伴って治める事は出来まい。アルハイン公爵がそのまま事実上は治める事になる。それならば名目上の宗主権に拘る必要は無いとの考えだろう。

この方策には私たちにもメリットが多数ある。まず何よりも領地と都が返還される事によってイブリア王家は旧領と都を取り戻す事になる。

これはイブリア王国が百年ほど前の政変以前の状態に復する事を意味する。他の王国、帝国全体に与えるインパクトは大きい。

そして一気に臣下の諸侯も増え、予算規模は拡大し、他国への影響力も拡大する事になる。これらはクローヴェル様を皇帝に押し上げるためには非常に重要な事だ。私が本来何十年も掛けて手に入れようとしていたモノだ。それが一夜にして手に入る。

勿論、デメリットもある。最大のデメリットはイブリア王国がアルハイン公爵に完全に牛耳られる可能性が高い事だろう。当たり前だが、アルハイン公爵は私たちの思う通りの政治をさせる気なんて無いだろうからね。私たちにはお飾り以上の事はやらせる気も無いだろう。現在のイブリア王国の領域の巡礼路や陶器製造事業も事実上奪われる可能性が高い。

長年アルハイン公爵家は公国を運営し、帝都や他の王国と渡り合ってきた海千山千の大諸侯。こっちは戦争とも政争とも縁のない山奥でやってきた田舎王族。しかも農家育ち。対抗しようとするのが間違っているとさえ言える。

クローヴェル様とお父様はエングウェイ様に色々質問をしていらっしゃる。王都を移転した場合、王国の家臣たちの扱いはどうなるのかや、他の王国や帝都から異議が唱えられた時はどうするのかなど。それに対するエングウェイ様の返答を聞くと、アルハイン公国がこの件について非常に深く検討した事が分かる。

どうするか。私は少しだけ悩んだ。この山の中は私の故郷だし、愛着もあるし大事な物も人も沢山ある。ここで暮らした日々はかけがえの無いもので、ずっとここでクローヴェル様やお父様、父さん母さん、兄さんたちとゆったり暮らしたいという思いは当然あった。

しかしながら、ここにいたら前に、クローヴェル様を皇帝にするという目標に向けて進む事は出来ないだろう。そう。いつかは故郷を捨てなければならない事は分かっていた事だ。それがいつになるかが分かっていなかっただけで。

それが今なのだろう。機会は摑むべし。大女神の手は一度しか差し伸べられないと言うでは無いか。

先行きの困難さを思って足を止めるのは私の流儀ではない。進むべし。

そう気が付けばもう迷いは無かった。

私は決断した。

「クローヴェル様。このお話をお受け致しましょう」

クローヴェル様は紺碧色の瞳を見開いたが、どうやら私がそう言う事を予想していたようであった。

「……良いのですか？」

「木に登らねば木の実は得られません。行きましょう。貴方を皇帝とするために！」

私が言うと、エングウェイ様が面白そうに笑った。

「クローヴェルを皇帝に、ですか？」

「ええ。私が必ずクローヴェル様を皇帝にして差し上げます。こうなったらアルハイン公爵にも協力してもらいますからね！」

エングウェイ様は苦笑なさっておられたが、この時はまさか自分がガッツリ巻き込まれるとは思っていなかったのだろうと思われる。

この方は今回の件の首謀者とも言える方だったのだが、後々「誰だあのじゃじゃ馬姫を世に解き放ったのは！　あんなトンデモない女は山奥に閉じ込めておけば良かったのだ！」と事あるごとに叫んでいたそうだ。

こうして、イブリア王家の旧王都帰還が決定した。

王都の引っ越しは春になるのを待って行われる事になった。ただ、移動するのは私とクローヴェル様、そして侍女数人だけという事になったので、準備はそれほど大規模なものにはならなかった。

本を持って行くので馬車がその分必要なくらいだ。

そう、お父様は残ることになったのだ。

「ワシはここで生まれ育ち、老いたからな。色々思い出もある」

そう仰って、この地で引き続き王国の山間部を治めてくれる事になったのだ。確かにずっとこの山間部を統治していたお父様がそのままここに居てくれれば助かる事は助かる。

だが、そうなると私はお父様と離れて暮らす事になる。馬車で七日も掛かる距離だ。お父様はまだまだお元気とはいえ老齢である。何かあっても駆け付けるのも容易ではなくなるではないか。何より、離れて暮らすのは私が寂しい。私がお父様の手を握りながら弱音を吐くと、お父様は私の頭を撫でながら言った。

「何を言うのか。クローヴェル殿が皇帝になれば帝都に住むのじゃぞ？　遠さは旧王都の比では無いぞ？」

お父様は髭を震わせて笑った。初めて会った時からお父様はずっと変わらない。白い髪と白い髭でほとんど顔が見えない。だが、その下で私をいつも優しく見守ってくれている事を私は知っている。

「こんな田舎は年寄りに任せて、行くが良い。我が娘。必ず其方の目的を果たすのじゃぞ」

私は涙ぐみながら頷くしかなかった。

お別れと言えば、実家の皆と近所の幼なじみともお別れだ。実家は元王家の側近の貴族だったが、今は完全に土地に根付いた農家だ。まさか新しい王都について来る訳にはいかない。

「まさかこんな事になるなんてねぇ」

　と母さんは嘆いたが、父さんは娘を嫁に出すというのはそういう事だと何食わぬ顔をしていた。実家は二男一女で兄さんたち二人は結婚して子供もいる。だから私がいなくても寂しくは無いのだろう。と、言ったら上の兄さんに怒られた。

「お前が出陣した時、父さんがついて行くって騒いで大変だったんだぞ！」

　との事。ごめんなさい。後で聞いたが父さんは兄さんたちに畑を譲って私について行きたがったらしいが、逆に迷惑になると説得されて諦めたらしい。

　近所の幼なじみたちも寂しがり、餞別(せんべつ)を沢山くれた。近所のおじちゃんおばちゃんも泣いて別れを惜しんでくれた。

　王都の皆も私とクローヴェル様がいなくなることを寂しがってくれた。そんなに簡単に帰って来る事が出来る距離では無いから、もう二度と会えない人もいるだろう。私だって寂しいが、私はもう、前に進むと決めたのだ。クローヴェル様を皇帝にするために。

　引っ越しの前に、重要な儀式が行われた。譲位式である。

　アルハイン公爵にとって、迎え入れるのは王でなければならない。お父様が行かれない以上、クローヴェル様に王位を譲っておかなければならないのだ。クローヴェル様は驚き、辞退した（王太子でも十分な筈だと言って）が、お父様と私に説得されて、結局譲位を受ける事になった。

王宮の小さな礼拝堂。珍しく正装に身を包んだお父様と、紺色のスーツに身を包んだクローヴェル様が向かい合う。私は紺色のドレスを着て、手に王家を象徴する旗と盾を持って見守る。

お父様の前にクローヴェル様が跪く。お父様が自分が被っていた王冠を取り、掲げながら朗々と祝詞を唱えた。

「大女神アイバーリンと七つ首の竜の名の下に、イブリア王国の王たる権能の全てを私マクリーンより汝クローヴェルに譲る。イブリア王国の土地と民は大女神と竜より与えられし物。汝は女神と竜の代理人としてこの地を導き良く治めなければならない」

それに応じてクローヴェル様が頭を下げたまま誓いの言葉を述べる。

「私クローヴェルは大女神アイバーリンの代理人として竜の一首を担い、イブリア王国を良く導く事を誓います」

お父様はそれに頷くと、クローヴェル様の頭に王冠をそっと載せた。

この瞬間、クローヴェル様はイブリア王国国王クローヴェル一世となられた。同時に私もイブリア王国王妃イリューテシアとなった。私もクローヴェル様も十九歳だった。

譲位を受けたクローヴェル様と私は、王都の人たちに惜しまれながら盛大に見送られ、王都を旅立ったのである。季節は春。遠ざかる王都の背景に見える山々にはまだはっきりと雪が残っていた。

今回はアルハイン公国より立派な馬車を連ねた迎えが来ていて、非常に快適な旅になった。護衛も騎兵だったので歩みも速く、泊まるのも町の宿だったので、クローヴェル様が体調を崩されることも無かった。

余裕を持って進んだにもかかわらず、六日目の昼には到着した。ふむ、これなら早馬をリレーさせれば三日くらいで結べそうね。実際、東の国境地帯とはそれくらいで連絡が取れるらしい。最短二日だと後で聞いた。

ずっしりとした城壁に護られたアルハイン公国の都。いや、今日この日からイブリア王国の新王都。この都の主は今日からクローヴェル様なのだ。そう思いながら見るとなかなか感慨深いわね。

新王都の城門を潜り、新王宮になる宮殿へ入城する。城門の前には数十騎の騎兵が槍をかざして立ち並んでいた。馬車はその間をゆっくり進む。そして更に鎧姿の兵士が五百人くらい整列したその前に、アルハイン公爵一族が勢揃いして待っていた。公爵夫妻、次期公爵夫妻、ホーラムル様と多分奥様、グレイド様とあれも多分奥様ね。クローヴェル様のお姉様はいらっしゃらないわね。多分、お嫁入りされて一族を外れたんだわ。

私がクローヴェル様のエスコートを受けて馬車を降りると、その八人の着飾った男女が一斉に跪いた。

「イブリア王国王家のご帰還をお祝い申し上げます。クローヴェル様、イリューテシア様。我ら一族が謹んでお二人をお守りさせて頂きます」

流石に自分のご両親や兄君たちに跪かれてクローヴェル様は戸惑っていらっしゃる。私は彼の背中をポンポンと叩いた。それでクローヴェル様は何とか我に返って言った。

「宜しくお願いする。アルハイン公爵」

「御意」

　私は進み出て、微笑んだ。

「私からもお願い致しますね。アルハイン公爵。皆様」

「有り難きお言葉です。イブリア王国の戦女神をお護り出来るとは、騎士として光栄の極みであります」

　……は？　何だか聞き捨てならない呼び名で呼ばれたような気がするんですけど!?

「な、なんですか!?　その二つ名は!?」

「イカナの戦いに参加した者は皆そう呼び、讃えていますよ。金色の竜の力を操り、戦場においては竜の旗を振るって的確な指揮をし、軍の窮地を救ったイリューテシア様は戦女神だと」

　……なんという話を流布してくれるのか。私はホーラムル様とグレイド様を睨んだ。戦いに参加した者と言えばこの二人に決まっている。

　グレイド様は少し肩を竦めたが、ホーラムル様はむしろ目をキラキラと輝かせて私を見詰めている。私は思わず仰け反ったが、ホーラムル様は勢い込んで言った。

「イリューテシア様のご指揮をまた受けられるとは光栄の極み。イブリア王国の戦女神の下、私以下アルハインの騎士は命を賭して戦いますぞ！」

いつ誰が指揮などしたのかと思うのだが、ホーラムル様の中ではどうやら私が伏兵を指摘したあれが指揮だという事になっているようだった。

ま、まぁ、有能な前線指揮官であるホーラムル様が忠誠を誓ってくれるのは悪い話では無いわよね。そういう事にしておこう。

私たちは公爵夫妻に案内されて王宮に入った。のだが、公爵は本宮を素通りして庭園を突っ切り、その奥の瀟洒(しょうしゃ)なお屋敷に向かった。

「お二人はこちらをお使い下さい」

私は首を傾げた。青い屋根に薄いピンク壁の可愛いお屋敷だが、王は普通王宮本宮に住まう筈。

「クローヴェル様のお身体の事を考えるとこちらの方がよろしいと思いまして」

なる程。確かにクローヴェル様のためには庭園に囲まれ、陽当たりも良く、風通しも良いこのお屋敷は良いだろう。私も同じ事を考えて婚約した時に離宮を建てたのだから分からない話では無い。

「本宮は誰が住むのですか？」

「現在、私たちが住んでおりますので、お許しを頂ければそのまま住まわせて頂こうかと」

私は少し目つきを鋭くして言った。

「ダメです」

公爵が驚きに目を丸くした。

「王宮の主は今日からクローヴェル様です。本宮には主が住むものです」

私はキッパリ言った。公爵の考えは見え透いている。私たちを本宮から離れたこの離宮に隔離して、外廷から遠ざけるつもりなのだ。自分たちが本宮に住み続けて、王国内に自分たちが実質的な王なのだとアピールする狙いもあるのだろう。

そんな事を認める訳にはいかない。私はお飾りの王妃になる気など毛頭無かった。

「しかしですな、私は政務をする関係上、本宮に住み続けた方が都合良く……」

「これからはクローヴェル様や私が政務を行うのですよ？　私たちの都合はどうしてくれるのですか？」

「長年住んでおりますから荷物も多く引っ越しも大変で……」

「何なら荷物は置いて行ってもよろしいですわよ？　私たちは家具一つ持ってきておりませんからね」

私は抵抗する公爵を強圧的にねじ伏せて、本宮からの退去を認めさせた。公爵は困ったようにクローヴェル様を見て助けを求めたが、クローヴェル様は知らん顔していて下さった。

公爵は三日間で引っ越すと約束したので、その間私たちは本宮の客間に滞在した。その間だけでも離宮に入っては？　という打診は却下した。どうせそのままなし崩しに離宮から出られなくなるに決まっている。

観念した公爵は自分たちが離宮に引っ越した。その後、本宮の整備を行い、私とクローヴェル様は到着から五日後に本宮に入ったのだった。

後日、公爵夫人であるコーデリア様は私とお茶会をした時に嘆いたものだった。

「だから貴女をここに招くなんて止めろって夫や息子には言ったのよ？　貴方たちの手に負えるような娘じゃないって。案の定だったわ」

「何だかすみません」

「良いのよ。貴女の処置は間違って無いもの。貴女を甘く見た家の男共が悪いのよ」

私たちは本宮に入ると、すぐに外廷に家臣や麾下の諸侯を呼び集めた。王宮の大謁見室。以前には無かった高い階が設置され、その上に玉座が据えられている。これを見ればアルハイン「公国」がイブリア「王国」に変わった事が一目で分かるだろう。

「大女神アイバーリンの代理人にして七つ首の竜の一首たる偉大なるイブリア王国国王、クローヴェル様。王妃イリューテシア様。ご光来！」

そう呼び出しの侍従が大きな声で私たちの入場を告げる。私とクローヴェル様は専用入り口からゆっくりと階の上に現れた。服装は旧王都から持ってきた王と王妃の重厚で古臭い正装だ。古臭さも威厳に繋がるから馬鹿に出来ない。輝く王冠、王妃冠も被り、クローヴェル様はイブリア王国を象徴する複雑な象嵌(ぞうがん)をほどこされた盾、私は王国の竜の旗を持っていた。

眼下の全員、アルハイン公爵一族を含めた今や王国麾下となった数十人の諸侯、それ以外の貴族、家臣が胸に右手を当てて頭を下げている。クローヴェル様と私は階の端まで進み出た。クローヴェル様は私に盾を渡し、両手を広げて精一杯の大きな声で言った。

「私、イブリア国王クローヴェルはここに、アルハイン公国の併合を宣言する。同時に王都をこの地に移し、王都の名を『マクリーン』と改める事とする」

お父様の名前を貰って王都の名前にしたのだ。その事と、アルハイン公国を「併合」という表現にする事についてはアルハイン公爵やエングウェイ様からかなり難色を示されたが、私がゴリ押しで押し通した。「イブリア王国の復活を帝国や他国に印象付けるにはこうしなければならない」と。

長く大きな声でしゃべると息が切れてしまうクローヴェル様に代わって、続けて私が大きな声で演説する。

「これよりこの地は再び竜の一首たるイブリア王国の旗の下に入る事になります。イブリア王国はかつて帝都の横暴に抗い立ち向かった王国です」

負けたけどね。

「今また帝都の者たちはこの南の地の者たちを軽視し、横暴にも我々からの援軍の要請を断りました。我がイブリア王国はそのような横暴に対して断固抗議し、立ち向かいます。皆様、私たちに力をお貸し下さい！　この南の地から帝国を変えましょう。帝都の者たちに我らが怒りを思い知らせ、我々のために帝国を取り戻そうではありませんか！」

私が叫ぶと、眼下の者たちからどよめきが起こった。内容の過激さに驚いたのもあるだろうけど、自分たちの不満を私が拾い上げてくれたと思ったからだろう。私は右手の旗を広げて軽く振り、左手に持つ（ちょっと重い）王家の盾を見せつける。

「大女神アイバーリンの代理人にして七つ首の竜の一首を担います我が夫クローヴェル様を皇帝にすればそれが叶います。我がイブリア王家は帝国の盾。帝国を守護する者です！」

本当は盾は外敵から帝国を護るという意味なんだけどね。

「帝国の危機に立ち上がるのは盾を任じられたイブリア王家の宿命です！　帝国を護るのは古より我が王家に定められた聖なる使命です！　クローヴェル様が帝国の危機に立ち上がるのは当然です！」

私は右手を天に突き上げ、水色の竜の旗を見せつける。

「大女神アイバーリンと我らが祖である竜よご照覧あれ。我が夫クローヴェル様が皇帝となって帝国を護ります。皆様もお祈り下さい。大女神アイバーリンよ、我らをお守り下さいませ」

私の気合に乗せられたか、全員が一斉に「「アイバーリンよ、我らをお守り下さいませ」」と唱和してくれた。よし。これでみんな共犯だからね。ちらっと見ると階の一番近くに立っているアルハイン公爵とエングウェイ様が目と口を丸くして絶句していらした。無理も無い。ここまでやるとは言っていなかったからね。

何しろ帝国、特に帝都の皇帝陛下に向けての明確な反抗宣言なのだ。アルハイン公爵としては実際には私が演説したような事を思っていたとしても、それを公言してあからさまに皇帝陛下に歯向かってしまうと、他の王国や有力諸侯をはっきりと敵に回してしまう事になる。なのでこの併合の宣言の場ではそれとなく帝国を批判するくらいの演説で済ませる筈だったのだ。

それを私がぶっちぎった訳である。しかも宣言しただけではなく諸侯や貴族も巻き込んだ。これで後戻りはもう出来ない。

アルハイン公爵が単独で処理出来る事態を明らかに超えてしまっただろう。ましてその横に立っているホーラムル様のように熱狂的に私を讃えて拍手をしてくれる諸侯もかなりの数いる。それだけ皇帝陛下に対する不満は大きかったのだろう。これで私たちをお飾りにして仕舞っておく余裕は無くなってしまったと思われる。

ふふふ、これでイブリア王国は挙国一致でクローヴェル様を皇帝に押し上げるしかなくなっただろう。そうしないとイブリア王国は兎も角、アルハイン公爵は皇帝陛下や他の王国や諸侯から問責されかねないからね。それを防ぐにはクローヴェル様を皇帝にするしかないのだ。

イブリア王国が旧領であるアルハイン公国を併合したという衝撃のニュースは、国王クローヴェルの皇帝立候補宣言と、イブリア王国による皇帝陛下への強烈な不満表明という激震を伴って帝国中に広がる事になるのだった。

十話　新しい王都にて

新生イブリア王国お披露目の式でトンデモ演説をやらかした私は怒られた。特にエングウェイ様に。

「何を考えていらっしゃるのですか！　王妃様！」

お披露目の後アルハイン公爵一族が集まったサロンで、エングウェイ様はその麗しい顔が台無しになるくらい怒っていた。無理も無い。私は事前の打ち合わせには無かったのに、諸侯を前にした演説で言い訳の余地が無いくらい明確に帝国と皇帝陛下を批判してしまったのだ。

アルハイン公国の麾下にある諸侯の中には、アルハイン公国「にも」従っているが、他の王国「にも」従っている者も多い。掛け持ちだ。今回の私の帝国と皇帝陛下への批判は、そういう諸侯を通じてすぐさま他の竜首の王国や帝都の皇帝陛下の下へ届くだろう。

場合によっては即座に皇帝陛下から問責される可能性がある。単なる問責なら良いが軍勢を伴う可能性があるから洒落（しゃれ）にならないのだ。

何しろ私はどうやら皇帝陛下の息子であるフェルセルム様に恨まれているらしいしね。もう三年も前になるのだが、横恋慕を袖にされた事でいまだに執念深く私を憎んでいた場合、今回の事を良い口実として武力行使に出てくる可能性は無いとは言い切れないのだ。

エングウェイ様のお怒りは大体そういう事だろう。しかしながら私に言わせればそれは随分と的外れな怒りだと思えた。

「何を怒っていらっしゃるかは知りませんが、落ち着きなさいませ」

「これが落ち着いていられましょうか！　貴女があんな事を言ったせいで王国は滅ぶかも知れないのですぞ！　皇帝陛下から問責されたらどう言い逃れなさるおつもりか！」

私はわざとらしく目を見開いた。

「言い逃れなぞ致しませんよ。私は問責されるような事は言っておりませんからね」

エングウェイ様は唖然となさったわね。

「あんなに明確に皇帝陛下を批判したのにですか！」

私は諭すように言った。

「良いですか？　公爵が皇帝陛下を批判すればそれはただの反逆です。問責の理由になるでしょう。しかし、竜首の王国の国王が現皇帝陛下を批判しても反逆にはならないのですよ」

「いったい何が違うのですか！」

「竜首の王国の国王は皇帝になる権利があるからですよ。かつて暴虐な皇帝を複数の竜首の王国が力を合わせて放逐し、一人の国王が代わりに皇帝に即位した事があります。それくらい王と皇帝陛下の地位は近いのです」

そもそも竜首会議にしてからが皇帝陛下への諮問機関の役割を果たすのだ。帝国の皇帝陛下は国王の上に位置はするが、絶対権力者ではないのである。

「だからもしも問責されるとすれば、王国ではなくアルハイン公爵ですよ。ご安心下さい」

私がサラッと言うと、エングウェイ様が目を点にして私を見た。

「は？　な、なぜ貴女がやらかした事で公爵家が責められるのですか？」

私はふふん、と笑う。

「だってアルハイン公爵が私たちに領地と王都を献上した事が、既に百年くらい前に当時の皇帝陛下がお決めになった事に逆らう事なのですよ？　それくらいはお分かりですわよね？」

エングウェイ様はむっつりと頷いた。それは流石に覚悟の上なのだろう。

しかし、何しろ百年前の話だ。皇帝陛下も何回も代替わりしている。しかもイブリア王国はとっくに赦免されて帝都の竜首会議にも復帰している。罪に問われる危険性は少ないと踏んで私たちをここに招いたのだろう。

「アルハイン公爵が当時の皇帝陛下の意向に逆らって迎えた国王がお披露目の場で皇帝批判を繰り広げた。さて、誰が言わせたと皆は思ったでしょうね」

そりゃアルハイン公爵が言わせたと皆思いますわよ。エングウェイ様は顔を真っ赤にして叫んだ。

「濡れ衣だ！」

「大事なのは真実ではありませんよ。誰がどう受け取るか、誰がどのようにそれを利用するかです」

ここでここまで難しい顔で黙っていた公爵が発言した。

「どういう意味でしょう」

あら、流石お義父様。エングウェイ様より物事が良く見えてらっしゃるわ。私はニッコリ笑った。

「正直言ってアルハイン公国は随分前から他の王国や帝都の方々に睨まれておりますよね」

「まぁ、そうですな……」

公爵が言い辛そうに言った。そうなのだ。アルハイン公国はここしばらく他の王国や帝都から無理難題を色々押し付けられていたと聞いている。それに対抗するためにイブリア王国を取り込もうとした訳だが、そもそもなぜ無理難題を押し付けられるかと言えば、アルハイン公国が他の王国や帝都から危険視されていたからである。

理由は単純で、アルハイン公国が強くなりすぎたからなのだ。アルハイン公爵家は尚武の家で、代々軍事力の強化に努めてきた。

騎兵を増やし、常備軍を整え、武具を溜め込んだ。そうしないと東からの遊牧民の侵攻に即応出来なかったからだが、そもそもそういう軍を組織出来るのはアルハイン公国が豊かだったからなのだ。アルハイン公国はイブリア王国から流れ出る河川を利用した灌漑施設を整備して豊かな穀倉地帯を得ていた。

西のガルダリン皇国との貿易でも儲けているし、イブリア王国との貿易もささやかながらあり、一応岩塩やチーズなどを取引してそれを他に転売していた筈だ。これからは試作に成功した陶器も輸入、いや、今や同じ国内だからそのまま販売出来る筈だ。あれはイブリア王国の国家事業だし。それにイブリア王国へ向かう各地からの巡礼者も相当アルハイン公国にお金を落としていた筈だ。

その結果、アルハイン公国の威勢は帝国南部に燦然と輝く事になり、それを危険視した他の王国や帝都の皆様恐らく皇帝陛下含むが、アルハイン公国の勢力を弱めたくて色々無理難題を押し付けていたのだと、私は思う。

イカナの戦いでアルハイン公国に援軍を送らなかったのも結局はその一環だろう。いかにフェルセルム様が私への恨みを晴らそうと援軍拒否を主張したって、一人でそんな大事が決められる筈がない。つまりは帝都の方々がそれに同意したという事なのよ。それだけアルハイン公国は危険視されていたのだ。

「私が自分の判断で言ったかどうかなど関係ありませんよ。それを理由にしてアルハイン公爵を問責出来る事が大事なのです。私が皇帝陛下を批判しなくても、私たちをここに迎え入れた段階で難癖付けられるのは決まったようなものです。後はそれに対してどう対処するかでしょう？　そのためには私の今日のアレが役に立つと思いますけどね」

「なるほど……」

公爵が不承不承という感じで頷くと、エングウェイ様は戸惑ったように自分の父親に尋ねた。

「ど、どういう事なのですか父上？」

アルハイン公爵は私の事をチラッと見てから言った。

「覚悟の問題だな」

「覚悟、ですか？」

「そうだ。我がアルハイン公爵家が現皇帝陛下に従い続けるつもりなら、我々がイブリア王家を迎えた事は罪になり得る。我々がイブリア王国の帝国からの独立を企んでいたらどうか。これも許されない事だから帝国は阻止しようと動くだろう。しかし、我々がイブリア王国国王であるクローヴェルを皇帝に擁立しようとしているとすればどうか。これは帝国内では正当な行為であるから、誰も罪には問えない。我々にその覚悟があって初めて、我々の罪は帳消しになる」

エングウェイ様は公爵の言葉を咀嚼（そしゃく）するようにしばらく上を向いて考え込んでいたが、やがて恐る恐るといった感じで公爵に尋ねた。

「つまり、帝国全体と全面対決をする覚悟が無ければならないという事ですか？」

「そういう事になるな」

そんな無茶な、とエングウェイ様は呟いたが、実際その通りなのだから仕方が無い。単にイブリア王家に王都と領地を返上しただけだと過去の皇帝陛下の命令に逆らった事になり、イブリア王家を擁して他の王国に対抗しようとする事自体がアルハイン公爵の越権行為となり、他の王国の介入を呼び込んでしまう。

どこへ行っても帝国がアルハイン公爵を危険視している現状ではアルハイン公爵を攻撃する絶好の口実になる。もちろん、王家を迎え入れなくても今まで通り無理難題を押し付けられてジリ貧だ。だから、私たちに王都と領地を返上しようと考えたエングウェイ様の考え方自体は間違っていない。単に覚悟が足りないだけなのだ。

つまりクローヴェル様を皇帝候補として推し立て、全力で支援して皇帝に押し上げる。その覚悟があって初めてアルハイン公爵の行動は全て正当化される。それが帝国全体と全面対決する事態だとしても。

そもそも皇帝を擁立するというのは反対する者を明確に敵に回す事なのだからね。逆に言うとその覚悟さえあれば、クローヴェル様を皇帝に推してもらうという名目で現在の皇帝陛下への批判勢力を正々堂々と取り込めるという事にもなる。

「そのためには我々が明確に皇帝陛下を批判する必要があるのですよ。そうして初めて批判勢力が支持するに足る存在だと知れるわけですからね。今回私が皇帝をはっきり批判したおかげで、クローヴェル様は現在の皇帝に批判的な皇帝候補だと帝国中に知れ渡る事でしょう」

現在の皇帝陛下に批判的な諸侯は当然大勢いるだろう。そういう者たちをまずは味方に付けないと、クローヴェル様を皇帝にするなど不可能だ。

帝都にいる者たちの中にも批判勢力は隠れている筈で、そういう者が内心でもクローヴェル様に同調してくれれば、帝都の者たちが足並みを揃えてイブリア王国に対抗する事が出来難くなるに違いないという計算もある。

エングウェイ様は唖然として口を開けてしまっていたが、気を取り直すように頭を振ると、騙されないぞとばかりに目付きを厳しくした。

「そんな事をして、帝都から討伐軍を送られたらどうするおつもりなのですか！」

私は余裕たっぷりに言った。

「そんな事にはなりません。絶対に」

意外な返答にエングウェイ様の目が丸くなる。私はクスクスと笑いながら言った。

「だってイブリア王国には私がいるのですよ。金色の竜の力の持ち主が。そしてアルハイン公国の、もとい、イブリア王国の兵力は帝国でも有数のものです。その兵力に金色の竜の力を使えば、竜首の王国が連合軍を組んできてもまぁ負けませんよ」

イカナの戦いの時に見たあの軍の強さ、強化のされ具合を見れば、おそらくは三倍程度の敵が来ても撥ね返す事が出来るだろう。金色の竜の力を知っている筈の帝都の方々や竜首の王国の皆様が、その力の使い手である私がいる事が分かっていてイブリア王国に安易に攻め込んで来られる筈が無い。それに……。

「そうですとも！」

突然ホーラムル様が叫んだ。

「竜の力をお持ちになる、イブリア王国の戦女神イリューテシア様のためならこのホーラムル、何倍の敵とでも戦って見せましょうぞ！」

握り拳を振り上げ、目をキラキラさせて力説している。その横で奥様と思われる女性が嫌そうな顔をしているがお構いなしだ。

「あ、ありがとうございます」

私はかなり引きながらお礼を言った。そう。ホーラムル様やグレイド様の指揮能力の高さは疑い無いし、兵はそもそも精強だ。金色の竜の力など無くても、他の王国が攻め寄せるのを躊躇するだろうくらいアルハインの、イブリア王国の軍事力は高い。そこへ私の存在が加われば、一万二万の敵が来ても問題無いだろう。

問題になりそうなのは、同じ金色の竜の力を持っているというフェルセルム様がクーラルガ王国軍を引き連れて侵攻して来た時だろうが、クーラルガ王国とイブリア王国の距離は遠いし、間に皇帝直轄領やいくつもの国や諸侯領が挟まっているから、帝国挙げての討伐なんて事態にならなければ大丈夫でしょう。多分。

私が澄ました顔をしているのが余程気に入らなかったのかエングウェイ様はうぬぬと唸って、私を脅しに掛かった。

「王妃様？　あまり調子に乗るものではありませんよ？　この王都にお迎えするのは何も王妃様で無くても良かったのです。今からでもマクリーン前国王に復位してもらいましょうか？」

この人意外に器が小さいわね。がっかりだわ。

「私の言う事を聞いていたのですか？　エングウェイ様。金色の竜の力を持つ私がいるから抑止力になるのです。力を持たないお父様をお迎えしても何の意味もありませんよ」

遂にエングウェイ様はぐうの音も出なくなって黙ってしまった。

こうして、新生イブリア王国を挙げてクローヴェル様を皇帝候補として盛り立てる事が、アルハイン公爵一族の同意の下決定したのである。

ただ、私がセンセーショナルに宣言したと言っても、即座に他国や諸侯に動きがある訳では無い。帝都まで新王都からでも早馬で二日半は掛かるそうだしね。なので私とクローヴェル様は平和な日々を新王都でスタートさせた。
私たちは本宮に住む。そして、移動したばかりで気候の変化に付いて行けず、案の定寝込んだクローヴェル様は侍女に看病してもらって、私は毎日王妃用に用意させた執務室に出勤した。王族が政務に関わる姿勢が大事なのだ。
私は毎日そこに陣取って、国王が決済する書類を持って来させ、王妃権限で決済する。ただし、私に政務が分かる訳が無いので、基本アルハイン公爵の判断を追認するだけだ。私の前に全てアルハイン公爵かエングウェイ様、軍事関係はホーラムル様やグレイド様の確認や承認が下りているのだ。私は一応読んでサインして印章を押すだけ。数は多いので大変は大変だが、特に頭は使わない。有能な家臣がいると楽だわね。

だが、時折だが、重要な案件についてはアルハイン公爵が私に判断を仰ぎに来る事もあった。予算の大きな変動だとか、軍需物資の大規模購入だとか、灌漑施設を大規模改修しなければならないのでその承認とか。

そんなもの私に分かるわけが無い。私は一応説明を全部聞いているふりをして、話が終わると即座に「それは公爵に任せます」とか「エングウェイ様に任せます」と速攻で話を丸投げにした。それでいて私は必ず執務室には出勤し、出勤出来無い時は決済を保留にさせ、けして公爵に全権を委任しようとはしなかった。

エングウェイ様などは委任はしないくせに丸投げをする私の事を「あの丸投げ王妃が！」と妙な二つ名を付けて罵っていたそうだが、分からない私が余計な事をするより丸投げした方が良いじゃないの、と言いたい。話を聞いて私が承認するんだから責任は私が取るのだし。

当面は何も分からないのだから、私はひたすら聞くだけ王妃、丸投げ王妃として振舞った。そうやって聞いている内に分かるようになるだろうから、そうしたら少しずつ口も手も出せば良いのだ。あんまり性急に手を出して失敗してエングウェイ様は兎も角アルハイン公爵に失望されると色々な計画が狂う。

半月ほど経つとクローヴェル様の体調が戻られたので、この業務は二人で半々に請け負う事にした。クローヴェル様はここ出身だし、少しは分かる事もある筈だが、私に倣って当面は聞くだけ丸投げに徹すると言っていた。なのにエングウェイ様は「丸投げ王様」とは言わなかった。解せぬ。

政務が半分クローヴェル様に任せられるようになると、私は社交に出掛けた。女性の社交は女性貴族にとっての重要業務である。お仕事である。これに出なければ女性社交界が把握出来ず、女性たちが私を支持してくれなければ、私はこの国で本当の意味で王妃になる事は出来ない。なぜなら、王妃とはその国の女性を代表する存在と見做されるからだ。女性の支持の無い王妃など存在が許されないのである。

新生イブリア王国の王都には貴族が二百人くらいいる。

簡単に貴族と言ってしまったが、この貴族とは何ぞや、というのが結構複雑で難しいのだ。一口に貴族とまとめてしまって良いのかどうか、というくらい種類があるのが貴族なのだ。なのでざっくりとここで説明しておくわね。

まず諸侯という存在がある。諸侯とはつまりは領地持ちの貴族の事だ。大きくは公爵から小さくは村一つを拝領しただけに過ぎない騎士（この場合の騎士は階級の騎士を意味し、騎士精神を持つ者という意味である概念的な「騎士」とはまた異なる）までを言う。領地は基本的には帝国や王国、あるいは他の大諸侯から与えられ、安堵され、代々世襲される事になる。なので普通は、その領主は領地を与えてくれた者に忠誠を誓う事になる。これが「麾下の諸侯」と呼ばれる存在だ。

麾下の諸侯は上位の存在に対して従い、有事には軍勢を率いて駆け付け、場合によっては納税の義務を負う。

しかしながら領主が力を持ったり逆に上の者が勢力を落としたりすると、その領主は独自の外交や内政を展開するようになる。

そうやって王国や有力諸侯の麾下の諸侯は変動する訳だ。弱小諸侯などは有力諸侯に睨まれれば一堪りも無いので、強い者に付くために右往左往する事になる。

ちなみに、公爵、侯爵、伯爵、子爵などの階位は領地の広さや豊かさによって大体決まる。伯爵辺りまでは王国か帝国が授けるちゃんとした階位である事が多いが、子爵辺りからは自称である事も多いらしい。

こういう諸侯以外にも貴族と呼ばれる者たちがいる。いわゆる無領地貴族である。当たり前だが、王国だろうと公国だろうと、配下の者に無限に領地を切り分けていたら自分の領地がどんどん減ってしまうし、その分自分の財力が減ってしまう。

そのため麾下の諸侯を増やすのには限界があるのだ。しかし、自分の配下の者には報いてやりたい。そのために領地の代わりに俸禄を与える有力家臣、つまり無領地ながら貴族として扱われる存在というものが生まれた。

無領地貴族は諸侯よりも概ね格下だと見られるが、貧乏な村しか持たない騎士よりも、多額の俸禄を受け取っている無領地貴族というのも当然いる訳なので、一概に上下は付けられない。

無領地貴族は国主に仕える政治家や官僚として働く家臣に多く、国政を左右する重要な存在である事も多いので、諸侯よりも国では重要視されている場合もある。当然、無領地貴族として出世して領地持ちになる場合も多いのだ。

無領地貴族には本来爵位が無いはずだが、これも適当に自称している場合もあるから注意が必要だ。まことに貴族社会は面倒で複雑なのである。

元の山の中のイブリア王国には貴族はいなかった（実家は元公爵かなにかだったらしけど）が新生イブリア王国にはそういう貴族が沢山いて、華やかな社交界を作り上げているのだった。私は社交にはお見合いに来た時少し出た事しかない。さてさて、噂の社交界とやらはどんなところなんだろうね、ととあるお茶会に顔を出してみたのだが……。

そこにあの女が待っていたのだ。

フェーゲル伯爵の王都屋敷（領地持ちだが、王都にも屋敷を持っていて領地と半々くらいで生活しているらしい。諸侯にはそういう方が多い）で開かれたお茶会。噂の王妃である私が出ると聞いて参加希望者が殺到したらしい。出席者は二十人。既に集まっていたご婦人方に挨拶するべく、庭園に設営された会場に入り、笑顔を振りまきつつ挨拶をしようとした、その時。

「あら？　王妃様？　まだそんな野暮ったいドレスを着ていらっしゃるのですか？」

うぐっ。出鼻をくじかれて思わず顔から笑顔が消えそうになってしまう。そう。私のドレスは元の王宮から持って来た中古の古いドレス。高級だがデザインが古くて確かに野暮ったい。しかしながら王妃に対して無礼な。と思いながらその声の方向を見て。納得する。ああああ、あの人か……。

鮮やかな金髪と水色の瞳の美人である。スタイルも良いし笑顔も美麗だ。若草色のセンスの良いドレスを着こなし、ニコニコしながら私を見ている。そう。嘲るようなとか憎々し気な顔をして、とかではないのだ。邪気も無く笑っている。それでいて出てくる言葉はこうなのだ。

「そんなドレスではお茶会の雰囲気に合いませんわ。そういう重厚な古臭い形式は夜会であればなんとか行けますけど。ねぇ。皆さんもそう思うでしょう？」

いや、同意を求められても。全員真っ青な顔でそう思った事だろう。私はこっそり溜息を吐きながら、その女性に呼び掛けた。

「お久しぶりでございます。ムーラルト様」

「あら、王妃様。他人行儀な呼び方はおよしになって。お見合いにお出でになった時に『お義姉様』と呼んでと言ったじゃない」

そんな呼び方をする訳にはいかない。ムーラルト様を上位に置くことになってしまうではないか。

つまりこのムーラルト様は私の義理の姉。クローヴェル様の姉上様なのだ。確か一つか二つ上の歳だから二十か二十一歳。既に結婚して家を出され、アルハイン公爵一族を外れている。

正直に言おう。私はこの人が苦手である。いや、悪い人では無い事は分かっている。クローヴェル様曰く、病弱な彼にも優しく、むしろ弱い弟を溺愛していた良い姉だったと聞いていた。だから悪く言いたくはない。言いたくはないのだが……。

「それにしても結婚して三年も経つのにまだ子供が生まれないの？　変ねぇ。私なんて二人も生まれたのに。どこかお悪いんじゃありませんの？」

……これである。この人は口が悪く、悪気無く相手の気持ちをグリグリと踏み躙って来るタイプなのだ。

「お母様も早くクローヴェルの子供が見たいと言ってらっしゃるわよ？　私も見たいわ。クローヴェルの子供ならさぞかし可愛い子が生まれるでしょうからね」

くそう。この小姑め。クローヴェル様の姉でなければ百倍にして言い返してやるところなのに。クローヴェル様もこの姉君に弱いらしく、寝込んでいる期間にお見舞いに来られて、弱っているのに嵐のように話し掛けられて抱き着かれて大変だったと零していらっしゃったわね。悪気が無いので追い返せなかったのだそうだ。

「そうねぇ。お医者様を紹介いたしましょうか？　山奥の元いらっしゃった所と違って、ここには良いお医者も沢山いるのよ？」

「け、結構ですわ。それより皆さま……」

私は必死に話を逸らそうとするが、ムーラルト様は可愛く小首を傾げると私に続けざまに言葉を投げ付けた。

「そうですわ！　それよりもまずドレスを何とかした方が宜しいですわよね！　私のドレスを作っている仕立て屋がおりますから今度王宮に連れて行きますわ！　ご安心下さい！　腕の良い職人で

すから王妃様のように少し肩幅が広い方でも上手く誤魔化してくれますわ！　それとも妊娠には食べ物を選んだ方が良いと聞きますから、家の料理人を送りましょう！　王妃様は山奥にお住まいで良いものを食べなかったから妊娠出来無かったのですわ！　そうに違いありません！」

か、勘弁して下さい。私は言い返す事も出来ずに放心しそうになっていた。挙句にムーラルト様は何だか自己完結すると「それじゃぁ早速準備してきますわ！」と挨拶も無しにお茶会を中座し、優雅な足取りで会場を出て行ってしまった。あまりの事に私は思わずテーブルに顔を伏せてしまった。

「お、王妃様。お気を確かに」

「ま、まぁ、ムーラルト様はいつもそのあんな感じなので、気にするだけ損でございますわよ」

そうですね。お見合いに来た時に数回会って知っています。正直もう会いたく無かったです。とはまさか言えない。

私は何とか気を取り直しておほほほと笑った。ムーラルト様に翻弄された私に同情した皆様が優しくして下さったので、そのお茶会は生温(なまぬる)い感じで進行し、私は最初の社交を和やかに終える事が出来た。こういうのを怪我の功名と言っても良いのかしらね。

それ以降もムーラルト様から被害を被っている方々からの同情を集めたりして、私は段々と女性社交界に受け入れられていった。いや、ムーラルト様のお陰とは言わないわよ。言いたく無い。

因みに、ムーラルト様は本当に王宮に仕立て屋と料理人を送り込んで来てくれた。実際に腕の良い職人で、社交のために大量のドレスを発注する必要があった私は助かったし、料理は美味しかった。料理人は妊娠出来る料理なんて知らない、と言っていたけどね。

どうもあの口の悪さで本当に悪気や敵意は無さそうだから困る。ムーラルト様のご配慮に甘えてしまった以上、今度お礼に王宮にお招きする必要があるんだろうなぁ。私はげっそりと溜息を吐いたのだった。

十一話　他国との交渉

帝国の七つ首の竜とは、七つの王国を意味する。古に女神と竜の間に生まれた七人の子供が王国を建てたとも言われているが、当然嘘よね。帝国の歴史は精々数百年。女神がおわした古は何万年の昔だと聞くもの。

七つの王国にはそれぞれ旗と象徴が定められている。
イブリア王国には水色の旗と盾。
クーラルガ王国には黄色の旗と槍。
オロックス王国には赤い旗と杖。
クセイノン王国には黒い旗と剣。
ロンバルラン王国には緑色の旗とマント。
スランテル王国には紫色の旗とネックレス。
ザクセラン王国には桃色の旗とペン。

それぞれ大事に受け継いで、王家が断絶しても他の王家から養子が行ったり、傍系が継いだりして連綿と続いている。だから今や王国と王家の名前が一致するのはクーラルガ王国だけだ。恐らくその過程で血が薄くなってしまって、金色の竜の力は失われてしまったんじゃないかしら。その割に私は養女なのに発現したのよね。うーん。分からないわねぇ。

とりあえずそれは兎も角として、新生イブリア王国は、帝国の南端をその領域とする事となった。帝国の南の端の五分の一くらいの領域を横一文字に切り取ったような状態だ。結構広いように感じるが、これには旧イブリア王国があった山地が相当な割合で含まれているからね。

ただ、帝国の東の遊牧民との国境、西のガルダリン皇国の両方と国境を接している王国はイブリア王国だけで、帝国の安全保障上、非常に重要性が高い位置にあると言える。

その重要な地に封じられたのだから、イブリア王国は帝国創建当時には重要視されていたのだろう。何しろ盾だ。外敵から帝国を護る役目だ。かつては遊牧民の勢力が今よりもずっと大きかったらしいし。

その王国の北側には二つの王国が国境を接している。正確にはいくつか諸侯領を間に挟むが、どこもイブリア王国か二つの王国の麾下にあるから、接していると言い切っても間違いでは無いだろう。

西側にザクセラン王国。東側にスランテル王国だ。両国との関係はアルハイン公国時代には「良好と言えば良好」だったそうだ。紛争などの危険性が極めて少なかったという意味では。

だが、両王国とも格下である公国に対して色々な無理難題を押し付けて来ていて、それに耐え切れずに公国がイブリア王国に領地を返上して併合されたのだ。それは良好と言えるのかしらね？

そして両王国とも現在の皇帝陛下との関係は悪く無いという。ただ、それを言ったらお父様も皇帝陛下と仲は良かったみたいだけど。皇帝陛下にどの程度服従する姿勢なのかで今後のこちらの対応も変わって来る。故に私がやらかした皇帝批判に対してどういう反応が返って来るか気にはなっていた。

スランテル王国はあれから半月後、普通に使節を送って来た。イブリア王国の旧領復帰とクローヴェル様の即位を如才なく祝賀し、いくつかの贈り物をくれて、和やかに帰って行った。それを見てアルハイン公爵とエングウェイ様はあからさまにホッとしていたわね。

対して、ザクセラン王国はやや遅く一ヶ月後くらいに王都に使節を送って来た。クローヴェル様と謁見に臨んだ私はギョッとした。五人の使節団の先頭中央にいる大男が、全身鎧に身を包んでいたからだ。

階の下に控えているアルハイン公爵一族も驚いていたけど、ちょっと驚きの種類が違うようだった。特にホーラムル様がずいぶん驚いた顔で言った。

「ザーカルト様ではございませんか！」

全身鎧に身を包んだ赤髪の偉丈夫は、ホーラムル様を見てニヤリと笑うと、階の下で跪く事無くクローヴェル様を見上げながら大音声で言った。

「ザクセラン王国王子、ザーカルト・カルマリン！　イブリア王国の新国王即位の祝賀にまかり越した！」

なんとまぁ。私も流石に目を丸くした。ザーカルト様と言えば、ザクセラン王国の第三王子の筈。まさか王子が来るとは思わなかった。一体どういう思惑があるのやら。

しかし、ザーカルト様は挑むようにクローヴェル様を睨み上げていたが、すぐに失望したように顔を歪めた。

「なんだ。覇気の無いお方だな。其方が王になった方が良かったのではないか？　ホーラムルむむ！　これは見過ごせない！　私は即座に席から立ち上がって叫んだ。

「無礼者！」

ザーカルト王子が目を丸くする。私は階の上から指を突き付けて言った。

「貴方が王子だろうが王国の国王の方が上位です！　控えなさい！　そして謝罪しなさい！　さもなくば貴方の所業はザクセラン王国からの宣戦布告と見做します！」

慌てたのはアルハイン公爵とエングウェイ様だ。

「王妃様！　それは！」

「ザーカルト王子は……」

「黙りなさい！　貴方たちには聞いていません！」

ザーカルト王子は目を丸くしたまま私とアルハイン公爵を交互に見ていたが、やがて顔を面白そうに緩め、終いには声を上げて笑い出した。

「失敬失敬。確かにその通りだ。謝罪しよう。御無礼の段許されよ。王妃様」

そして鋭い目付きでいながら面白そうに口を緩めながら言う。

「しかし、謝罪はしても臆したわけではないぞ。このザーカルト、アルハイン、いや、イブリア王国と戦になろうとも引きはせぬ」

それに対して私は胸を張って放言した。

「その時はこの私が陣頭に立ち、其方と対峙（たいじ）するとしましょう」

私の言葉に、ザーカルト王子はまた哄笑（こうしょう）した。

「いや、失敬。なるほど貴女が噂のじゃじゃ馬姫、イブリア王国の戦女神か。所詮（しょせん）噂だろうと思っていたが、なかなかどうして……」

ついに隣国の王子からまで二つ名で呼ばれたわよ。どういう話の広がり方をしているのやら。

謁見の間からホールに場所を移して、ザーカルト様の歓迎の宴が開かれた。立食パーティであまり畏まっていない。王子が来るとは聞いていなかったからだ。ザーカルト王子は気にした様子も無く、鎧を脱いで紺色のコートと白いズボン姿だ。ザクセランの象徴色の桃色のタイを首に巻いている。

クローヴェル様は深緑色のコートでやはり我が王国の象徴色の水色のタイ。私は急遽薄桃色のドレスを選択した。ザクセラン王国に敬意を払う意味で。

ザーカルト王子は私を見ると目を細めた。

「おう。こうして見ると美しい女性ではないか。性格が惜しいな」

あら、意外に女性が褒められるタイプなのかしら。一言余計ですけど。

続けてザーカルト様は改めてクローヴェル様をジッと見つめていた。クローヴェル様の方が背が低い。見下ろされる形になる、だが、クローヴェル様は臆する事無く微笑んだままザーカルト様を見上げている。後で知ったが十九歳のクローヴェル様に対し、ザーカルト様は二十三歳と年もちょっと上だ。

「……国王陛下、貴方は皇帝を目指していると聞きましたが、本当ですか？」

ザーカルト様は唸るような低い声で言った。クローヴェル様は躊躇無く頷いた。

「ええ。そうですよ。次の皇帝は私がなります」

ザーカルト様はそれを聞いて少し顔を怖くしたが、クローヴェル様の微笑みには一つの陰も差さない。柔らかに笑っている。

「……前言を撤回しよう。良い覇気をお持ちだ」

ザーカルト様は言ってニヤッと笑った。

それからは普通に雑談となった。ザーカルト様は三男だけに後継の目は無く、騎士の道に進み、軍事でザクセラン王国に貢献するつもりなのだという。アルハイン公国にも何回も視察に来たことがあるそうで、それでホーラムル様と旧知なのだ。

後でホーラムル様に聞いたけど、非常に強い騎士で、ホーラムル様とほぼ互角の武勇なのだという。軍の指揮能力も高く、ガルダリン皇国との戦で何度も勝利した英雄なのだとか。それは凄い。

そのため国内でも人気が高く、軍に関わりの深い諸侯からはザーカルト様を次期国王に推す動きもあるらしい。ほうほう。

ザーカルト様は気持ちの良い性格で、打ち解ければクローヴェル様とも親しげに会話を楽しんでいた。同じ武人タイプでもホーラムル様より所作が丁寧で、その辺は流石に王子様だな、と思った。

クローヴェル様は疲れてしまい、先に引き上げたが私は残り、お酒を呑みながらザーカルト様と話を続けていた。宴はもうすぐお開きという時間だから、私もザーカルト様も既に相当呑んでいて、二人とも顔が赤い。

「アルハイン、いや、イブリア王国の強さは馬なのだ！」

ザーカルト様は悔しそうに仰った。

「遊牧民と取り引きして、名馬を揃えられるからな！　ズルいではないか！」

「ズルいと言われましても、別にザクセラン王国でも購入すれば良いではありませんか」

「伝手が無いのですよ。王妃様。アルハイン公爵一族は遊牧民に同盟者がいるから買えるのです。そんな伝手は一朝一夕では出来ません！」

なるほど。イカナの戦いで随分と遊牧民の動きが分かるのだな、と思っていたのだけれど、遊牧民の中に同盟者がいたのか。

「良い馬は本当に貴重なのですよ。良い馬さえ揃えられれば、我が国の軍ももっと強くなるのだがなぁ！」

ザーカルト様はボヤいた。どうも良い馬を買いたいのだが、ザクセラン王国からの許可が下りないらしい。ザクセラン王国はあまり軍の強化には熱心ではなく、軍を預かるザーカルト様にはそれが不満らしい。まぁ、ザクセラン王国の象徴はペンだしね。これは内政を意味する。

私はザーカルト様にドンドン呑ませ、自分でも呑みながら話を続ける。

「軍の強化がしたいのは、やはりガルダリン皇国と対決するためですか？」

「そうです！　ガルダリンの奴らは弱い所に噛み付く狼みたいな奴らなのだ！　逆に言えば強い所には攻めて来ない。実際、アルハインには来ぬではないか！　ザクセラン王国は舐められておる！　それが悔しくてならぬ！」

ザーカルト様はそう吠えると顔をテーブルに突っ伏した。大分酔ったようだ。私は何食わぬ顔でサラッと言った。

「ならば、貴方が王になり、ザクセラン王国を変えれば良いではありませんか。ザーカルト王子」

すると、ザーカルト様はピタリと動きを止めた。そして、ムクっと身体を起こすと酔いが飛んだような据わった目付きで私をにらみつけた。

「失礼な事を言わないで頂きたい。イリューテシア様。私は国王陛下に忠誠を誓う者。そして王太子殿下に忠誠を誓う者です。その忠誠を疑われるのは心外です」

「あら。それはご無礼を致しました」

私は微笑んで謝罪したが、ザーカルト様は厳しい顔を崩さない。

「不愉快だ。失礼する」

と言い残して、席を立ち、慌てる随員を引き連れて会場を出て行ってしまった。ホーラムル様やエングウェイ様が青い顔で私を詰問(きつもん)する。

「な、何をしでかしたのですか！　王妃様！」

「ザーカルト様を怒らせるなど！　ザクセラン王国を敵に回すおつもりですか！」

私はグラスに残っていた蒸留酒をクイッと飲み干して、フフフっと笑った。

「酒席のじゃれ合いですよ。ザーカルト様も私も大分呑みましたからね。明日には忘れているでしょう」

私も会場を出て王宮に戻る。居間に入ると、クローヴェル様がソファーに座り、本を読んでいた。

「あらあら。お先にお休みになって下さっていても良かったのに」

「貴女が帰ってくるのを待っていたのですよ」

「あらあら。もしかして、私が浮気をしているんではないか、と心配して待っていらしたのですか？」

　するとクローヴェル様は少し唇を尖らせた。

「そんな心配はしていませんよ。……少ししか」

　あらあら。私は嬉しくなってクローヴェル様に抱き付いた。

「少しは心配して下さったのですね！　ありがとうございます。大丈夫ですよ！　私はクローヴェル様一筋ですから」

「お酒臭いですよ。リュー。貴女はこっちに来てからお酒の呑み過ぎです。それで？　ザーカルト様は私たちの役に立ってくれそうなのですか？」

　あらあら。一言もそんな事言っていないのに。この人は本当に油断ならないわ。流石私の旦那様。私はうふふっと笑って言った。

「どうでしょうね。かなりお国に不満は溜め込んでいそうですけど。あれはでも、ザクセラン王国からも相当警戒されていますわね」

　酔っ払った上での戯れ言でも処分されかねないくらいにね。

「あからさまに唆すのは逆効果、ですか。どう煽るつもりですか？　リュー」

「『フェルナンド王の伝説』で行こうと思います」

　クローヴェル様は少し考え、ああ、と頷いた。私たちは二人で同じ本を読んでいるからこれで通じる。

「面白いですね。やってみて下さい」

理解のある旦那様で良かったわ。私はクローヴェル様のくすんだ金髪にグリグリと頬擦りした。

二日後、ザーカルト様がお帰りになる事になり、クローヴェル様と私、後ホーラムル様とエングウェイ様がお見送りする事になった。

王宮の門で対面したザーカルト様は表情が未だに固かった。本気なのか演技なのかは知らないけどね。私は一切気にせずザーカルト様に話し掛けた。

「是非またおいで下さいませね。ザーカルト様」

ザーカルト様はムスッとして黙っている。私はニコニコと笑いながら、ホーラムル様をチラッと見る。ホーラムル様は頷くと、後ろを向いて合図をした。

すると馬丁が馬を十頭ほど引き連れて進み出て来た。ザーカルト様が目を丸くする。私はにこやかな顔を意識しながら言った。

「王宮で飼っている名馬ですわ。友好の証に差し上げましょう。ザーカルト様に」

ザーカルト様は驚愕も露わに叫んだ。

「き、気は確かなのですか！　これほどの名馬をこんなに？　売れば城が建ちますぞ！」

私はおほほほっと笑う。

「ザーカルト様との友好にはそれくらいの価値があると思えばこそですわ」

ザーカルト様は物凄く怖い顔で私を睨んでいる。私は知らん顔で視線を受け流す。

「お国に献上するも良し、ご自分で使われても良し。ザーカルト様にお任せ致しますわ。私はザーカルト様に贈るのですから」

ザーカルト様は唸るように言った。

「……貴女は、恐ろしい人だ。イリューテシア様」

そうでしょうかね？　歴史上の故事である、フェルナンド王の伝説からのパクりなんですけどね。これ。

古の王国の伝説的な王、フェルナンド王はある時、手強い敵国に手を焼いていた。そこでフェルナンド王はその敵国の将軍に、一方的に豪華な贈り物を送りつけたのだ。

将軍は困惑したが欲望に負け、贈り物を受け取ってしまった。すると敵国の王はフェルナンド王からの贈り物を受け取った将軍を疑うようになる。国内に不協和音を生じた敵国はフェルナンド王の侵攻に一致して対処出来なくなり、滅ぼされたのだった。

あれほど名馬を欲していたザーカルト様だ。喉から手が出るほどこの馬が欲しいだろう。馬は繁殖させられるし、自分たちの馬を改良するのにも使えるからね。十頭もいれば何年か後には自国の馬をすっかり良くする事も出来るだろう。

しかしながら、この馬を受け取るとザーカルト様は私たちと強固な、強固過ぎる結び付きを作ってしまう事になる。少なくとも周囲からはそう見える。その事自体はザクセラン王国とイブリア王国とが友好関係である限りは問題にならないし、望ましい事ですらある、のだが。

ザーカルト様がザクセラン王国の国王や次期国王から危険視されていた場合、ザーカルト様とイブリア王国の個人的結び付きは果たしてどう思われるか。まぁ、国王や次期国王は警戒心を高めるだろうね。

ただ、ザーカルト様は既にかなり警戒されているようだし、馬匹改良はザクセラン王国の国益にも適う。これ以上警戒されても今更だ、名馬を手に入れるのは国益にも適うのだから構うまい。と、ザーカルト様が思ってくれればしめたものだ。

実際、ザーカルト様は沈思黙考の末、慎重な口調で仰った。

「……受け取った後、私が国王陛下に献上しても構わないのですな？」

「どうぞどうぞ。ザーカルト様のお立場なら当然の選択でしょう」

ザーカルト様はまた考え込んだが、やがてしっかり頷いた。

「分かりました。有り難く頂戴致します」

私は思わずニンマリと歯を見せて笑ってしまった。

「喜んで頂けて嬉しいですわ。ザーカルト様。末永くよしなに」

そうして、ザーカルト様は名馬を引いて帰って行った。エングウェイ様が呆れたように言った。

「本当によろしかったのですか？　王妃様。あれほどの名馬をタダでくれてやるなど、いくら何でも大盤振る舞い過ぎでは？」

ホーラムル様も不満そうだ。

「左様。ザーカルト様が名馬を手に入れたらザクセラン王国が強くなって手に負えなくなるかも知れません」

私は知らん顔で笑っていた。

「ザーカルト様には失礼な事を言ってしまいましたしね。それにザクセラン王国が強くなるのは良い事です」

二人は私の楽天的な意見に呆れた顔をしていたが、クローヴェル様は苦笑していた。クローヴェル様には私の悪辣（あくらつ）さがバレているのだろう。

あの名馬のプレゼントにはもう少し意味があるのだ。

まず、馬匹改良には設備と時間が必要で、それには投資が必要だという事がある。ザーカルト様は喜び勇んで連れ帰った名馬を繁殖させる許可を国王に求めるだろうが、果たして名馬の購入に首を縦に振らなかった国王が、ザーカルト様にその許可を出すかしらね。あの口振りではザクセラン王国は軍事力強化に理解が無さそうだった。それでザーカルト様が王国に更なる不満を抱く事が期待出来る。

更に馬が十頭というのにも意味がある。ザーカルト様は十頭全部を国王に献上するだろうか？

これが一頭や二頭ならするだろう。

しかし十頭なら、一頭二頭は自分が取っても良いのではないかと考えると思う。馬乗りなら名馬を所有し乗り回す事への誘惑を断ち切る事は難しいと思うからね。しかし、国王としたら全てを献上せず、自分で良い馬を取ったザーカルト様に不快感を覚えるのではないだろうか。

それだけではない。今回のザーカルト様の訪問には恐らく、ザクセラン王国の思惑がある。わざわざ有能な将軍であり王族であるザーカルト様を寄越したのには、皇帝陛下への反抗心を露わにし、次期皇帝への野心を明らかにしたイブリア王国を威圧する意味があったと思う。だから最初にザーカルト様は鎧姿だったし、クローヴェル様を侮辱するような事をしたのだ。

その威圧に行った使節のザーカルト様が、名馬を贈られて上機嫌で帰国したらどうか。ザーカルト様はイブリア王国に懐柔されたと周囲は見るだろう。ザクセラン王国としたら、現皇帝陛下への忠誠を示す意味合いで送った使節が懐柔されたら皇帝陛下への面目が立たなくなる。ザーカルト様はこの時点で国王の意向に逆らってしまった事になるのである。

まぁ、あんな武人然として表裏が無いタイプのザーカルト様を、腹芸が必要な外交の使者に起用するのが間違いなのだが、いずれにせよザーカルト様が国王の期待を裏切った事は間違い無い。ザーカルト様は二度と外交には起用されないし、ザーカルト様はその事で冷遇されていると不満を抱く事だろう。

と、まぁ、あの名馬の贈り物には様々な悪意が潜ませてあるのだ。ただ、効果があるかどうかも分からないし、どのような効果がいつどれくらい生ずるかも今はまだ分からない。だから説明はしない。私は煩く文句を言い続けるエングウェイ様をあしらいながら、将来に期待してほくそ笑んでいた。

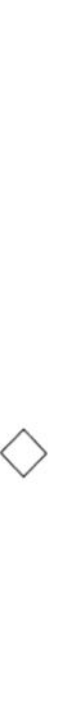

私は政務の間に社交にも精を出していた。

精力的に出たのは女性のお茶会である。女性社交の代表とも言うべきお茶会にはいくつかの種類がある。まず、私が王宮にお客様を招くお茶会。これに出席するのは大変名誉な事だと見做されるから、私は定期的に開催しては有力な貴族婦人たちを順に招いていた。

次に、有力貴族が自邸で行うお茶会。私がこれに足を運ぶ事もステイタスになるので、偏りが無いように順繰りに色んな貴族の屋敷に行った。

最後に、諸侯が自領の屋敷で行うお茶会。諸侯領の中には王都近郊にあるため日帰りが可能な場合もある。そういう諸侯はアルハイン公爵の縁戚で近臣である場合が多い。そのため、そういう諸侯が領地で開いたお茶会や夜会に招かれた場合も可能な限り出席する事にしていた。

その日も私は王都から数時間の所にあるサンデル伯爵の領地屋敷を訪れていた。私も政務などで色々忙しいので、丸一日掛かりとなるこういう社交は中々出られないが、今回はサンデル伯爵夫人のお招きなので多少無理をして参加をした。

サンデル伯爵はアルハイン公爵の弟で、アルハイン公国＝イブリア王国の中でも有数の実力者だった。もっとも、伯爵自身は温厚で、騎士一族のアルハイン公爵家の中ではどちらかと言えば文人寄りの方である。実はそれが、私が今回招きに応じた理由だった。

お屋敷に到着すると、お茶会の前に私は案内を受けてお屋敷の中を歩いた。それ程豪壮なお屋敷では無いが、庭はよく整備され、屋敷の中もきれいだ。私は侍女に案内されてその部屋に入った。

そこは図書室だった。流石に旧王都から根こそぎ運んで来た王宮の蔵書程では無いが、かなりの数の本、しかも最近の本が本棚に整然と収まっていた。

おおお、素晴らしい！　サンデル伯爵もその夫人も読書家で、帝都に行っては少しずつ本を買い集めているのだそうだ。私は王宮の本は全部読んでしまったし、蔵書は古い本が多い。私は新しい本に飢えていた。そこへ最新の本が揃っているこの図書室である。私は踊り出しそうな気分で本を物色した。

サンデル伯爵夫人は三十代後半の茶色いウェーブした髪が美しい貴婦人で、本を選んでから向かったサロンでニコニコしながら私を待っていた。

「お気に召した本がありまして」

私は興奮し過ぎないように気を付けながら言った。

「ええ！　見た事が無い本が一杯で嬉しかったですわ！　ありがとうございます。夫人！」

「うふふ、良かったですわ。私も王宮のご本を借りましたもの。お互い様ですわ」

そう。王宮のお茶会でお話をしていて本の話になり、お互いの蔵書について話していたら二人とも目の色が変わってしまったのである。

サンデル伯爵夫人は最近の本は買って読んでいたが、むしろ古い本は読む手段が無い。一方、私は古い本は一杯読んでいたが、新しい本を手に入れる手段が無い。お互いの利害が一致した結果、私が王宮の本を貸して、私が今回新しい本を借りる事になったのだった。

「大事に読ませて頂きますね」

「ええ、お互いに」

本は専門の職人が手書きで書き写すものだから、貴重で、宝石よりも高価なのだ。

私と夫人はしばらく本について話をしていたが、ふと、サンデル夫人がやや真剣な顔をして私を見た。私も居住まいを正す。

「そういえば、私と夫は本を買いに、年に一度くらい帝都に伺うのです。実は先日行ってきたばかりなのです」

それは豪気な事だ。帝都まではこの王都からは大体一週間くらい掛かる筈。その旅費と本の購入費用たるや大変なものだろう。

「その時に社交に出た時に聞いた噂を王妃様にお伝えしておこうと思います」

ああ、そうか。恐らくサンデル伯爵はアルハイン公爵に命じられて帝都まで情報収集に行っているのではないかと思われる。本の購入はついでだろう。

本は市場に売っているようなものでは無く、基本的には貴族が自分で元本を借りるか何かしてその写本を職人に作らせるか、その作らせた本を買うかしかないから、サンデル伯爵夫妻は情報収集の社交がてら本の購入の交渉もしているのではないかと思う。

サンデル伯爵夫人は少し身を乗り出して、私に言った。

「皇帝陛下がご病気だという噂です」

……意外な重大情報だった。まだアルハイン公爵からも聞いていない。わざと私に伝えていないのか、それともこれから伝える気でいたのか。微妙よね。ただ、伝えるのに躊躇した理由は分かる。

「それは確かなのですか？」

「分かりません。噂でございます。ですが、出る夜会全てで密かに囁かれておりました」

それはかなり真実性が高い噂ではないだろうか。しかしながら、皇帝陛下がご病気だとしても、どの程度のご病気なのかは分からない。単に臥せっているのか、それとも死に至る病なのか。

現皇帝陛下であるファランス・クーラルガ様は確かまだ五十二歳。若くは無いが、まだ老いたと言える年齢でもない。ファランス三世陛下の次代をクローヴェル様が担うにせよ、おそらくは十年から十五年後の事になると私は予測していた。

もしかして陛下が死病に囚われたのなら、その予定を大幅に早めなければならない可能性がある。悠長にやっていたのでは代替わりに間に合わないかもしれないからだ。しかしながら、陛下の病が死病では無いのなら、ここで慌てて焦って動いたせいで拙速となり、クローヴェル様を皇帝にするという目標に到達出来ないかもしれない。

私は頭脳を高速回転させながら悩んだ。しかしながら、結局情報が少な過ぎる、という結論に達せざるを得なかった。無理よね。

何しろ帝都からの情報を複数ルートから入手しているだろうアルハイン公爵が、私たちに全ての情報を開示してくれないのだから。

おそらく公爵としては、自分で確信が持てるくらいの情報確度になってから私に伝える気なのだろうと思う。しかし、待っている内に手遅れになってしまうかも知れないのだ。この状況のまま皇帝陛下が崩御されて、準備不足のまま選帝会議が開かれたらクローヴェル様を皇帝にするなど不可能になってしまう。

方法は一つしかない。いつかはやらなければならない事だ。私は決意した。

帝都に行こう。と。

十二話　帝都へ向かう

私は帝都に向かう事を決意したわけだが、当たり前だがそれはそう簡単な話ではなかった。まず何より周辺の皆様から大反対を受けた。

「帝都に行くと仰いますがね」

エングウェイ様が額を押さえながら言う。この人は私がやろうとする事には大体反対するのよね。ただ、私が言って聞かない事はもう分かっているらしく、反対しながら諦めている状態だ。

「時間も費用も掛かりますし、王妃様は現地に伝手も無いでしょう？　行ってどうするのですか？」

ごもっともだ。単に帝都に行っても仕方が無い。社交界に出て王侯貴族の間で交流して情報を得なければならない。いくら私がイブリア王国の王妃だからといって、そう簡単に帝都の社交界に受け入れられるとは思えない。

「その辺はアルハイン公爵から紹介して貰えればと思いますわ」

私がしれっと言うと、エングウェイ様は更に頭が痛そうな風情となった。

「もしかして滞在場所も帝都の公爵屋敷をあてにしておられますか？」

「そうですね」

エングウェイ様は呆れたように首を横に振った。

「あれは公爵家の資産で購入し、維持管理しておるものです。一応言っておきますが、王妃様でも自由に出来るものではありませんよ？」

「私はクローヴェル様の妻ですからアルハイン公爵一族の端くれでしょう？　借りる権利はあると思いますわ」

もちろん私がああ言えばこう言う女だと知っているエングウェイ様はそれ以上反論しなかった。この人も大分分かって来たわね。

アルハイン公爵は強くは反対しなかったが、出来ればクローヴェル様と行くべきだと主張した。皇帝候補は私ではなくクローヴェル様で、クローヴェル様が帝都に行ってこそ、皇帝候補に正式に名乗りを上げる事が出来ると。

もっとも、クローヴェル様の身体の弱さで帝都まで旅をするのは難しいとも言って、私一人で帝都に行っても意味が無いのではないかと思っているようだった。

因みに、皇帝陛下がご病気であるという噂は、やはり公爵が確定情報だと思えるようになってから私に上げてくるつもりだったらしい。

「不確定な情報を上げて王妃様がいきなり行動されても困ります」

と言った。まぁ、それは私が公爵の立場でもそう思うでしょうよ。

ホーラムル様は安全面から反対した。

「道中も帝都も王妃様の敵ばかりです。非常に危険ですが、他国を通過するのに大軍を伴う訳には参りません」

帝都へ兵三百以上を入城させる事は禁止されているそうで、たった三百の兵では道中の王国や諸侯が本気を出して私を討とうとした場合に護り切れないと言うのだ。

確かに危険ではあるが、帝都に向かわなければならない理由は危険を冒す価値のある事だ。私はホーラムル様を説得し、ホーラムル様は渋々選りすぐりの兵を護衛に付けてくれると言った。

最後の難敵はクローヴェル様だった。クローヴェル様はやはり危ないからと言って強硬に反対した。そして行くのであれば自分も一緒に行くと強く主張した。

しかしながらクローヴェル様と一緒に行く訳にはいかない。理由はいくつかある。クローヴェル様の虚弱さでは帝都に無事着いても体調を崩す事は確実で、そうなれば私一人で行動する事になるので一人で行っても同じだという事。

そしてそんな虚弱さを帝都の者たちに見せ付けたら皇帝候補としての評価が下がってしまうという事。

後、国内的な問題で言うと、私とクローヴェル様が揃って長期に国を空けるのは良くないという事がある。新生イブリア王国の政治体制はまだ固まっているとは言い難い。私たちが留守の間にエングウェイ様辺りが蠢動（しゅんどう）して私たちから実権を奪おうと画策する可能性が無いとは言えないのだ。クローヴェル様には国内の抑えに残って欲しい。

そして万が一道中で襲撃があって私一人が死んでもクローヴェル様が残ればイブリア王国は安泰だというのもある。まぁ、これを言うと確実にクローヴェル様が怒り悲しんで逆効果になるから言わないけどね。私だってクローヴェル様を残して死ぬ気など無い。裸足（はだし）で逃げ出してでも生き残る所存である。

私の必死の説得に、クローヴェル様はようやく折れてくれた。彼は私をひしと抱き締めて言った。

「くれぐれも無茶はしないようにして下さい。貴女の身が一番大事なのですからね。王国にとっても私にとっても」

「分かっていますよ」

私はクローヴェル様の肩に顔を押し付けながら言った。うんうん。良い旦那様だ。今回の帝都行きにはこの夫を皇帝に出来るかどうかの命運が掛かっていると言っても良い。必ず良い成果を得てくるぞ！　私はクローヴェル様の温（ぬく）もりを身体に覚え込ませながら気合を入れた。

そうやって各方面と調整を行い、五台に及ぶ馬車の手配、護衛の手配を行って、私は帝都へと旅立ったのである。

イブリア王都から帝都に向かうにはまずザクセラン王国に入り、そこからオロックス王国を通過して皇帝直轄領に入る。

そのため、ザクセラン王国とオロックス王国には事前に通過の連絡をして許可を得ていた。正確に言うと諸侯領もいくつか通過するのだが、そういう諸侯にいきなり許可願いを出すのは諸侯の上にいる王国の面子（メンツ）を潰す事になるので、王国を通して許可を貰うのだ。

ザクセラン王国からもオロックス王国からも問題無く通過許可は下りた。もちろん、許可を出しておいて後から難癖を付けて私を捕えるとか、攻め殺すという可能性はあるが、私は今回あんまりその心配はしていなかった。両国とも皇帝陛下に忠誠を誓っているとはいえ、今や強大な軍事力を持つイブリア王国の王妃を討って戦争にでもなれば大変な事になる。そんなリスクを冒してまで私を殺すメリットは薄いだろう。

場合によっては両王国から王都に招待を受ける可能性もあるな、と思っていたくらいだ。しかしそれは無かった。両国とも様子見という事なのだろう。私もあえてザクセラン王国の王都を通過しないルートを選択し、少し急いで帝都へ向かった。

道中を見た感じでは、北に向かうにつれ小麦畑が減り、だんだんと芋畑ばかりになるのが分かった。だんだん気候が寒冷になり、土地も痩せてきているのだろう。

この分だと帝都周りの皇帝直轄地は広さの割に豊かでは無かろうな、と思った。帝都の北側にあるクーラルガ王国などは広さで言ったら現イブリア王国より大きく豊かだと聞いたが、それは海を押さえている事により海上貿易を独占しているからで、農業生産力的にはイブリア王国の方が上なのだとか。なるほど。アルハイン公爵が危険視されるわけだわね。

そうして馬車でガラガラ揺られながら進む事七日。私は帝国の輝ける都に到着した。

はー？　最初に帝都の内部を見た感想はちょっと、信じられないようなモノを見た、というものだった。いや、あり得ないくらい栄えている町だった。

イブリア王国の旧王都は人口一万人。新王都が十万人。それに対して帝都はなんと百万人も住んでいるのだとか。ちょっと何言っているのか分からないわよね。まず百万人という人数の想像が付かない。

巨大な城門を潜ると既に空はもうほとんど見えない。石畳で舗装されている街路の両側には五階建てから七階建ての建物がぎっしりと並び、煙突からもくもくと煙を吐いている。

街路を行きかう馬車と荷車と人の多いこと多いこと。王族の馬車であるから私たちの馬車が進めば皆避けるのだが、スペースが無いため避け切れずに滞留してしまう事もよくあって、私たちの馬車はしばしば停車を余儀なくされた。

門を入ってからはしばらく下町を進むのだが、まぁ、汚いし臭いしで凄い有様だった。よくこんな所に人が住んでいるわね。山の中で育った私には想像を絶する程酷い環境だと思えた。

市域も広大であるらしく、入城してから貴族街に入るまでには数時間掛かった。その間中周囲から人混みが消える事は無く、建物は延々とびっしりと両側に立ち並んでいた。なんというか、凄いな。本当に。

貴族街は鉄柵で囲まれた向こうにあった。一般の市民の住む街とは完全に分離されているのだ。貴族街は流石に邸宅が立ち並んでいて緑も多く、落ち着いた雰囲気の街となった。静かにもなって街中の騒音に耳が痛くなる思いだった私はずいぶんとホッとした。私は田舎育ちなのよ！　ああいうゴミゴミした雰囲気はやはり馴染まない。

馬車はしばらく進み、一軒の邸宅に入った。アルハイン公爵所有の帝都屋敷である。

実はイブリア王国もお父様が帝都に毎年通っていた時代には帝都に邸宅を保有していたらしい。その頃はお父様は一年の内の半分は帝都に滞在していたのだとか。何でも他の王族出身のお妃様が帝都に住みたがったからだそうで、そんな無茶をしたせいで王国の財政はかなり困った事になっていたのだそうだ。お妃様が死んでお父様が帝都に行かなくなってからそのお屋敷は売ってしまったので、今はもう無い。

アルハイン公爵のお屋敷は緑豊かな庭園に囲まれたかなり豪華なお屋敷だった。流石に財政潤沢なアルハイン公爵家。

アルハイン公爵家はイブリア王家に王都と宗主権は引き渡したが、公爵家伝来の領地はそのまま保有していたし、溜め込んだ財産もある。恐らくは今のイブリア王家よりもよほど金持ちだ。イブリア王家も王都周りの直轄領を返されているし、山間部の領地はそのまま保有しているから、昔に比べれば物凄くお金持ちにはなっているけれども。

馬車を降りて公爵屋敷に入ると、公爵家の家臣が出迎えてくれた。流石に草臥れた私はホッと一息吐く。今日はそのままお部屋に入ってお風呂に入って休み、明日から活動方針を考えよう。と、思っていたのだが。お屋敷の執事が私に言った。

「王妃様に色々な方からお手紙が届いております。その、お疲れの所を申し訳ありませんが、至急確認をして頂きたく存じます」

本当に申し訳なさそうな顔で言われた。どうやら余程急ぎの返事がいる書簡らしい。私は仕方無く、お部屋に入るとその書簡を持って来させた。

その数、十通。机の上に積まれた書簡の山を見て私は目を瞬かせた。なにこれ。一通を手に取って見ると、それは何と皇帝陛下からの書簡だった。

はー!? どういう事? 他の書簡の差出人を慌てて確認すると、それらは全て王国の国王や王族からの手紙である事が分かった。フェルセルム様の名前もあったわよ。なるほど。執事が疲れている私に大至急の確認を求める訳だ。

私は一通一通封蠟を剝がして中身を確認して行く。内容は全て同じだった。招待状だ。夜会、昼食会、晩餐会、お茶会などの社交に私を招待したいという打診の書状だ。……アルハイン公爵家の紹介なんていらなかったわね。特に大問題だったのは、最初に見た皇帝陛下からの帝宮で行われる夜会への招待状だった。しかも大々的な夜会ではなく、私的な夜会に招待したいとの事。

参ったわね。私は唸った。皇帝陛下にいきなりご招待を受けるとは流石に思っていなかった。皇帝陛下がご病気だというのは嘘だったのかしら。

それにしても、まさか断る訳にはいかないわよね。他の方々も全て王族だ。断れない。着いて初日に重要社交の予定がぎっしり詰まってしまった。私は慌てて予定を確認しながら、皇帝陛下のご招待を最優先として他の方へもご招待に応じる旨返信を書いた。十通も書いたから夜中まで掛かったわよね。

翌日に使者に持たせて返信すると、即座に社交の日時を指定した使者がやってきた。それに対して了承の返事を書かなければならないからこれもかなり大変だった。返事を書いてやれやれ、と安心している場合では無い。皇帝陛下主催の夜会に出る日は何と三日後だ。即座に準備を始めなければ間に合わない。

ドレスや宝飾品は王都から運んできてはいたが、まさか帝宮に上がる事は想定していなかったので、恐らく格が足りないと思われた。

慌てて公爵家と懇意の仕立て屋や宝石商を呼ぶ。ドレスは一から仕立てたらとても間に合わないので、手持ちのドレスを格に合うようにリメイクしてもらう事にした。宝石はネックレスを一つ購入した。恐ろしいお値段がしたが、帝宮に上がるにはそれくらいの宝石を一つくらい着けて行かなければ失礼にすらなるらしい。

それから私はポーラや公爵邸の侍女に協力してもらってお作法とダンスの復習をした。イブリア王国の王都でも社交には出ているが、長い間に帝都とは若干違いが出てしまっている部分があるそうだ。そこを帝都風に直す。私が子供の頃から教わったのはそもそもが帝都風なので、違う部分を指摘してもらって戻すだけで済んだ。

後は手土産だが、一応社交に出る事は想定して王都から手土産に使える品は色々持って来てはいた。が、流石に帝宮に持ち込み皇帝陛下に献上する品に相応しいものは持って来ていない。

私は考えた末、イブリア王国旧都から先日送られてきた、試作の陶器を献上品に選んだ。磁器では無いが、質の良い陶器が出来て来ていた。来年からは生産数を増やして輸出する予定なのだ。皇帝陛下に献上すれば絶好の宣伝になるし、新産業の試作品なので品としての格は無視出来る。

そうやって準備を整えて、私は帝宮の夜会へ向かったのだった。

貴族街の奥にごく低い城壁があり、門を潜った先が帝宮だった。……もう驚くのも面倒くさい。昔、今住んでいる王宮を見た時も呆れ果てた記憶があるけど、帝宮は王宮と比較にならない程の規模を誇っていた。何倍くらい大きいとかパッと見では分からない。イブリア王国の旧王都は多分帝宮の範囲内にすっぽり収まってしまうわね。

高い尖塔が夕日に輝き白壁と青い屋根は鮮やかで、そこここが金で装飾されている様はまるで物語に出てくる幻想の国のようだった。広大な車寄せで馬車を降り、静々とエントランスに入る。そここにとんでもない人物が待っていた。

「ようこそ。イリューテシア様」

そう言って出迎えてくれたのは長身の中年の男性だった。赤茶色の髪でグレーの瞳。豪奢だがシンプルで趣味の良いスーツを着ている。……既視感を覚えるわね。なんか見た事がある。でも誰なんだろうねこの人。

と思ったのだが、私の斜め後ろに控えていた侍女のポーラがガタガタと震え出した。そして小声で言った。

「皇帝陛下です！」

なんですと!?　私は男性を二度見した。にこやかに笑う男性。勿論初対面だが、私はこの人の息子に会ったことがあるのだ。フェルセルム様。彼はこのお方の息子さんである。それが既視感の正体だろう。そう思って見ればあちこちに面影がある。

それにしても皇帝陛下自らのお出迎えとは。私は驚き呆れながらも彼の数歩前にまで近付き、すっと跪いた。他人の前に跪くのは久しぶりだ。子供の頃にお父様に跪いてご挨拶をした事を思い出しながら、挨拶の口上を述べる。

「大女神アイバーリンの代理人にして七つ首の竜を束ねる者であり、大陸の守護者にして帝国の輝ける都の主人である皇帝陛下にご挨拶を申し上げます。ご機嫌麗しゅう」

皇帝陛下。ファランス三世陛下はにこやかに頷かれた。

「イブリア王国王妃、イリューテシア様。よくぞ参られた。お顔をお上げください」

皇帝陛下は物凄く丁寧な口調で仰った。なんというか、威圧感が全く無い。私は立ち上がり、じっと皇帝陛下を観察した。

表情は貴族らしい作り笑顔で全く読めない。この辺は流石よね。フェルセルム様は少し動揺すると仮面が剝がれたけど、皇帝陛下のそれはちょっとやそっとじゃ崩れなそうだ。立ち姿、歩く姿におかしい部分は無い。ご病気だと聞いたけどどうやら重大な病気、少なくとも今日明日にどうにかなる病気では無かったのだろう。

皇帝陛下と並んで歩き、夜会の会場へと向かう。恐らくは異例の事なのだろう。ポーラ以下私の随員は顔から汗をダラダラ流し、皇帝陛下の周囲の者も驚愕を隠し切れていない者が多数いた。どういう意図があるのだろうか。だが、皇帝陛下は楽な調子で私と雑談に興じている。

「イブリア王国の旧領復帰に際し、祝賀が遅れて申し訳無かった」

「いえ。恐縮でございます。逆にお叱りを受けるのではないかと危惧しておりましたわ」

「いや、公爵が力を持ち過ぎるのは良くない。竜首の王国が上に立ってくれるのであればそれが一番であろう」

どうやら本気でそう思っている口ぶりだ。確かに公爵は諸侯であり、諸侯の力が王国の力をしのげば帝国の権威の順番としては良く無い。

帝国は基本的には七王国の連合だ。王国の王は皇帝に選ばれる可能性がある。そのため、王国がどれほど勢力を伸ばして拡大しても、帝国自体から離脱独立してしまう懸念はほぼ無い。

ところが諸侯は皇帝になれないから、王国を上回る権勢を持ってしまえば独立を企むようになってしまう。アルハイン公爵が危険視されたのはそのためだ。

「イブリア王国がしっかり帝国の南を護ってくれれば帝国は安泰だ。イブリア王家には帝国の盾のお役目を全うしてもらいたい。そのための支援は惜しまぬよ」

アルハイン公国の援軍要請を断った事を言っているのだろう。公爵からの要請は断ったが、イブリア王国からの要請なら断らないと言っているのだ。

どうやら私が演説で援軍を出さなかった事を責めた事への回答らしい。やはり私の皇帝批判は帝都にしっかり届いているようだ。

私は皇帝陛下のエスコートを受けながら夜会の会場に入場した。途端、会場中がかなりの音量でどよめいた。

この調子だと異例も異例、あり得ないくらいの異例な事態なのだろう。私も皇帝陛下も既婚者同士で、私が夫を伴っていないので皇帝陛下が一瞬だけ代理を務めて下さった訳だが、格上の皇帝陛下が王国の王妃のエスコートをするなんて前代未聞の事なのだと思う。

この夜会自体、私が帝都に来たことを歓迎するための夜会で、そもそもそんな夜会が帝宮で開かれる事自体が前代未聞の事であったとは後で知った。

皇帝陛下は上機嫌で私を会場の皆さまに紹介し、私はスカートを広げてご挨拶をする。そしてそのまま皇帝陛下のお席のすぐ横に設えられた席に案内された。主賓の席だ。

皇帝陛下の左隣には皇妃様の席があり、そこには金髪で緑色の瞳が印象的な美人が座っていた。皇妃ローランツェ様。彼女も友好的なニコニコした笑顔で挨拶をしてくれた。

何というか、ここまでは皇帝陛下も皇妃様も友好的過ぎて怖いくらいだ。好感度が高過ぎる。私は少なからず皇帝陛下を批判し、次代の皇帝陛下にクローヴェル様を高らかに推した筈だ。皇帝陛下としたら気に入らないだろうし、息子であるフェルセルム様を皇帝にしたいのなら、私を排斥する構えでもおかしくないと思うのだが。

そういえば。私は気が付いた。フェルセルム様がいない。クーラルガ王国第一皇子であり皇帝陛下のご長男であるのだから、皇帝陛下主催の夜会には居てもおかしくは無い筈。そういえばフェルセルム様からの招待状は別口で届いていたわね。

「そういえば、大分前の話になるが、貴女の結婚式に際してはフェルセルムが失礼したね」

丁度フェルセルム様の事を考えていたので思わず肩がびくっと反応してしまった。

「結婚式に出席しに行ったのに、イリューテシア様に求婚した挙句に断られた腹いせに出席しないで帰ってしまったと聞いている。ちゃんと叱っておいたので許して欲しい」

「いいえ。もう済んだ事ですから。気にしてはおりません。陛下が謝罪なさるような事でも無いと思いますし」

おかげで結婚式が延び延びになって大変だったたし、その後も色々大変だった事は陛下の謝罪に免じて水に流すとしましょうか。あっちがどう思っているかは分からないけど。

「されど、金色の竜の力が貴女に発現したという話は当時帝都でも話題になったからな。その力を山奥に留めておくのは惜しいと誰もが思ったのだ。フェルセルムはその思いが強過ぎたのであろうよ。あれはやはり力の持ち主だからな」

皇帝陛下は真剣なお顔で仰った。

「イリューテシア様は金色の竜の力がどのような力だか知っておるのか？」

「戦いの際に味方の能力と士気を上げる力だと伺っております」

「ふむ。それでも間違いでは無いが、正確にはそれだけではない。力の持ち主は力を使わなくても周囲に影響を与えるものなのだ。その言葉に説得力を与え、臣下や民衆に強い影響を与え、率い、導く力を持つ。正に王の力。それが金色の竜の力なのだ」

どうやら力の持ち主は物凄いカリスマ性を持つようになるものらしい。

「戦いの際の力だけに限っても、数千の軍が数万の軍と同等の力を得ることが出来るのだ。ガルダリン皇国や遊牧民、海賊国家との戦いが増えている現状では金色の竜の力の持ち主は一人でも多く欲しい。今はフェルセルム一人しか使い手がおらぬ。イリューテシア様が加われば助かると思ったのだろうな」

どうやらフェルセルム様は一人で帝都周辺の戦いで金色の竜の力を使って、帝国の軍事力を支えているらしい。それは大変だろう。私が帝都に来てくれれば楽になると思ったようだ。単なる横恋墓ではなかったのか。

ただ、皇帝陛下曰く、イブリア王国が旧領復帰した現状では、金色の竜の力が、帝国南部の防衛の要であるイブリア王国にあるのは大きな意味を持っているので、私はイブリア王国で帝国を支えて欲しいと仰った。ただ……。

「クローヴェル陛下が皇帝を目指すのは自由で、皇帝になった暁には妃であるイリューテシア様が帝都に住まうのは当然の事だ」

なんと皇帝陛下はクローヴェル様が皇帝になる事は問題無いと仰った。どうやらどうしてもフェルセルム様を後継者にしたい訳では無さそうだ。七つ首の竜の王国の国王から公平に皇帝が選ばれるのが大事なのだ、とも仰った。そうしないと王国同士の結束が崩れるから。帝国の維持には王国同士の均衡と結束が大事なのだそうだ。

何ともイブリア王国で考えていたのとまるで違う現状に、私は意外な思いを禁じ得なかった。やっぱり帝都に来ないと、皇帝陛下に直接会って見ないと分からない事はたくさんあるものだわね……。

そこで私はようやく気が付いた。私は慎重に言葉を選んで言った。

「そう言えば、皇帝陛下。ご病気の噂はどこから流れたのでしょうかね？」

皇帝陛下は笑顔を変えないまま首を傾げた。

「何の事かな？」

……やられた。そうか、そういう事か。

つまり、皇帝陛下のご病気は、私を帝都に呼び寄せるための嘘だったのだ。

クローヴェル様を皇帝に推そうという私にとって、代替わりに繋がるかもしれない皇帝陛下のご病気は聞き逃せない重大情報だ。それが不確定なあやふやな状態で耳に入ったら、皇帝陛下は私が必ず確認のために帝都にやって来ると踏んだのだろう。サンデル伯爵が出る社交で重点的に噂を流したのに違いない。

そんな策を弄してまで私を帝都に呼びたかったのは何故か。イブリア王国との関係を修復したかったからだろう。

皇帝陛下はアルハイン公爵の力は削ぎたかったが、イブリア王国が王家の下にあるなら力を持っていても構わないのだ。皇帝陛下との関係が良ければだが。

皇帝批判を繰り広げ、クローヴェル様を皇帝にすると息巻く私を放置すると、イブリア王国は皇帝陛下と遠いと思われて他の王国との関係に支障が出たり、場合によってはガルダリン皇国から懐柔を受けたりしかねないと考えたのだろう。王国同士の結束の乱れは帝国を瓦解させかねない。

そのため、私を帝都に呼び寄せて、あり得ない程の厚遇をしてイブリア王家は皇帝陛下との関係が親密であるとアピールする。そうすれば他の王国とイブリア王国の関係は自然に良くなるし、帝国としての結束をアピール出来る。イブリア王家、私としてもクローヴェル様を皇帝にする事に皇帝陛下が異議を唱えないのであれば、皇帝陛下に楯突く理由は無いのだ。

ただ、当初考えていた、クローヴェル様を現在の皇帝陛下へ不満を抱いている者たちの受け皿にし、支持を集めるという構想に、皇帝陛下との関係修復はマイナスになってしまう。恐らく皇帝陛下はそこまで考えて私をここまで厚遇して見せたのだろう。

わざわざかなり昔のフェルセルム様の横恋慕についての謝罪までして。そうまでされれば私だって皇帝陛下に好意的にならざるを得ないからね。

なんとも、意外にというべきか、やはりというべきか。いや、流石は皇帝陛下だわ。私は正直感服していた。崩れない皇帝陛下の作り笑顔がだんだん不気味なものにさえ思えて来て私は背中がゾクゾクした。

この海千山千にして百戦錬磨な皇帝陛下に権謀術数で勝てないようでは、クローヴェル様を皇帝に押し上げる事などとても出来まい。私はにこやかに談笑を続けながら、内心で闘志を燃やしていた。

望むところだ。どんな敵が立ち塞がろうが、どんな障害があろうが、私は諦めない。必ずクローヴェル様を皇帝にして見せるんだからね！

十三話　空を飛ぶイリューテシア

皇帝陛下主催の夜会はまだ続いていた。

皇帝陛下と談笑した後、私は席を離れてホールの中央、ダンスが行われている辺りに行った。主賓の私が踊らないと宴が本格的に始まらないと言われたからだ。私がゆるゆると進み出ると、数人の貴公子が歩み寄って来た。

「一曲お相手をお願い致します」

私は既婚者で、本来であれば夫であるクローヴェル様と最初の一曲は踊るのだが、夫がいない場合は誰と踊ったら良いのかしらね。数人の貴公子をサッと見て、一番身なりが良い人物に手を預ける。ま、一番お偉い人と踊っておけば大丈夫でしょう。

「クセイノン王国第二王子、ザッカランです。以後お見知りおきを」

そう名乗った茶色い髪の男性と踊り始める。クセイノン王国は帝都の東に位置する王国で、領域面積は大きくは無いが土地が肥えているのと、その東にあるいくつかの小国の更に東にある国との取引で儲けている王国だ。

「あら、王子とご一緒出来るとは光栄ですわ」

「ここにいる者は皆王族ですよ」

とのこと。まぁ、そうでしょうね。皇帝陛下の私的な夜会なのだそうだから。ザッカラン様のダンスは安定感抜群で、流石は良く練習されているわね、という感じだった。踊りながら話をする。

「イブリア王国は東の遊牧民といつも戦っていると聞いております。遊牧民と戦う事が多いクセイノン王国としては親近感を覚えますね」

「年中戦っている訳ではございませんよ。名馬を輸入し、こちらからは岩塩や食料を輸出する場合もあります。遊牧民が飢餓に陥らない年は上手くやっています」

そう言うとザッカラン様は少し驚いていらっしゃった。国境を直接接しておらず、略奪を受ける以外に付き合いが無い帝都近郊の王国では、遊牧民を野蛮人だと断じているようだった。

ザッカラン様と三曲ご一緒すると、続けてすぐにオロックス王国の王弟だというモートラン様がいらっしゃったので、そのまま曲に乗って滑り出す。モートラン様は黒髪で茶色い瞳。かなりゴツイ顔で年齢も多分四十代と若くない。しかしダンスは丁寧で表情は柔らかな作り笑顔。

「オロックス王国はそれほどイブリア王国とは遠くない。仲良くして頂きたいものですな」

「そうですね。帝都とイブリア王国を結ぶルート上でもありますから」

ご機嫌を損ねると帝都への道が塞がる事になるからね。

モートラン様と三曲踊ったら次はスランテル王国の第二王子のコンガートル王子がすぐにやって来た。また三曲終わると次はクセイノン王国の第三王子ローツェンテ様が……。

多くない？　もう三人と最大限の三曲を踊って計九曲だ。普通は六曲くらいで一回休むものだが、何しろ踊りたいと申し込んで来る男性たちは全員王族だ。ちょっと強くは断り難い。

ふと見ると、まだあと五人くらいの男性が待ち構えているようだった。困惑して踊りながらさりげなく周囲を見回すと、面白そうに私を見ている人々に気が付いた。面白そうというよりはもう少し悪意がある表情だ。

ああ。私は気が付いた。つまりこの連続ダンス攻勢は嫌がらせなのだ。多分。

連続してダンスをさせ、疲れた私が踊りをミスすれば失笑でもして私を嘲り、恥をかかせるつもりだろう。そして男性からのお誘いを断れば「〇〇王国のナントカ様のお誘いを断るなんて」とこれも非難の理由にするつもりだろう。社交の場ではそういう難癖的な瑕疵（かし）が時に命取りになる。これから出続けるつもりの帝都の社交界で詰まらない噂を話されて私の評判を下げられる訳にはいかないわよね。

ふん。私は内心で鼻息を荒くした。そっちがその気なら考えがあるわよ。

私はそれまで丁寧にゆったりとした踊り方をしていたのだが、急に動きを大きくしてステップも早く、男性を振り回すような踊りに変えた。ローツェンテ様が驚きに目を見張る。

「イリューテシア様？」

「同じような踊りで飽きてしまいましたわ。もう少し派手な踊りをしましょうよ」

そして楽団に目で合図を送る。楽団の指揮者は心得たとばかりに頷き、曲をアップテンポで速い曲に変えてくれた。流石は帝宮の楽団。優秀だわ。

私は速い曲に乗って素早く切れ良く身体を回し、ローツェンテ様を引っ張り、振り回し、ステップで翻弄した。ローツェンテ様は少し太めの体格だったから、あっという間に大汗をかき始めた。しかし放してはあげない。私はそのまま彼を三曲拘束した。最終的にはローツェンテ様はフラフラなステップで表情もヘロヘロになってしまった。後々まで社交界で噂になってしまうでしょうね。

ローツェンテ様を解放すると、私は待っていた貴公子たちの方をニッコリ笑って見た。彼らは目を丸くしている。うふふふ、逃がさないわよ。私は優雅に微笑みながら彼らの方に手を伸ばした。

結局、私はそこからあと七名、二十一曲を踊り尽くした。楽団を煽って、激しい曲を続けて弾かせて、私も優雅ながらも飛んだり跳ねたりする動きを加えながら、お相手の男性をひたすら振り回した。

社交でするようなダンスではなく、ダンスの競技でやるような踊り方だわね。しかし社交でやってはいけないという程ではない。美しいダンスで出席者を楽しませるのも社交ダンスの目的の一つだからね。

まぁ、お相手させられた貴公子たちには災難だったと思うけどね。今回出て来られた男性方は明らかに帝都育ちのもやしっ子ばかりだった。運動などダンス以外にやった事も無さそうだ。

それに対して私は子供の頃は野山を駆け回り、農作業で丸一日動きっぱなしな事も珍しく無かった元農家の娘。王太子妃になってからも馬で王国中を駆け回っていた。基礎体力が全然違うのだ。あれくらいのダンスなら一晩中踊り続けても大丈夫よね。

踊り終えた男性たちはへたり込んでいる。ああいう醜態もしっかり記憶されて語り継がれるのが社交界というものだ。可哀想だが私に迂闊（うかつ）な罠（わな）を仕掛けようとした罰である。私はお誘いがようやく無くなった事を確認すると、周囲を見回しながら優雅に一礼したのだった。

沢山踊ったので流石に咽喉（のど）が渇いた。私はゆるゆると歩いて飲み物が置かれているテーブルに近付いた。侍女のポーラに言ってスパークリングワインを取ってもらう。あー。咽喉が気持ち良いわー。と満足していたら、数人の女性がゆるゆると近付いて来た。

「お初にお目に掛かります。イリューテシア様。私はクーラルガ王国王女、メリーアンと申します。お噂は兄から、かねがね」

おや、フェルセルム様の妹君ですか。彼女は私を誘って数人の女性や男性が座っている席へと導いた。

私はソファーに座らされ、周囲を皆様に囲まれる。全員王族なのだろう。ごく友好的な雰囲気で、軽食や様々な飲み物も用意される。

「お近づきのしるしにお話を致しましょう。イブリア王国は帝都から遠いので詳しく知らない者も多いのです。是非、お話をお聞かせください」

そう言われれば別に否という理由は無い。私はイブリア王国の事を説明しつつ、他の方の語る自分の所の王国や帝都の話も聞いた。

その過程で「こちら、ガルダリン皇国から輸入された銘酒ですのよ」とか「海の向こうのバーデレン帝国から輸入された銘酒です」とか言われながらお酒を勧められる。私はお酒が好きだ。吞んだことも無いお酒なら吞んでみたい。私は勧められるまま吞んだ。因みに、こういう席で人にお酒や食べ物を勧めた場合、毒見の意味を含めて自分でも同じものを食べたり飲んだりしなければならない。

私は勧められるままに吞み、あ、あれ美味しかったからもう一杯吞みたいな、と思った場合は「これ美味しかったですわよ。よろしければどうぞ」と他の方に勧めつつ自分も吞んだ。自分一人で吞むのは淑女的じゃないからね。グラスを軽く合わせ、キュッと吞む。いやー。流石に帝都。お酒の種類が豊富だわ。故郷の山の中に住んでいた時はせいぜい蜂蜜酒か芋酒しかなかったからね。

そうやって勧められ、勧めてドンドン吞んでいたら、次第に周囲から人が減って行った。あれ？　気が付いて周囲を見回すと、私の周りから離れた人がソファーで引っくり返ったりテーブルにうつぶせになったりして潰れている。私の周囲に残っている人たちも真っ赤な顔をしてフラフラだ。私は言った。

「あら、皆さま吞み過ぎではございませんか？　ご無理をなさらない方が宜しいですわよ」

すると、まだ頑張って私の横に座っていたメリーアン様が怪物でも見るような目つきで私を見た。

「あ、あなたが一番呑んでいるではありませんか！　どうして酔わないのですか！」

「酔ってはいますよ。気持ち良く」

私は給仕に言ってグラスを二つ持って来させた。

「メリーアン様はまだいけそうですね？　ではこれでまた乾杯いたしましょう」

「か、勘弁して下さいませ！」

遂にメリーアン様は口を押さえながら逃げるように席を立ってしまった。……どういう事なのかしらね。すると私の背後に立っていた侍女のポーラが呆れたように言った。

「王妃様、皆様は王妃様を酔い潰そうと企んでおられたのですよ」

へ？　そうなの？　ポーラ曰く、お酒を何人もで次々勧めれば、私だけがその人数分のお酒を呑むことになる。つまり私だけが飛び抜けて沢山のお酒を呑むことになるのである。そうして私に呑ませて酔い潰して笑い者にしようと企んでいたのだろうとの事。なんとまぁ。

「でも、今日は、ザーカルト様と呑んだ時ほどは呑んではおりませんよ？」

「ザーカルト様もとんでもない酒豪で他の誰も付いていけなかったではありませんか。王妃様とザーカルト様が呑み過ぎなのです」

そうなのか。全然自覚は無かったのだが、どうやら私は相当な酒飲みらしい。誰も指摘してくれなかったから知らなかった。そういえばクローヴェル様にも王都を移ってから呑み過ぎだと注意されたわね。気を付けましょう。そう思いながら私は手に持ったままだったグラスをキュッと飲み干した。

　　◇

そんな感じで宴は進行し、皇帝陛下ともまたお話をして、時間となりお開きとなった。私は皇帝陛下ご夫妻にご挨拶をして退場する。侍女二人、護衛三人を引き連れて帝宮の廊下を歩いて行く。先導の侍従に付いて歩いて行くと、前方に人がいてこう言った。

「申し訳ございませんが、こちらは通れません。別の廊下へ行ってください」

先導の侍従は困惑したようだったが、踵（きびす）を返し、違うルートを通ってエントランスへと行こうとする。しかし、また人が立ち塞がって道を変えろと言う。それが数度繰り返された。私たちは段々と帝宮の奥へと入らされているようだった。

シャンデリアは無くなり、廊下は暗くなる。侍従の持っているランプだけが灯りになってしまった。うーむ。これはまずいのでは。先導の侍従に聞く。

「この辺はもう帝宮の中でもずいぶん奥に入ってしまっているのではない？」

「さ、左様です。程無く内宮区画に入ってしまいます。困ります。内宮にお客様を立ち入らせたら問題になってしまいます」

なるほどね。それが狙いっぽいかな。

つまり私を皇帝陛下のお住いの内宮に入り込ませ、非礼であると問題視する。かなりの醜聞だ。私は罰せられるかどうかは別として社交界での評判を落とす事になるだろう。なかなか姑息な計画よね。私が帝宮内部に詳しくない事を見越しているのだろう。ただ、侍従が計画を知らないらしいことから考えても、計画を立てたのは皇帝陛下では無いでしょう。皇帝陛下なら侍従に命じれば良いのだものね。

どうも私の社交界での評判を貶めたい人がいるようね。自分で手を下すのではなく、他人の手を借りて他人の責任で計画を実行しようというやり方が、どうも一人の人物のいけ好かない顔を思い起こさせるのよね。

それは兎も角、何とかしなければならない。通せんぼしている者を王族の権力で強圧的に排除しても良いが、それ自体が帝宮で強圧的に振舞ったという私の醜聞にされるかも知れない。帝宮に詳しい侍従でも迂回出来ないのだから抜け道は無いのだろう。私は考え込んだ。

今いるのは帝宮の二階の廊下だ。庭園に面しており、窓の外には芝生と灌木で美しく整備された庭園が月光に照らし出されている。私の方向感覚によれば、車寄せからはそんなに離れていないと思う。そう。庭園に降りて建物外周に沿って歩けばすぐだ。

良し。私は決断した。

「ここを飛び降ります」

は？　随伴の者たちが目を点にする。

「ここから庭園に飛び降りて、庭園を歩いて馬車に向かいます。あなた、ここから飛び降りる事が出来ますか？」

護衛の一人に声を掛ける。その兵士は困惑した顔で廊下の外を見ていたが「まぁ、大丈夫ですが」と言った。流石ホーラムル様が付けてくれた選りすぐりの護衛。

「よし。ではあなたと私はここから飛び降りて車寄せに向かいます。他の者たちは『イリューテシア様がいなくなったので探している』と嘘を言いながらエントランスに向かいなさい。そこで合流しましょう」

ポーラが慌てたように言った。

「き、危険です！　王妃様！」

「大丈夫よ。この程度の高さから飛び降りるのは故郷でさんざんやったもの。一人で行ったら危ないかも知れないけど、護衛も付けるし。お願いね」

私はそう言うと、廊下のガラス窓を開けて窓の縁にヒョイと上って腰を下ろした。そして靴を脱ぐ。ヒールの付いた靴では流石に着地が不安だ。

「王妃様！」

「大丈夫大丈夫。それ！」

私はお尻を滑らせて窓の外に身体を躍らせた。ドレスのスカートがうわっと広がり、黒髪が靡く。

建物の二階だからそれ程高くは無い。子供の頃から木や岩の上から度胸試しに飛び降り慣れているから、このくらいの高さなら怖くも無い。

流石に結婚以降はこんな事をした事は無かった。なので何だか子供の頃に戻ったかのようでワクワクしたわよ。ヒャッホーと叫びたいくらいだ。流石にはしたな過ぎるからしないけどね。

すぐに着地の衝撃があり、私は衝撃を緩和するために身体を横に転がしてサッと立ち上がる。うむ。散々踊ったから身体の切れも良いし絶好調だわね。

髪飾りやネックレスなんかが落ちてしまっていないかを確認する。お高い物だから無くしたり壊したりすると大変だ。ドレスも破けていない。大丈夫ね。私は靴を履き直すと上を見上げて合図を送った。見下ろしている者たちの顔は本気で呆れ果てている表情だったが、すぐに護衛が軽やかな動きで飛び降りて来た。

「無茶苦茶ですよ王妃様」

「あら、お褒めにあずかって光栄ですわ」

私はうふふっと笑って、彼を引き連れて庭園をゆっくり歩き出した。月の光に照らされて青白く輝く帝宮の庭園は幻想的に美しく、私は思わず少し遠回りをして散策を楽しんでしまった。

そして、明るい車寄せに庭園側からスルスルと近付く。とんでもない方向から現れた私たちに車寄せを警備していた兵たちが仰天する。兵士たちは慌てて駆け寄ってきて、私たちに槍を突きつけつつ誰何（すいか）した。私は無論堂々と名乗った。

「イブリア王国王妃のイリューテシアですわ。庭園が美しいので散策を楽しんでいましたの。驚かせてごめんなさいね」

本日の夜会の主賓の登場に、兵士たちも案内の侍従たちも、そして車寄せ周辺になぜか大勢残っていた貴公子貴婦人たちも仰天した。私は悠然と歩いて車寄せからエントランスに入って行く。そこにいたメリーアン様がこの上無い程驚いた顔で叫んだ。

「ど、どこから外に出たのですか！　どうやっても一階には降りられないようにしておいた筈なのに！」

あらあら、貴女の仕業なんですか、などとは言わない。どうせ首謀者はメリーアン様では無いのだろうから。私はニッコリと歯を見せて笑いながら言い放った。

「おや、知らないのですか？　私は空も飛べるのですよ」

それを聞いてメリーアン様はへたり込み、周囲の貴公子貴婦人たちはブルブルガタガタと震え出した。いや、私はこの時酔っ払っていたからね。それでこんな事を言ってしまったのですけれどね。まさか信じるとは思わないいじゃない。

この日以降、帝都中の王侯貴族に噂があっという間に広まってしまい、私には「空を飛ぶイリューテシア」なる二つ名が付けられてしまう事になる。

◇　◇　◇

まぁ、帝宮での夜会での噂や空を飛ぶという二つ名が広まったおかげで、その後の社交は大変楽になった。

社交にお招き下さったのは各国の国王や王妃様、次期国王やそのお妃様、その他の王族の方々だった。それが九人だ。招待客が複合する場合もあり、何度も顔を合わせる方もいた。当然だが帝宮での夜会にいた方も多くて、そういう方から私の噂は広まったようだ。

帝宮の夜会に出た方は、色んな嫌がらせを正面突破した挙句に空まで飛んで見せた私に完全に一目置いており、お会いした際には震えながら非常に丁寧に私を扱って下さった。

そのため、それを見ていた他の王族や有力諸侯の方々もどうやらあれはとんでもない女らしいと考えたようだ。結果、私は帝都の社交界で尊重される存在に成り上がったのだった。

元々、私を招待してくれた方々は私が皇帝批判を繰り広げた事を知って、どんな人物であるか見極めるために社交に招いたらしい。

しかしながら私が早々に皇帝陛下の夜会に出席し、皇帝陛下と友好的な関係を築いた事、そしてその夜会で名を轟かせた事である意味安心したようで、普通に友好的に私を扱って下さった。

イブリア王国に近いスランテル王国の国王ハナバル陛下などはイブリア王国前国王のお父様と親しかったそうで（というかお父様のお妃様の兄上に当たる方だそうだ）、お父様との思い出を懐かしく語って下さり、私は姪だと仰って好意的に接して下さった。

その割には即位してすぐの使節は事務的だったので、これは恐らく私が皇帝陛下との関係を修復した事で好意的になったのだろうと思う。恐らくスランテル王国は皇帝陛下への忠誠が厚い国なのだ。スランテル王国も遊牧民の領域に接しているからね。遊牧民に攻められた時に帝国からの支援が受けられなくなるのは困るのだろう。

各国の王妃様も私を可愛がってくださった。私がまだ二十歳で、王妃にしては若い事と、帝宮での夜会に出た方々、特に皇帝陛下の娘で社交界の華を自認しているらしいメリーアン様が、私を見ると大人しくなるのが面白がられたようだ。

お茶会などで色々良くして下さり、帝都のドレスや宝飾品の流行も教えてもらって、お礼に私は今度イブリア王国で生産する陶器をプレゼントして宣伝しておいた。おかげで翌年に生産を開始した陶器は帝国各地から注文が殺到する事になる。

そうやって社交をこなして、予定されている最後の社交の日がやって来た。その日の社交の主催者はあの方だ。

流石に豪華で壮麗なお屋敷の門を潜り、車寄せで馬車を降りると、赤茶色の髪の長身の男性がにこやかに歩み寄って来た。相変わらず嫌みなほどの美形。そしてオーラを振りまいていた。この威圧感が多分、漏れだした金色の竜の力なんだろうね。私も他から見たらこんなななのかしら。嫌だなぁ。

「お久しぶりですね。イリューテシア様。再会が叶いまして嬉しく思います」

いけしゃあしゃあとフェルセルム様が言った。良く言うよ。多分メリーアン様に命じて私に嫌がらせをしてくれたくせに。とは私もおくびにも出さない。ふんわりと微笑んでスカートを広げる。

「こちらこそお会い出来て嬉しいですわ。フェルセルム様」

社交は所詮化かし合いだ。私とフェルセルム様はうふふっと笑い合いながら会場へと入った。

もっとも、フェルセルム様主催の夜会で今更私への嫌がらせがあるわけが無い。私はここまで無難に社交をこなし、他の王国の王家の方々とは良い関係を築き上げている。

そこでフェルセルム様が嫌がらせをしでもしたら逆にフェルセルム様の評判が下がってしまう。何しろこの夜会の席に出ている方々もほとんどが王族で、特に若い方々はあの帝宮での夜会に出ていた方たちばかりだ。

彼らは私に一目置いているし、あれから色んな席で私が友好的に振舞ったから、今ではすっかり良いお友達ばかりである。私が近寄ると大歓迎して下さったわよ。

メリーアン様もあれから私が積極的に話し掛けた結果、私に懐いて（彼女の方が年上らしいけど）すっかり良いお友達だ。私が近寄ると嬉しそうに微笑み、兄であるフェルセルム様を見て気まずそうに顔を逸らした。

フェルセルム様としては、帝宮の夜会からここまでで私に嫌がらせをして評判を下げ、ここでの再会で優位を占めたいとの意図があったのではないかと思うのよね。だから帝宮の夜会に出なかったし、別口でこの夜会の招待状を、日程を離して送って来たのだ。

それが、私が逆に帝都社交界で名を上げながら来たものだから、予定が完全に狂ってしまった。妹でさえ私の友人になってしまっている。

おそらくは私に完全優位に立った状態で、自分が皇帝になるのだから私の夫であるクローヴェル様は皇帝になれない事を知らしめようとしたのだと思うのよね。

ところが私に友好的な若い王族がこんなに増えてしまっては、クローヴェル様の皇帝即位は兎も角、私が皇妃になる事については後押ししてくれる人はかなり増えていると思う。結果的にクローヴェル様が皇帝になれるのなら私はそれで良いのだ。

ちなみに、私は「女王になって女帝を目指せばいい」と言われる事があったのだが、そんな事は考えもしなかった。王は男がなるものだし、私はクローヴェル様が王に、皇帝に相応しいと思っているからね。

夜会は無難に進み、私は席についてフェルセルム様、メリーアン様を含めた皆様と談笑していた。この日はそれほど呑んでいない（私基準では）。そうしてお話ししていると、フェルセルム様がふと仰った。

「イリューテシア様は本がお好きなのでしたね」

あら、よくご存じですね。って、これまでの社交で誰かに話しましたかね。

「ええ。ですからこの帝都滞在中に一度は帝宮の図書室にお邪魔させて頂こうと思っておりますの」

　お父様曰く、王族なら入れるという事だったからね。私が内心ホクホクしていると、フェルセルム様がニッコリと笑ったまま仰った。

「帝宮の図書室も良いですが、もっと本がある場所があるのですよ」

え？　帝国最大の図書室は帝宮の図書室だと聞いていたのに。それは一体？　私は目を輝かせてフェルセルム様を見てしまう。フェルセルム様は目を細めた。

「クーラルガ王国の港町、フーゼンです。フーゼンにはガルダリン皇国やバーデレン帝国、その他色んな国からの貿易品が集まるのですが、その中に本があるのです」

　本は帝国でも作られるが、どうやらガルダリン皇国やバーデレン皇国からの輸入も多いらしい。フーゼンではその輸入された本を翻訳して写本して増やす産業が盛んで、そのため各地の最新の本が色々揃っているのだとか。何それ凄い。私がはーっと感心していると、フェルセルム様がさり気ない調子で仰った。

「行って見ませんか？　フーゼンまで」

は？　クーラルガ王国の港町まで？　私は驚き、周囲の者たちもびっくりする。メリーアン様も驚いて兄を問い質(ただ)す。

「何を考えていらっしゃるのですか？　お兄様！」

フェルセルム様は社交的な笑顔を崩さずに、私に言う。

「イリューテシア様には色々ご迷惑をお掛けしましたからね、そのお詫びです」

それはそれは。でも、それだけでは無いのでしょう？　私がそういう意図を込めて首を傾げると、フェルセルム様は我が意を得たという感じで頷いた。

「勿論、それだけではありません。ちょっとイリューテシア様の力をお借りしたい事があるのですよ。金色の竜の力をね」

フェルセルム様はそう言っていつも通りの胡散臭い笑顔を私に向けたのだった。

十四話　初めての海

フェルセルム様は事情を説明して下さった。

このところ、フーゼンなどクーラルガ王国の港町に海賊国の襲撃が甚だしいのだという。おかげで貿易は滞り、クーラルガ王国は大きな損害を被っているのだとか。

クーラルガ王国はその状況を打開するために、海賊国への懲罰的侵攻を計画しているのだそうだ。クーラルガ王国から東の小国を抜けてその先に海賊国はある。そこへフェルセルム様が軍を率いて攻撃を仕掛けるのだとか。海賊があまりに横行した時には歴史上何度も行われてきた事で、軍を通過させる小国の許可は取ってあるのだそうだ。

海賊国の強さは海上での強さと、神出鬼没の機動力にあるので、根拠地を攻撃してしまえばそれほど手強くは無いらしい。

しかし問題が一つあって、大体そうやって根拠地を攻撃すると、船団が抜けだしてクーラルガ王国へ襲い掛かって来るのだとか。海賊国を攻撃するために軍を出してしまっているクーラルガ王国はそれで毎回手痛いダメージを負っているのだそうだ。

それで今回、フェルセルム様が海賊国に侵攻している間、クーラルガ本国を帝国から派遣された他の王国の軍隊が護る事になったそうで、それに金色の竜の力を持つ私にも加わって欲しいとの事なのだ。

この場に居る他の王国の王族方の何人かも軍を率いてクーラルガで海賊国の備えをする事になっているのだそうだから、話は嘘ではないのだろう。

「あくまで念のためですが、イブリア王国の戦女神と名高いイリューテシア様が来て下されば心強いのです。もちろん、ダメであれば仕方がありませんが……」

むむむむ。私は笑顔の下で困った。このにやけ王子め。やってくれたわね。

こんな他の王族に囲まれた状態で、しかもクーラルガ王国に要請されて援軍として行く王族もいる状態で、私がこの要請を断ったら「イリューテシアは臆した」とか「イリューテシアは自国にしか金色の竜の力を使わない」とかいう噂が立ってしまうだろう。

私がただの王妃なら女性が戦場に向かうのはあまり無い事なので断っても問題にならない筈だが、何しろ私は金色の竜の力の使い手でイブリア王国の戦女神とか言われてしまっている。私に戦場経験がある事は当たり前に帝都の皆様も知っていらした。これでは女性である事は言い訳にならない。

金色の竜の力が戦場で役立つ力であることは皆様ご存じだ。それなのに私がこれを断ったら、私は戦地に向かう方々を軽視したと見られはしないかという懸念がある。そして実際に戦場に行くここにいる王族たちやその関係者は私に良い感情は抱かないに違い無い。

「なに、本当に侵攻があるかどうかも分かりませんし、イリューテシア様に力を使って頂くかも分かりません。ご出馬頂ければ今までのお詫びと今回の報酬に、好きなだけ本を差し上げましょう」

随分気前の良い話だが、裏を返せばそんな大盤振る舞いをしてでも私を引っ張り出したいという事ではないか。これは困ったね。

「私が行くとなると、イブリア王国軍が帝国軍として援軍に向かうという事になります。私としては国王陛下のご許可も無しにお返事出来かねますわ」

私はそう言って逃げたのだが、フェルセルム様はニコニコ笑いながら頷いた。

「イリューテシア様のお立場ならそうでありましょう。もちろん本国とのお話がついてからで結構ですよ。私の出陣は来月ですし」

フェルセルム様が海賊国に向かうのが来月で、おそらく海賊国で戦端が開かれるのはその一週間後くらいだろうという。それまでにイブリア王国から許可をもらって来てくれれば良い、と。……断らせる気がないわね。結局私はイブリア王国本国の許可があればという条件付きで了承するしか無かった。

フェルセルム様に上手く嵌められた形ではあるが、このフーゼン行きには私にメリットが無い訳では無い。いや、本を貰えるというだけではなく。

まず、私はクーラルガ王国に行った事が無い。そのため、今回クーラルガ王国に行ってその実情を見て、国力や軍事力を推察出来る事には大きな意味がある。

私は、金色の竜の力の持ち主であり、クーラルガ王国の次期王であり、どう見ても帝都で若い王族に大きな影響力を持っているフェルセルム様が、クローヴェル様が皇帝の座を目指す上で最大のライバルであり障害になる事を、この時点で確信していた。そのフェルセルム様の国であるクーラルガ王国の国情の把握は大事だ。

そしてクーラルガ王国への援軍には各国の王族や有力諸侯が加わる。これは皇帝陛下への忠誠を表すという以上にクーラルガ王国、殊（こと）に次期皇帝と噂されるフェルセルム様へ恩を売りたいという意図があると思われる。

だから行くのがフェルセルム様と仲が良く（この夜会に出ているくらいだから悪くは無いだろう）、若い方が多いのだ。その援軍に加わるという事は、私もその中に加わってフェルセルム様に恩が売れるという事になる。後々この売った恩というカードは大事な所で効いて来る筈だ。

更に、援軍の王族の方々を私が金色の竜の力で助ける事が出来れば、その王族の方々にも恩が売れるし、彼らに私の強烈な印象を残す事が出来るだろう。

これまでの社交で大分彼らにはインパクトを与えたと思うが、更に竜の力でダメ押しすれば、彼らの中で私を皇帝候補（正確には皇妃候補）として、フェルセルム様に並ぶくらいの存在感を持たせられるだろう。

そう私は皮算用した訳であるが、そんな事は公言する訳にはいかない。私は戦場に向かう事を心配してくれるメリーアン様に少し困ったような笑顔を向けて、断り切れずに仕方無く受けた風を装っていた。

「一曲踊りませんか？　イリューテシア様」

フェルセルム様がニコッと笑いながら私に手を差し伸べた。うむむ。この胡散臭い何考えているのか分からない男と踊るのは気が進まないが、私は主賓で彼は主催だ。仕方が無かろうと私は彼に手を預けた。

フェルセルム様のダンスは流石に流麗華麗にして完璧で、まぁ、おそらくはその地位に相応しくあろうと努力したんだろうな、と思える出来だった。

ダンスというのはセンスよりも努力だもの。絶え間ない反復練習と人から見られている事をしっかり意識して美しく振舞い、踊るのが大事なのだ。そして相手との呼吸を合わせ、常にパートナーの状態に気を配る。これが完璧に出来るという事は、フェルセルム様が如何に相手をよく見てそれに対応出来るのかを示している。

ダンスを共にすればその人の本質は大体分かってしまう。だから貴族の男女交際はダンスから始まるのだ。フェルセルム様と踊って感じるのは、彼が才能に溺れずきちんと努力出来る人である事、ちゃんと他人を見極める事が出来る人だという事だ。

「……貴女は恐ろしい人ですね」

フェルセルム様がゆったりと踊りながら呟いた。

「こうして踊るだけで何もかも、隠し事まで暴かれる気がする。ただ踊っているだけなのに油断が出来ません」

私はステップを合わせながら首を傾げる。

「そうでしょうか？　そこまでは分かりませんよ」

「私をここまで怖れさせる女性は初めてです。どうでしょう。イリューテシア様。やはり貴女は皇妃となるべき人だと思います。夫を捨てて私の所に来ませんか？」

……なんという諦めの悪い事を言うのかこの人は。私はもう既婚だし、というか貴方だって結婚しているでしょうに。

「私の所に来てくだされば離婚してイリューテシア様と結婚しましょう。必ず貴女を皇妃にして見せましょう。どうです？」

フェルセルム様は微笑みながら真剣な目つきをしていた。どうも本気ではあるらしい。私は軽く溜息を吐いた。

「お断り致します。皇妃にはなりますが、それはクローヴェル様を皇帝にすることでなります。フェルセルム様には頼りません」

「あの病弱な王では皇帝は無理ですよ。高みに達する事が出来るのは身体も心も優れた者です。私と、貴女のような」

はぁ。何というか、確かにこの人は優れた人物なのだろう。その自信に相応しいだけの努力と実績を積み重ねているのだろう事も分かる。

しかしながら、どうもいけ好かない。好みの問題だと言えばそれまでだが、彼には何だか欠けた部分があると思う。それは……。

「フェルセルム様、私は貴方に以前に忠告致しましたわよね？」

「なんでしょう？」

「プロポーズをするならロマンチックにやった方が良いと。そうでないと女性を射止める事は出来ないと」

どうもこの人は相手の考えている事を感じ取る事は出来ても、感情に寄り添う事は出来ない人だという気がする。この人の嫁は大変そうだなぁという感想しか出ない。つまり彼の妻などごめん被る。

「……そうですか。残念です……」

フェルセルム様は本当に残念そうに仰って、フッと少し暗い感じのする微笑みを私に向けたのだった。

◇　◇　◇

そうして私はフーゼンに行く事になってしまった。私は屋敷に帰ると大急ぎで本国に事情を説明する書簡を送った。帝都から王都までは早馬で、早くて二日半、遅くても四日で着くらしい。アルハイン公爵の構築したリレー早馬システムは優秀だった。私が書簡を送って僅か六日後、返事が届いた。曰く。

「大至急援軍を送るから、到着まで動かないように」

との事だった。わざわざクローヴェル様の直筆で書いて寄越してきた所に、絶対に勝手な行動はするなという強い意志を感じる。私は大人しく、社交をしたり帝宮の大図書館に行ったりして時間を潰していた。

この間にフェルセルム様や帝国軍として援軍に向かう王族たちは先に出陣してしまっていた。まぁ、本国の許可が無ければ行かれないと強調しておいたから、このまま行かれなくても仕方が無いでしょう。そう思いつつ本を読んだり社交に出たりしてのんびり暮らしていたら、返事が来てぴったり七日後。公爵邸に数名の騎兵が駆け込んで来た。

「一体何をどうしたら、王妃様が援軍を率いてクーラルガ王国を支援するという話になるのですか？」

くたびれ果てた表情で私を詰問したのはグレイド様だった。焦げ茶色の髪にも艶が無い。

「あら、グレイド様が来て下さったのですか？」

「来て下さったのかじゃありませんよ！　クローヴェルとホーラムル兄が来たがるのを父とエングウェイ兄と私でどうにか押し留めて、結局私が来る羽目になったんですよ！」

そりゃ、クローヴェル様が来られる筈は無いし、ホーラムル様は王国の守備の要だから来ちゃダメよね。で、いつも便利使いされるグレイド様がいつものごとく貧乏くじを引いたと。この人は三男だし愛妾の子でどうしても立場が弱いので、どうも私のやらかしで引き回される運命にあるらしい。

「まぁ、諦めて下さい。グレイド様が来て下さって助かりましたわ」

「とっくに諦めていますが文句の一つも言わせてくださいよ」

私はグレイド様に今回の事情を話した。断り難かった理由と、断らなかった理由も含めて。グレイド様はうーん、と唸って天を見上げてしまった。

「断ってしまえば良かったのに、と言いたいところですが、王妃様がこの僅かな間に帝都でやらかした色々を考えれば断らなくて正解でしたね」

私は意外な意見に目を瞬いた。

「それはどういう意味なのですか？」

「王妃様が帝都で何をやっているかは毎日のように公爵家の手の者から報告が来ていましたから、大体分かっています。本当に色々やって下さったそうで……」

そうかしらね。最初の帝宮での夜会くらいじゃない？　ちょっと羽目を外したのは。

「いやいや、その後の社交でも各国の王様や王妃様と深くご交流なさったでしょう。おかげでこのところイブリア王国本国にはお礼状やら贈り物を持った使者が毎日のようにやって来てですね。父や母は大わらわなのです」

　あらま。それは知らなかった。確かにこの公爵邸にも色々贈り物は来ているわね。

「それと、イブリア王国の陶器を大分宣伝なさったでしょう？　王国や有力諸侯から早速沢山注文が届いています。結構質が良いと評判になっています。それと、やはり王妃様と繋がりを作りたいと思ったのでしょうね」

　？？？　ちょっと待って？　どうして私と繋がりを作りたいという事になるの？

「王妃様が皇帝陛下に大変厚遇されたからでしょうね。王妃様は皇帝陛下のお気に入りと見做されたのですよ」

　……それは困ったね。そういう評判になっている以上、皇帝陛下の意向に逆らう事を私がすると「皇帝陛下のご厚意を裏切った」と見做され、責められてしまうだろう。

「なるほど、皇帝陛下のご厚意を受け、お気に入られたと考えられている状態で、息子であるフェルセルム様の要請を、しかも帝国軍に加わって欲しいという要請を断れば、皇帝陛下を裏切ったと思われてしまう訳ですね」

「だいたいそういう事です。それにあまりに急激に社交で名を上げ過ぎましたから、金色の竜の力の持ち主としては戦場での働きも期待されている事でしょう。ここで断ったら皆さまの期待を裏切る事にもなって、良くはありませんね」

　そんな期待をされても困るのだが。私の戦場経験は一回、しかも後方から戦場を遠望していた事しか無いのだ。

「あなたたちが『イブリア王国の戦女神』だとか誇大な二つ名を付けるから……」

「あれはホーラムル兄ですよ。私は言っていません」

グレイド様は二千の騎兵を率いて来ていた。帝都には兵を入れる事は出来ないので、帝都外の町に泊まらせてあるのだという。私とグレイド様は打ち合わせをして、三日後にフーゼンに向けて出発する事にした。グレイド様はフーゼンにも行った事があるそうで、道順や現地の様子は大体分かると仰った。優秀な家臣がいると楽よね。

私はすっかり安心して三日間のんびり本など読み、ゆったり準備して馬車に乗り込んだのでグレイド様は流石にキレ掛けたらしい。なにしろその間グレイド様は帝国軍に加わるのに必要な手続きに忙殺され、必要物資の購入や運ぶ人員の手配もしなければならず大変だったらしいのだ。全然知らなかった。なによ、言ってくれれば手伝ったわよ。

私が最初に護衛として率いていた兵を含めて騎兵が二千二百、歩兵が百。話によれば帝国軍として各国が送り込んだ軍勢も大体同じくらいだそうなので、少ないと文句を言われる事は無いだろう。

フーゼンまでは馬車でゆっくり行っても二日で着く。クーラルガ王国の王都にも同じくらいの時間で着くそうだ。

帝都にこれほど近い事と、貿易で儲けている事が、クーラルガ王国が頻繁に皇帝を出している理由なのだろう。ただ、帝都で社交をしている中で思った事は、竜首の七王国の王や次期王の全てが皇帝を目指している訳では無さそうだ、という事だった。

それというのも、皇帝という地位があまり豊かではない皇帝領を領有出来る以外のメリットが少ないからだと思う。

各王国に対する強制力はほとんど無く、それなのに人口莫大な帝都の内政やガルダリン皇国その他との外交を担わなければならない。

恐らく自国からの持ち出しが多く掛かるのではないかと思う。だから裕福ではない王国や帝都から遠い王国は皇帝を出す事に積極的では無いのだろう。その意味で言って帝都から遠いイブリア王国のクローヴェル様が皇帝を目指すのは珍しい事なのではなかろうか。

フーゼンは港と、それを取り巻く丘の上の街からなる。街を海側に半円形に囲む城壁を潜って丘の上の街に入り、港が一望出来るところに出た。

……流石に私もびっくりした。何にって、海にだ。山奥育ちの私はこの時に初めて海を見たのだった。

港の向こうに延々と広がり、遥か彼方(かなた)で空と接するまで続く海。時刻は夕暮れに近く、空も海も茜(あかね)色に染まっている。吹き付ける嗅いだことの無い湿った香りに息が詰まりそうになる。

帝都を見た時も驚いたが、海を見た衝撃はその比では無かった。たまげたわよ。私はここまでイブリア王国の山の中の最南端から帝国を縦断してきて、世界の広さを実感していたつもりだったのだが、海の大きさ、広さはそんな実感を吹き飛ばすものだった。

私が呆れているのを見てグレイド様は面白そうに笑った。

「私も海を初めて見た時は同じ顔になりましたよ」

「この海の向こうにも国があるのですよね？」

本では腕が四本あったり、尻尾が生えていたり、身長が私の倍もあるような人の国もあると読んだことがある。そんな人間がいる筈ない、読んだ時は笑ったものだが、この海の大きさを見ると、一概に笑い飛ばせないものを感じる。


私たちはフーゼンにあるクーラルガ王国の公邸に入った。ここはクーラルガ王家の代官が入っているお屋敷だ。そこには既に援軍としてやってきていた他の王国の王族が滞在していた。各王国の兵はフーゼンの宿に入っている。

今回援軍を出したのはイブリア王国、スランテル王国、クセイノン王国、ロンバルラン王国と、帝都周辺の公爵侯爵で、兵力は合計で七千程度。フーゼンには外国の船団が入る事も多いらしく宿屋の数も多いから、このくらいの人数は軽く収容出来るそうだ。

私は兵たちに一時金を与え、羽目を外し過ぎない事を念押しして休暇も与えた。長旅をしてきた兵たちは大喜びだ。港町だから遊び場も多い事だろう。

「私も休暇が欲しいんですがね」

と、グレイド様はボヤいたが、彼には社交に付き合って貰わなければならない。滞在するお屋敷には私以外にも三人の王族がいて、恐らく暇を持て余している。多分社交三昧になるだろう。

予想は当たってその日から毎日夜会が開かれ、私も出席を余儀無くされた。一人で三人の王族の相手は大変だからグレイド様がいて助かった。グレイド様は格上の王族を相手にするので大変そうだったが。

三人の王族や公爵侯爵家の方々はみんな、フェルセルム様に心酔していらっしゃるらしく、夜会ではフェルセルム様の事をいつも褒め称えていたわね。私が彼からの横恋慕プロポーズを二回も袖にしたとバレたら面倒な事になりそうだから気をつけなければ。

特にクセイノン王国の第四王子のアライード様はまだ十五歳の若い王子だったのだけど、フェルセルム様の熱烈な支持者だった。そして、私を見る目が微妙だった。監視しているというか、敵視しているというか。王族だからあからさまではないけどね。どうもフェルセルム様から何か言いつかっているような気配があった。

実際、何かと私に突っかかって来て面倒だったわね。

「イリューテシア様は王妃なのに、国王陛下を置いてこんな所まで来て、大丈夫なのですか？」

「戦地に赴くとは勇ましいですが、淑女としては少々慎みに欠けるのでは？」

「戦地では従軍経験が豊富な方の指示に従って頂かなければ困りますよ」

「女性はやはり戦うなど男性に任せて家を守るべきだと思いますがね」

などなど。

うるさいわよあなた！　とは相手が王族では言えない。他の王族の方々も諸侯の皆様も、女だてらに戦場にやって来た私にあまり好意的では無く、アライード王子の意見に消極的に賛同して笑ったりしていた。

面倒臭いがここで私が大きな反応を示せば格好の攻撃材料になるかもしれない。私は社交用の鉄仮面を被っておほほほと曖昧に笑っているしかなかった。

他の王国もイブリア王国と同じように、王族は名目的な総大将で、その下に実務的な指揮官がいて、その者が実際には指揮を執るようだ。グレイド様はそういう現場指揮官と打ち合わせもしてくれた。ほんと、グレイド様様様々だ。

グレイド様曰く、作戦としては、海賊国は海から攻めてくるから、陸上への上陸を阻止し、追い返すというものになるだろうという。七千もの兵がいれば海岸線全体を守備出来る。万が一他の海岸沿いにある町や村を襲われた場合はすぐに移動して対応する予定だが、フーゼンはこのクーラルガ王国で最も栄えている港町だから、復讐心に燃える海賊国がここに来ない事はまず有り得ないだろうという。

各王国と諸侯の連合軍、つまり帝国軍は周辺の海岸を警戒する斥候を出しつつフーゼンで待機し、私はその間フーゼンに集積されている本を物色して読んでいた。公邸には見本として献上された本がもの凄い数収まっていて、なるほどフェルセルム様の言葉に嘘は無かったな、と思った。

フーゼンにあった本の中には、ガルダリン皇国や遥かに遠いバーデレン帝国から届いた本があり、多少言葉が分かる私はそれらも喜んで読んだ。案内してくれたフーゼンの代官はびっくりしていたわね。

夜会の時にその話をしたら、他の王族の方々にも外国語が分かる人は居なかった。私に外国語の教育をしてくれたのはお父様の侍従長だったザルズなんだけど、彼はなかなかタダモノでは無かったらしい。今は旧王都にいるけど。元気にしているかしらね。

待機している間、私は読書三昧で楽しかったが、他の王族や諸侯の方々は退屈だったらしく、斥候に出ると仰って城外に狩りに出掛けたり、船を用意させて遊んだりしていた。私も一度だけ招待されて船に乗ったが、いや、怖いし気持ち悪くなるしでほうほうの体で引き上げた。あんまり積極的に乗りたいものじゃないわね。

そんな感じで半月が過ぎた。海賊国では既に戦闘が起こっている筈だが、フーゼンは平和そのものので、貿易船も普通に出入りし、商魂たくましい商人は私たち王族や諸侯に商品の売り込みにやってきた。珍しい品物の数々に目を見張る。

本で知っていたものも、実際に見るとまるで違う印象を受けたりして面白かった。私は逆にイブリア王国の陶器を売り込んだ。興味を示す商人は少なく無かったわね。国に戻ったら陶器職人のケールに発破を掛けておかなきゃ。

つまり私を含め帝国軍の面々は長期に渡る平和な駐留で、ここまで何をしに来たか忘れ始めており、この感じだと何も起こらないのではないか？　とまで思い始めていた。上層部がそう考えていれば、兵たちにもそれは伝わる。兵たちも船乗り向けの歓楽街の多いフーゼンの街を満喫し、綱紀は緩みまくり規律は乱れまくっていた。

恐らく、フェルセルム様はそこまで読んでいたのではないかと思う。根が呑気な田舎者の私には、フェルセルム様の冷血で冷徹に人を陥れ罠に嵌める考え方を読むのは難しい。だからあっさりと彼の仕掛けた罠に嵌まってしまったのである。

その日の早朝。まだ暗い時間だった。私はけたたましい鐘の音で目を覚ました。どう考えても目覚めの鐘には時間が早い。
！　一瞬で覚醒する。時間外の鐘の音は異常事態の合図だ。これはどこでも同じだろう。私は慌ててベッドを飛び出して、室内履きを突っかけて部屋から駆け出そうとした。
「王妃様！　そんな格好で出てはなりません！」
途端に侍女のポーラに制止される。確かに私の格好は寝間着だ。人前に出て良い格好ではない。しかし、時間が惜しい。

「急ぐのです！」

ポーラは悠長な着替えを諦めてくれて、私にガウンを着せ掛け、しっかり前を閉じて帯を結んでくれた。

私は部屋を飛び出し、公邸の見張りの塔へ向かった。このところ何度も海を見物するのに訪れていたから場所も道順も分かる。私はお作法も投げ捨てて走り、塔への階段を駆け上がった。

塔の最上階は屋根の無い吹き曝（さら）しだ。私は一気にそこへ飛び込むと叫んだ。

「何事ですか！」

見張りの兵士は三人。一人が吊り下げられている鐘を木槌で叩き続けている。残りの二人は私を見て驚いた顔をしていたが、どうやら私が何者か分かったのだろう。報告してくれた。

「正体不明の軍勢が接近中です！」

来たか！　私は塔の上に出て、海の方向が見える側の塔の縁に駆け寄った。……が、海には何も無いように見える。右の方から薄明るくなってきたフーゼンの港には特に異常は無いように見えた。

「どこですか？」

私が拍子抜けした思いで見張りに尋ねると、見張りの兵士が鐘の音に負けないような大声で叫んだ。

「そっちではありません！　陸側です！」

は？　陸側？　私は慌てて反対側に駆け寄る。

フーゼンの街を半円形に囲む城壁。この公邸は丘の上なので城壁の外側も良く見える。南側にあたるので朝日が昇るのは左側だ。その朝日に照らされて浮かび上がるのは、右の方から接近しつつある、銀色に輝く鎧姿の兵士の群れだった。

その時、見張りの塔に数人の者たちが駆け上がってきた。フーゼンの守備部隊の隊長他の面々だった。彼らは貴族風のガウン姿の私を見て驚いたようだったが、それどころでは無いと思い直して塔の南側に駆け寄り、近付く兵士に目を凝らした。

「どこの部隊だ？」

「海賊国が来るとすれば海からだろう。味方の援軍がまた来たのでは無いか？」

などと話している。確かに警戒すべきは海賊国で、海賊国が上陸して陸から攻めてくる可能性は殆ど無い。

しかしながら、私は山育ちで鍛えた目の良さでその兵士たちの姿をはっきり捉えていた。帝国の兵士よりも軽装な鎧姿。あまり騎兵はおらず、歩兵が主体の軍編成。そして何より虎を象った図案の旗。あれは！

「大至急門を閉ざし、城壁に兵を上げなさい！」

私は叫んだ。守備隊の隊長たちは驚きに目を見張った。

「な、なぜですか？」

私は彼等を睨んで更に叫ぶ。

「あれは海賊国でも味方の援軍でもありません！」

私は彼の国の者に会った事も無いし、その軍隊に出くわした事も無い。しかしながら、私は本で読んで知っていたし、帝都に来てから実際に彼の国の軍勢と戦った方々の武勇伝を伺っていた。だから分かる。

帝国より軽装で剽悍な兵士。馬の生産が少なく騎兵は少ないが、歩兵の強さは大陸随一だと聞く。虎の紋章を掲げる帝国最大のライバル。間違い無い。

「あれはガルダリン皇国軍です！」

十五話　フーゼンの戦い

まさかのガルダリン皇国軍の登場に驚愕したのは勿論私だけではない。少し遅れて見張りの塔に登っていたグレイド様と各国の実質的指揮官たちも驚きに目を見張っていた。

「ど、どういう事だ！」

「なぜガルダリン皇国と行軍二日も国境から離れているフーゼンに……」

と騒いでいる。ちなみに彼らはちゃんと普段着とはいえ昼服を着ていた。寝巻なのは私だけだった。その分私が早く到着したわけだが。

「見たところ、大軍では無いな。五千、いや、七千程度か？」

「兎に角！　対応せねばなりますまい！　全部隊を招集して城壁の守備に就かせましょう！」

「そうだな。海岸線を守備している部隊も全てこちらに呼びもどせ」

それを聞いて私は反射的に叫んだ。

「なりません！」

指揮官たちはグレイド様を含めて驚いたようだった。だが、他ならぬ今ここにいる中で最上位の

（他の王族の方々は誰も来ていなかったので）私の発言だ。女の言う事と捨て置けなかったのだろう、一人が尋ねてきた。

「何故でしょうか？　イリューテシア様？」

う……。全員の注目を浴びて私は咄嗟に言葉が出なくて詰まってしまった。

私は本を沢山読んでいる。その中には戦略戦術に関わる本も多かったし、物語や年代記には戦争についての記述も多かったからその方面にそれなりに詳しいとは思う。

しかしながらそれはいわゆる机上の空論で、実際に戦場に出て作戦指揮などやった事も無いし、理論立てて学んだことさえない。

そのため、この時の私が何を感じたのか上手く言語化出来なかったのだ。しかもこの時私が感じたのは明確でない違和感くらいのモノで、自分でも何がおかしかったのか分かっていないのだ。

うう、っと詰まる私に指揮官の方々は次第にイライラを募らせているようだった。このくそ忙しいのにはねっ返り王妃の相手などしていられるか！　と思っているのだろう。分かります。

もう少ししたら私の意見は無視されて、海岸線の兵は呼び戻されるだろう。ダメ、それはダメなのだ。そう、えーと……。

「王妃様。海岸線の兵を呼び戻してはダメなのですね？」

グレイド様が私に尋ねた。私はすぐに頷いた。

「そうです！」

「なぜダメなのでしょう?」

グレイド様が私の思考を誘導して整理してくれようとしている。流石お義兄さま! 頼りになる!

「ええと、海からも敵が来る可能性があるからです」

「それはそうでしょうが、現在既に陸側から敵が来ています。これに対処する事が優先では無いでしょうか?」

そうだが、そうではない。

陸側から来ているガルダリン皇国軍は、一気呵成にこのフーゼンを陥せるというような雲霞の如き大軍ではない。

さっき誰かが言っていたように総勢は多分五千から七千程度。城壁に拠って戦えばそもそも五百程度の守備兵を有する元々のフーゼン守備部隊でもしばらくは持ちこたえられると思う。七千もの軍勢が入っている今なら陥落の危険は更に薄いだろう。

「クーラルガ王国は戦役に軍を出して手薄になっているとはいえ、方々に軍勢が残っていますし、帝都からここまでも騎兵が本気で駆けたら一日半くらいで来られます。我々がここで守備しつつ救援を呼べば、精々一週間後くらいには援軍が駆け付けて来てくれて、ガルダリン皇国軍は撤退せざるを得ません。そんな勝ち目の薄い戦いを仕掛けるためにガルダリン皇国軍がわざわざ国境から離れたこのフーゼンまで来るでしょうか」

グレイド様を含めた指揮官たちの顔色が変わった。

「という事は、ガルダリン皇国軍はフーゼンを短期決戦で陥落させられる何か策があるという事ですね？」

「そうです。城を短期決戦で陥落させる常道は内応ですが、これは無いと考えると、後は一つしか無いと思います」

「海賊国が海から攻めると同時に陸からも攻めるという事ですか」

「恐らくは」

ああ、ようやく考え方がまとまった。グレイド様ありがとう！　私が既婚でなければグレイド様にお礼のキスをしてあげるところだわ！

しかしグレイド様はそれどころでは無いようだ。青い顔をしながら各国の指揮官と話をしている。

「大いにあり得ます。このタイミングでガルダリン皇国がフーゼン攻撃に出て来た事自体、海賊国と示し合わせている可能性が非常に高いと考えます」

「確かに、早朝にこれ見よがしに城壁を囲むなど、陽動の可能性が高いな」

「その隙に海賊国が港を急襲して、内部に侵入、挟み撃ちにする……か。なるほど」

指揮官たちも納得してくれたようだ。

「しかしながら城壁側の敵も黙って立っているとは思えん。攻撃を仕掛けて来たら守備兵だけでは心許ない。三千程の兵を招集し、城壁の守備に就かせよう」

「海岸線全てを防衛するのは難しくなるな。港に戦力を集中させよう。物見を強化して海賊国の接近にいち早く気付けるようにせねば」

迎撃について指揮官たちは話し合っている。グレイド様を含め実戦経験豊富な指揮官たちばかりである。お任せしておけば大丈夫だろう。私は一仕事終えた気分でいたのでかなり油断していた。

「王妃様、他に何かございませんか」

突然グレイド様に問われて私は全身をビクッと跳ねさせてしまった。うむむ、いやいや、特にもう何もありませんよ……、と言い掛けて動きが止まる。

「海賊国はまだ来ていないのですね？」

私が尋ねると、フーゼンの守備隊の隊長が答えた。

「今のところ、海際の灯台からも敵襲の知らせは来ていません」

……。恐らくガルダリン皇国は海賊国とタイミングを合わせて行動している筈だ。ガルダリン皇国の動きはあくまで陽動だろうと思う。理由は、城壁で囲まれた都市を攻めるのは大変だし被害も大きくなるからだ。ましてフーゼンに七千の兵が入っているのはガルダリン皇国も知っている筈である。

であれば、城壁が無い海側から、港を攻撃するノウハウをたっぷり持っている海賊国が攻める方が容易い。城壁に守備軍を引き付け、その隙に海賊国が港に突入するのが最も考えられる敵の作戦だと思う。

その場合、ガルダリン皇国軍はまず本気で城壁を攻略してこないと思う。単なる陽動で大きな被害をこうむるのはバカバカしいと考えるだろうからだ。

海賊国が侵入し、フーゼン内部が大きく動揺し、守備が乱れた隙を突くつもりでいるだろう。こちらが敵の作戦を読んだとバレていなければ、海賊国が来るまでの間、ガルダリン皇国軍は本気で戦う気は無く、士気は低いと思う。そこに、敵の油断がある。

その油断を突くとすれば……。私は思い切って一つの作戦を提案した。

「……また、ずいぶんと大胆な事を考えましたね」

グレイド様が呆れたような顔をし、周りの指揮官たちもうんうんと頷いている。

「ダメでしょうか？」

「いや……。大胆ですが、ダメではありません。ありませんが……」

グレイド様はちらっと指揮官たちを見た。その動きで私は気が付いた。この場には絶対的な指揮官が不在なのだ。

グレイド様も他国の指揮官も、上司である王族がいないこの場では決定権が無いのである。いや、名目上の指揮官である王族にも上下関係が無いため、こういう時に何かを決定してくれる者がいない。

他の王族はいないこの場でなら、一人だけ王族である私に決定権があると言える。ただし、決定権があるという事は、決定した事に責任を持たなければならないという事と同義である。

ゾクッと、背中が震えた。

私が命令して作戦を決定するという事は、ここにいるグレイド様以下指揮官の皆様を始め、七千余名の兵たちの命をこの私が運命に賭ける事を意味する。

それどころか、作戦の命運にはフーゼンの十万の民の運命さえ賭けられる事になるだろう。失敗すれば多くの人間が死ぬ。いや、勝利しても味方の兵は数多く死ぬことになるだろう。

軍事作戦を決定して実行を命ずるというのはそういう事だ。イカナの戦いでホーラムル様はその重さと戦ってもいたのだろう。それを考えれば、私が金色の竜の力を使ったことで勝利出来た事にあれほど感謝感激してくれた理由も分かろうというものだ。

いや、本当は国を左右する政治的決定というものも、そういう人の生き死にを左右する重大な事なのだ。私が軽々しく公爵やエングウェイ様に丸投げた先で、二人はその重さと戦っていたのかも知れない。……ちょっと義父様と義兄様に百回くらい謝らなきゃいけないわね。

しかしながら、その重さから逃げる事は私には許されない事だ。私は今や農家の気楽な娘ではなく王族で王妃で、しかも皇帝候補たるクローヴェル様の妻だ。将来の皇妃ではないか。

皇妃になればこれくらいの重大な決断は何度と無く下さなければならなくなるだろう。この重さから逃げる事は皇妃になる事を諦める事と同じだ。クローヴェル様が皇帝になる事を目指しているのに、妻である私がへこたれる訳にはいかない。

私は決意した。ぐっとお腹に力を入れて、目つきを意識して鋭くする。そして叫んだ。

「命じます！」

私の言葉にグレイド様以下、各国の軍の指揮官がビシと背筋を伸ばした。

「イブリア王国王妃、イリューテシア・ブロードフォードが命じます！　私の作戦を実行しなさい！」

「了解いたしました！」

間髪を容れずにグレイド様が応じ、残りの指揮官もすぐに拳を左胸に当てる騎士礼をして応じてくれた。

こうして、私が考えたガルダリン皇国軍迎撃作戦の実行が決定されたのだった。

◇　◇　◇

私は一度、自室に戻って鎧に着替えた。侍女たちに鎧を装着してもらいながら、私はムカムカムカムカと腹を立てていた。怒っていた。何にって、フェルセルム様に対してだ。私はこの事態がフェルセルム様の企みによるものだと確信していた。

ガルダリン皇国軍が国境を越えてフーゼンに来るまでには、普通に行軍して二日も掛かるのだという。

ガルダリン皇国と何度となく戦っているクーラルガ王国である。国境の警備は厳重だろうし、警戒もしているだろう。その国境をすり抜けて七千もの軍勢がクーラルガ王国に侵入する。……普通は有り得ない話なのではなかろうか。

しかも二日間、人目に付きにくい所を通過したとしても、誰にも目撃されない、特に領地内を巡回警備している警備兵に見つからないなどあり得るのだろうか？

まぁ、あり得ないわよね。少なくともイブリア王国であれば絶対に有り得ない。山の中のイブリア王国の時代ならどうだったか分からないがそれでも街道を行く商人や住民から通報があってすぐに知れたと思う。

まして厳しく国境を警戒している現在のイブリア王国では絶対に有り得ないと断言出来る。すぐに王都に通報が来てホーラムル様やグレイド様が王都の部隊を率いて飛んで行くだろう。

本来、クーラルガ王国だってそんなガバガバ警備は有り得ない。ましてここは王国の貿易拠点であるフーゼン。そこをガルダリン皇国に攻略されたらクーラルガ王国は大打撃を受けるだろう。普通は厳重な警戒体制が敷かれている筈では無いか。

それなのにガルダリン皇国軍は突然現れた。国境から警戒を促す連絡があるでもない。そんな事は有り得ない。普通なら。つまり普通ではない。あり得ない事が起こった時は偶然では無く必然を疑うべきだ。つまり、この事態に何者かの意思が介在して意図的に引き起こされたと考えるべきなのである。

国境の警備を緩め、いや、おそらくはガルダリン皇国の侵入を手引きし、警備兵にガルダリン皇国軍の進軍をスルーさせ、フーゼンに何の連絡もしない。

そんな事をするには多大な権力、クーラルガ王国軍への影響力が必要である。それに該当する人物は二人しかいない。国王である皇帝陛下と、王太子であるフェルセルム様だ。

この内、皇帝陛下である可能性は低いと思う。思いたい。しかしフェルセルム様には動機がある。故に首謀者が彼である可能性は非常に高いと思う。

その動機とは私を殺す事だ。

金色の竜の力の持ち主であり、クローヴェル様を皇帝にすると公言する皇帝継承競争の最大のライバル。この私をどうしても排除したいと考えたのだと思う。

かつてお父様が、私が暗殺されかねないと結婚式を中止、延期させて警備を厳重にした事を思い出す。あれはフェルセルム様の容赦無い性格を知っていたからこその処置だったのだろう。確かに今回の事態を、私を殺すためだけに起こしたとしたら、それは恐るべき事である。複数の王族、七千余名の兵士、十万のフーゼンの民とその財産を巻き込んでの事なのだから。

それほど私を恐れたという事なのだろう。どうしてそんなに恐れられたのかは分からないが、横恋慕を二度も袖にされた恨みだとは流石の私も思わない。

自分がどうしても皇帝になるために、ライバルである私を必ず殺すためにこんなに大掛かりな罠を仕掛けたのだ。その決断力と実行力は流石だと言うしかない。全くもって使いどころが間違っていると思うが。

何しろ、私をフーゼンに来させるために、油断を誘うためだろう、他国の王族を私以外に三人も招いている。そして私が安心出来るようにイブリア王国軍の同道も許している。これでは企みを看破しろという方が無理だ。流石の私も三人の王族と重要都市であるフーゼンと引き換えてまで殺したいと思う程、自分が危険視されているとは思わないもの。

逆に言えばあまりにも思い切りが良すぎるが故に、ここで私が討たれても、まさかフェルセルム様の企みのために命を落としたとは誰も思わないに違いない。恐らくはそこがフェルセルム様の狙いなのだろうと思う。

自分が皇帝になるためライバルを謀殺したというのは醜聞になる。王国間の協調の守護者である皇帝となるのにその醜聞はマイナスに働いてしまう。

私を普通に暗殺すればイブリア王国は態度を硬化させ、私に好意的になっていた王族もフェルセルム様に良い感情を抱かないだろう。

しかし、他の三人の王族や自領の重要都市であるフーゼンという大都市と共に私が殺されたなら、その大きな悲劇の中に私の死は埋没し、誰もフェルセルム様の本当の目的には気が付かないに違いない。

むしろ自領の大都市を失陥したフェルセルム様に同情が集まる事だろう。場合によっては守備に付いていた私たちが無能扱いされ嘲笑されるかも知れない。

更に言えばその後、フェルセルム様はフーゼンの奪還に挑むだろう。その時に私がここにいて金色の竜の力を使って戦えば、ガルダリン皇国も海賊国も大きなダメージを負っている事が予想される。意外に簡単に奪還出来るかも知れない。そうすればフェルセルム様は英雄になり、相対的に私たちの無能が強調される事になりはしないか。

うーむ。考えれば考えるほど悪辣な。ガルダリン皇国と海賊国が時間差を付けてやって来るのも、金色の竜の力が一度使えば三日くらいは再使用出来ない事を見越しているとまで考えるのは考え過ぎだろうか？　いや、同じ力の持ち主で、その特性を熟知しているだろうフェルセルム様の考えた事ならあり得る。

私は段々怒りが増して大変な事になって来た。自らの目的のために全力を尽くすのは好ましいことだが、他人の命まで巻き込むのは反則だろう。まして無関係な他国の王族や兵士、市民を巻き込むなど、責任ある王族の風上にも置けぬ奴。許せん！　あんな奴を皇帝になどしてやるものか！

鎧を身に纏い、見張りの塔に再度上った時には私の怒りは頂点に達していた。出迎えた守備兵の隊長がギョッとした表情を浮かべたので随分と怖い顔をしていたのだろう。いけないいけない。笑顔笑顔。しかしその笑顔も怖かったらしく、隊長はびくびくしながら私を塔の端に導いた。

塔には既に、他の三王国の王族が鎧姿で硬い表情を浮かべながら立っていらした。そして私が現れるとアライード様が今にも泣き出しそうな顔で私に喰って掛かって来た。

「どういう事なのだ！　何が起きているのだ！　説明しろ！」

私は一蹴した。

「うるさい！」

王子だけにそんな乱暴な言葉で罵られた事が無いのだろうアライード様の目が点になる。

「どうもこうもありませんよ。アライード様。貴方はフェルセルム様に騙されたのです！」

「な、何だと？」

「どうせフェルセルム様から『大した戦闘にはならなかろう。それより、フーゼンでイリューテシア様に恥をかかせてくれ』とでも頼まれたのでしょう？」

アライード様があからさまに動揺した。

「な、なぜそれを？」

態度を見てれば分かるわよ。私はウンザリした気分で眼下の敵軍を指し示した。

「結果はご覧の通りです。貴方は私ごと殺されようとしているのですよ！」

証拠が無いから誰にとまでは言わないけどね。よほど鈍くなければ分かるでしょう。アライード様は蒼白な顔をして震え出す。彼の他の王族の方々も青い顔をしつつ、私に問い掛けてきた。

「な、何をなさるおつもりですか？　籠城するのでは無いのですか？」

「海賊国と挟み撃ちにされたいならそうしなさい」

私は吐き捨てるように言うと、もはや彼らに構う事なく塔の端まで進み出た。

少し離れた城壁の門の街側には帝国軍が集結していた。その数は五千。門外にいるガルダリン皇国軍は七千くらいなので、普通に戦えば簡単には勝てまいが、ガルダリン皇国軍は油断しているだろうし、こっちには奥の手がある。

私は帝国軍を見て、街の様子を見る。まだ海から海賊国の船団は来ていない。

そう。今の内に思い切って討って出て、ガルダリン皇国を蹴散らしてしまおうという作戦なのである。

悠長に籠城戦を戦って実際に挟み撃ちにされてしまったら何が起こるか分からない。街の中に内応者がいたりしたら大変な事になる。何しろ真の敵はフェルセルム様だ。可能性はある。

そうであれば奥の手を使って先にガルダリン皇国を叩いてしまおう。そして取って返して海賊国に対処すればいい。敵の時間差攻撃を逆手に取った作戦である。

問題は海賊国が来る前にガルダリン皇国を撃退出来無ければ挟み撃ちが現実のものになる事だろう。だから私の役目は重要だ。五千の兵で七千の兵を短時間で粉砕出来るまでに強化せねばならない。私は呼吸を整えた。そしてフェルセルム様への怒りも込めて天を見上げる。

高々と両手を天に差し上げ、私は全身全霊を込めて祈った。金色の竜の力は王家の始祖たる竜に祈る事で発動する。

「おお、我が祖でありその源である七つ首の竜よ。我が戦士に力を与えたまえ。戦士たちに勇気を与えたまえ、戦士たちに幸運を与えたまえ。その剣は鋭く鎧は堅牢で、その腕はたくましくその脚は疲れを知らぬ。おお、七つ首の竜よ。その末裔たる我らに勝利を与えたまえ！」

今回は目は閉じなかった。むしろ天を睨み付け、怒りと興奮を込めて天に向けて叫んだ。帝国軍を、この街の者を護りたまえと。

次の瞬間、イカナの時とは比べ物にならない程の金色の光の奔流が私の手の平から立ち上がった。もう私は驚かない。力が発動したという安堵を押し込めて、光よもっと増せ、と思いながら念を込める。

光は渦を巻いて天に吸い込まれていった。そして一瞬後。瞬時に青空だった空が曇った。空が暗くなり、その中に突如、金色の竜が現れた。

実際力を使った私も唖然としたが、見ていた周りの者、勿論天を見上げていた全ての者が驚いただろう。

伝説上の怪物、いや、その姿は金色の光で構成されていたので実際には生き物では無いのだろうが。長大な身体を持つ神の獣、王家の祖であると伝えられる大いなる竜は曇天の中を渦を巻くように飛び回り、そして唐突に身体を下に向け、一気に落下して来た。フーゼンの街のど真ん中に。ちょっと待って、力を与えたいのは兵士に対してなんだけど！

慌てる私をよそに竜は街の中心部に落下し、炸裂した。光が飛び散り、広がり、目を開けていられない程の光の波が私たちを覆った。誰もが声を上げる程の凄まじさだった。ようやく光が収まり、目を開ける。せ、成功したと思うけど。

見ると、私の周囲に立っている守備兵、護衛、王族の皆様方、そして何故か侍女に至るまで一人残らず身体がうっすらと輝いていた。竜の加護が授けられた証だ。

眼下でうおおおお！　っと叫びが聞こえる。門の前に待機していた兵士たちや城壁の上の兵たちが雄たけびを上げている。良かった。兵士たちにもちゃんと加護が与えられたらしい。これなら行ける。

私はポーラからイブリア王国の水色の竜の旗を受け取り、見張りの塔の上から大きく振った。同時に、他の三王家の王族の皆様にも自国の竜旗を振ってもらう。ここは高いから敵味方から良く見える筈。先ほど派手な光も上がったしね。

案の定、ガルダリン皇国軍はこちらに注目して矢を射かけて来た。ここはかなり遠いし高いから、そうは矢は届かないので大丈夫だろう。多分。竜の力の効果か、さっきまで怖気付(おじけづ)いていたアライード様始め王族の皆様も矢を恐れずに旗を振って下さっている。よし！　私はガルダリン皇国が十分こちらに注目した事を確認した所で、竜の旗を大きく前方に振った。

「行けー！」

その瞬間、フーゼンの門が一気に開き、帝国軍の騎兵がどっと飛び出して行った。竜が落下してからすぐに晴天に戻った青空の下、銀色に鎧を輝かせて騎兵が疾駆する。そして私たちの方に注目していたガルダリン皇国軍の横腹に突入した。

遠目に見て分かるくらいの打撃力だった。槍先を揃えた騎兵の攻撃力は歩兵主体のガルダリン皇国軍には脅威だ。しかも竜の力、竜の加護の支援付きだ。

ガルダリン皇国軍は崩れ、後退した。その瞬間、帝国軍の騎兵はさっと二手に分かれ、ガルダリン皇国軍を反包囲するように動いた。流石は騎兵の機動力よね。

この騎兵隊はグレイド様ともう一人の指揮官が担当しているのだけど十分打ち合わせをして意思の疎通もしているから連携が良い。何でも「我儘上司に対しての愚痴で意気投合した」とのこと。誰よ我儘上司って。

帝国軍はガルダリン皇国軍を追い込み、押し込みつつあった。これは勝てそうだ。私が安堵しそうになったその時、私の背後で海の方面を警戒していた見張りが叫んだ。

「敵襲の狼煙です！」

見ると海際に建てられている灯台から狼煙が上がっていた。海賊国が来た合図だ。

まずい。戦況は優勢に推移しているが、まだガルダリン皇国を放置出来る程では無い。帝国軍を引き上げさせる訳にはいかない。私は青くなったが、帝国軍の指揮官の一人が目を輝かせながら呵々大笑した。

「イリューテシア様！　ご心配なさらなくて大丈夫です。残る兵で海賊なぞ海に叩き返して見せましょうぞ！　では失礼！」

そう言ってその指揮官は駆け出して行った。

いや、でも、城外に出た騎兵と、城壁を護る兵を合わせて六千以上だから、残りは千名いるかどうかだ。それで港を守備するのは苦しいのではないか？　いくら竜の力で支援されているとはいえ。

しかし、公邸の庭に集結していた部隊が港へ駆け下りて行くと、不思議な事が起こった。これは後で聞いたのだが。

「おう！　海賊が来たらしいぞ！」

「なんだと、許せねぇ！　うちらの港を襲おうってのか！」

「何だか力もみなぎっていることだし、海賊なんてやっちめぇ！　海の男を舐めるなよ！」

などと叫びながら街のあちこちから船乗りの男が飛び出してきて、港へ駆け下り、自分たちの船を出して海賊船に襲い掛かったのだそうだ。どうやら私の使った金色の竜の力は、兵士だけではなく街の人全てに掛かっていたらしい。男だけでなく女の人まで駆け出して、荷物運びや炊き出しに協力してくれたのだそうだ。

港に侵入してきた海賊船は大きな帆船で十隻に及んだが、沖の防波堤を抜ける前に商船やら漁船やら連絡船やら小さな船やらに取りつかれ、縄梯子(なわばしご)を掛けられ、猛(たけ)り狂ったフーゼンの船乗りたちの襲撃を受けてしまった。海賊国の連中は慌てただろうね。

竜の力の効果かそもそも船乗りが本気を出したら強いのか、海賊船の一つが乗っ取られ、船乗りたちは即座にその船を操って他の海賊船に激突させ、共に沈めてしまう有様だった。

負けてはならじと帝国軍も船を借りるか同乗するかして海賊船に乗り込み、激闘の末、海賊船は港まで辿り着く前に全て鎮圧された。

撃沈した海賊船は三隻。残りは全て拿捕(だほ)したという大勝利だった。中には上陸して戦うために十隻で何千人もの兵員が乗っていたらしいがそれもほとんど捕虜になった。

その頃には城壁の外でのガルダリン皇国軍との戦いも決着が付いていた。グレイド様ともう一人の指揮官は的確に敵を追い詰め、遂にガルダリン皇国軍は敗走した。囲まれた者たちは投降して捕虜になった。その数は数百名になったそうだ。

結局、フーゼンは陸と海から大軍で挟まれるという危機を陸海両方での大勝利をもって撃退したのだった。これは凄い。私は喜ぶと共に出来過ぎな戦果にちょっと恐怖を覚えた。いつもこんなに上手く行くと思わない方が良いわよね。

私が自分を戒めていると、突然、私の周りの人々が拍手を始めた。

何かと思って見ると、全員が私を目を輝かせながら笑顔で見詰めていた。竜の力の影響は消えつつあるから、力のせいで目が輝いている訳では無さそうだ。

守備兵の隊長やフーゼンの代官などは涙を流して喜んでいる。さっきまで私を敵視していた筈のアライード様まで目を輝かせて手を叩いていた。な、何事なの？

「イリューテシア様！　兵たちにお応え下さい！」

指揮官の一人が感激の表情も露わに私を促す。

気が付けば公邸の庭に兵士たちが集結して私たちのいる見張りの塔を見上げて大歓声を上げていた。凄い熱気だ。良く見ると兵士だけではなく熱狂的に腕を振り上げ叫んでいる者の中には一般の市民、恐らく海賊と戦ってくれた船乗りたちも混じっている。いや、それだけじゃないな。女の人までいるもの。

私はゴクリと唾を飲み込み、頷くと塔の上から下を見下ろし、イブリア王国の竜の旗を大きく振った。途端、歓声が高まる。もう声に聞こえない。ゴーっという唸りだ。

勝利の熱狂に包まれながら、私は、人々をこれほど強く導き、戦いに駆り立てる金色の竜の力の恐ろしさに震える思いだった。善良な一般市民までを熱狂させて戦いに向かわせる力。そんな凄まじい力を自分が持っているという事実に、今更ながら私は恐怖したのだった。

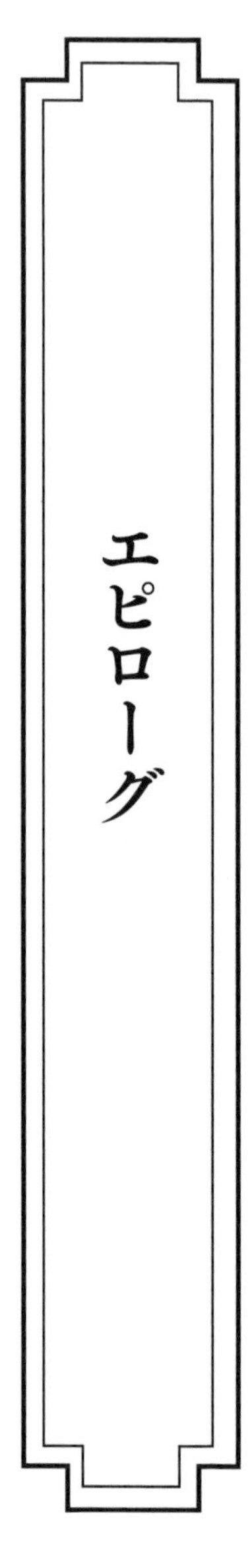

エピローグ

ガルダリン皇国軍と海賊を撃退した数日後、戦勝の祝いが行われた。フーゼンの代官や貴族、そしてフーゼンの貿易商人たちが企画したものだったそうだ。

彼らにしてみれば、私たち帝国軍のおかげでガルダリン皇国と海賊国を撃退出来て、命も財産も救われたのだから、宴を開いて感謝の意を捧げたいという事だったのだろう。

だが、私としては多くの人死にが出た戦いの後に宴をするというのが、どうにも気分的に馴染まなくて嫌だった。だけど好意で開催してくれるというのに断る事も出来ない。

仕方無く私は社交用のドレスを着て出席した。ポーラは気分が乗らない私を励ましてくれる。

「王妃様のおかげでこの街が守られたのは事実ではございませんか。王妃様はこの宴の主役なんですよ。暗い顔をしていたら盛り上がりません」

まぁ、そうよね。この街の人々にとっては祝い事なのだ。私の個人的感情で水を注してはいけない。私は鍛えられた社交スキルを発揮して優雅な作り笑顔を浮かべた。

宴は公邸の大ホールで真っ昼間に行われた。かなり盛大な宴会だったわね。フーゼンの豊かさを如実に物語る豪華な料理と多彩なお酒。異国情緒溢れる飾り付けなど。普段なら心惹かれる楽しい趣向だったのだが、この時ばかりはどうしても、私はいまいち楽しめないでいた。

どうも戦いの最後に、皆に熱狂的に讃えられた、あの出来事が心に引っかかっていたのだ。

私の力で兵士はおろか、普段は平和な生活を愛する筈の善良な市民さえもが、熱狂して戦いに参加した。それで勝利したのだから良しとすべきなのかもしれないが、それは明らかに不自然で気持ちの悪い事だ。

勝ったから良いが、負けたらどうだっただろう。私の力で望まぬ戦いに駆り出され、死んだり怪我をしたりしたら、あの熱狂的に私を讃えていてくれた彼らは、逆に私を恨んだのでは無いだろうか。

そう考えれば考えるほど、私は恐ろしくなり、自分の内に宿る金色の竜の力が疎ましくなった。こんな人を死に追いやるためだけの力が、どうして王の力であるものか。こんな力はいらなかった。どうして大女神様は私にこんな力を下さったのだろうか……。

ふと気が付くと、公邸の庭に大勢の人が見えた。どうも貴族ではなく庶民のようだ。庶民が精一杯に着飾って公邸の庭に用意されたテーブルに集って楽しそうに宴を楽しんでいるのである。代官が言う。

「今回は市民の貢献も大きかったですからな」

それで庭で市民たちにも無料で料理とお酒を振る舞う事にしたのだという。へぇ、それは楽しそうね。

少し気分が明るくなった私は庭に出てみた。王族の登場に市民は驚き一斉に跪いたが、代官が私を、竜を呼んで下さった勝利の立役者だと紹介すると、途端に歓声が上がって一斉に私の周囲に集まってきた。

口々に感謝と称賛の声が掛かる。庶民らしい、飾りも無く裏も無い言葉に頬が緩む。そうね。私の力でこういう庶民のみんなの生活が守れた事は事実なのだ。それは誇りに思っても良いのでは無いだろうか。

すると、一人の婦人が赤ん坊を抱いて近づいて来た。見るからに小さく、どうも生まれたばかりの赤ん坊のようだ。まだ私と同年代くらいの若い婦人はニコニコと笑いながら言った。

「この子は戦いの最中に生まれたんですよ」

なんでも、戦いの前の日に産気付いて、戦いの時はまさに出産真っ最中だったのだそうだ。

「かなり難産で、私はもう気力も体力も尽きてしまって、諦めそうになっていたのです」

その時、金色の光が視界を埋め尽くしたのだそうだ。

「金色の光を浴びたら、力が湧いて来て、私は頑張れるようになりました。それでなんとか難産を乗り越えてこの子を産むことが出来たのです。あの光は王妃様のお力だったそうですね。この子を産む事が出来たのは王妃様のおかげです。本当にありがとうございました」

私は言葉を失って立ち尽くした。

私の金色の竜の力、あれは人々を戦いに駆り立てる、人殺しの力だと思っていた。

しかし、ここに、母親が竜の力を得たことで誕生する事が出来た新たな命がある。

そうか。私の力は人殺しの力では無かった。人々に勇気を与えて戦わせる事は、必ずしも戦争を意味しないのだ。

私は心が震えた。心からこの婦人と赤ん坊を救えて良かった。無事出産する手助けが出来て良かったと思えた。

無意識に涙が流れた。王族が人前で涙を流すなんて、本来は醜聞にもなりかねない恥ずかしい事だ。しかし、止めることが出来ない。そして、この時の私はその涙が誇らしかった。

新たな命を守る事が出来た事に感動して流す涙が誇らしかったのだ。周りの人々も別に笑うでも無く見守ってくれる。庶民には涙が恥だなんて概念は無いからね。

私は涙で濡れた頬のまま、その母親に手を伸ばした。

「ねぇ、私にもその子を抱かせてくださるかしら？」

「ええ、喜んで」

私は、小さくて軽過ぎる赤ん坊を受け取り、胸のところで抱いてみた。子供の頃、故郷で赤ん坊の面倒はさんざん見たからお手のものだ。まだグラグラする赤ん坊の頭を支えて、静かに眠ってい

る赤ん坊の顔を覗き込む。眠る赤ん坊の顔を見ると自然と笑顔になるわよね。

私だけでなく、母親である婦人も、周囲を囲んで見守るみんなも満面の笑みだ。

そう。私の金色の竜の力は、こういう事のために使おう。私は心に誓っていた。人を死なせるためではなく、生かすために。

それは、クローヴェル様を皇帝にするには戦争は避けられないとは思うが、それでも最終的には皆を、貴族も庶民も含めた帝国のみんなを笑顔にするために、私の全力を尽くそう。そう誓ったのだった。

ふふふ、それにしても可愛い赤ん坊ね。こうして赤ん坊を抱いていると、なんだか私も自分の赤ん坊を抱きたくなって来ちゃったわ。そろそろクローヴェル様のお子が私に宿らないかしらね。

私は気が付かないうちに社交用ではなく庶民だった子供の頃のような本当の満面の笑みになり、心からみんなと笑い合ったのだった。

あとがき

皆様、初めまして宮前 葵です。この度は拙作を手に取って頂き、まことにありがとうございます。

私にとってこれがデビュー作になりますが、正直に言ってこの作品が書籍化するとは、私は全く、全然、完膚なきまでに予想してはいませんでした。

この作品を書く前、投稿サイトで書いていた別作品の書籍化が決まった私は浮かれていました。そりゃ浮かれますよ。夢でしたからね。

で「なら、宣伝の意味もあるから書き続けなきゃだよね」と新作を書く事にした訳です。そうして出来たのがこの作品。三話くらいまとめてＵＰしたらなかなか好評で、気を良くしてその先の構想を練っていた時の事でした。「小説家になろう」の運営様からのメールが。……なんですと？

なんと、ＳＱＥＸノベル編集部様からの書籍化オファーではありませんか。私は正直……、詐欺だと思いましたね。

あるじゃないですか。出版詐欺。ある程度話が進んだらお金がいるとかいう、アレ。あれかな？

とか思っていましたね。

だって、天下のスクエア・エニックスからお声が掛かるなんて、そんなうまい話あるわけね、と思ったんですもん。喜んでぬか喜びだったら嫌じゃないですか。疑り深さは小心者の習性ですよ。それに、まだほんのさわりしか書いていないお話。海のものとも山のものともつかないようなこの作品を書籍化してくれるなんてあり得るんですかね？　あり得ないでしょう。ナイナイ。

最初の打ち合わせをして、どうもちゃんとしたお話だという気もしてきましたが、それでも私は半信半疑。書き続けながらも、途中でその内「期待外れだったから止めましょう」と言われるんだろうな、思っていましたよ。いや、本当に。

ところが、イラストを描いて下さるのがなんと、あの碧風羽さんだと言うし、担当さんは熱心に修正の相談に乗って下さるしで、ドンドンお話が進んで行くので「これは……マジな奴だ！」とようやく認識して青くなったという次第です。

この作品は、イリューテシアが愛する夫であるクローヴェルの為に奔走と言うか暴走する話なのですが、彼女は何しろ放っておいても勝手に何かしでかしてくれるので書くのは大変楽でした。その代わり、作者にも予想も出来なかった事をやらかしますので、フォローするのは大変です。この巻でイリューテシアが演説する場面なんて、作者もエングウェイと一緒に愕然としておりました。なにやらかしてくれてるの！　という感じ。これ以降もイリューテシアの暴走は止まらず、激しさを増していき、他の登場人物と作者が頭を抱える事になってしまっております。

暴走するイリューテシアが周囲を巻き込んで、クローヴェルと共に帝国の頂点を極める物語をお楽しみ頂ければと思います。

この場を借りて、お世話になった皆様にお礼を。右も左も分からない私を上手に導いて下さり、無事にこの本を完成させて下さった担当編集者の稲垣様。本当にありがとうございます。詐欺だなんて思ってすいません。これからもよろしくお願い致します。

届くたびに「こんな凄い絵を私の作品に使っても良いのだろうか」と恐れおののく様な素晴らしいイラストを描いて下さった碧風羽様。本当にありがとうございました。毎回本当に絵が出来上がるのを楽しみにしております。

そして投稿サイトで応援して下さった読者の皆様。本当にありがとうございます！　皆様の応援が無かったらとっくに小説書きなど止めてましたよ。

最後に、この本を手に取り、最後まで読んで下さった読者様に大感謝を！　ありがとうございました。

皆様、これからも応援よろしくお願いいたします。

二〇二三年正月　　宮前　葵

大人のエンタメ、ど真ん中！
SQEXノベル
SQEXノベル 毎月7日発売
片田舎のおっさん、剣聖になる
～ただの田舎の剣術師範だったのに、大成した弟子たちが俺を放ってくれない件～
著者：佐賀崎しげる イラスト：鍋島テツヒロ
私、能力は平均値でって言ったよね！
著者：FUNA イラスト：亜方逸樹
万能「村づくり」チートでお手軽スローライフ
～村ですが何か？～
著者：九頭七尾 イラスト：イセ川ヤスタカ
逃がした魚は大きかったが釣りあげた魚が大きすぎた件
著者：ももよ万葉 イラスト：三登いつき
悪役令嬢は溺愛ルートに入りました!?
著者：十夜 イラスト：宵マチ
●退屈嫌いの封印術師 ●私をそんな二つ名で呼ばないで下さい！ じゃじゃ馬姫の天下取り
●婚約破棄されたのに元婚約者の結婚式に招待されました。断れないので兄の友人に同行してもらいます。
●聖女が「甘やかしてくれる優しい旦那様」を募集したら国王陛下が立候補してきた
●皇帝陛下のお世話係～女官暮らしが幸せすぎて後宮から出られません～ 他
おかげさまで創刊2周年!!
SQEXノベル大賞、開催中！
詳しくはコチラ
https://magazine.jp.square-enix.com/sqexnovel/awards01/

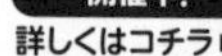

マンガUP!
毎日更新
名作&新作300タイトル超×基本無料=最強マンガアプリ!!
GC UP! 毎月7日発売

●「攻略本」を駆使する最強の魔法使い ~<命令させろ>とは言わせない俺流魔王討伐最善ルート~　●おっさん冒険者ケインの善行　●魔王学院の不適合者 ~史上最強の魔王の始祖、転生して子孫たちの学校へ通う~
●二度転生した少年はSランク冒険者として平穏に過ごす ~前世が賢者で英雄だったボクは来世では地味に生きる~　●異世界賢者の転生無双 ~ゲームの知識で異世界最強~
●冒険者ライセンスを剥奪されたおっさんだけど、愛娘ができたのでのんびり人生を謳歌する　●落第賢者の学院無双 ~二度目の転生、Sランクチート魔術師冒険録~　他

©Roy　©Saekisan/SB Creative Corp.　©Shinkoshoto/SB Creative Corp.
©Suzu Miyama　©Ezogingitune/SB Creative Corp.

●乙女ゲーム六周目、オートモードが切れました。 ●経験済みなキミと、経験ゼロなオレが、お付き合いする話。
●落ちこぼれ国を出る～実は世界で4人目の付与術師だった件について～
●家から逃げ出したい私が、うっかり憧れの大魔法使い様を買ってしまったら 他

©Akumi Agitogi Licensed by KADOKAWA CORPORATION

●SHIORI EXPERIENCE ジミなわたしとヘンなおじさん　●結婚指輪物語
●やはり俺の青春ラブコメはまちがっている。―妄言録（モノローグ）―
●父は英雄、母は精霊、娘の私は転生者。　●千剣の魔術師と呼ばれた剣士　他

悪役令嬢は
溺愛ルートに入りました!?

STORY
乙女ゲームの悪役令嬢に転生したルチアーナ。「生まれ変わったら、モテモテの人生がいいなぁ」なんて妄想していたけれど…。

決めた！　断罪イベントを避けるため、恋愛攻略対象は全員回避で、今世もおとなしく過ごします！　なのに、待って。どうしてみんな寄ってくるの?

おまけに私が世界で一人だけの『世界樹の魔法使い』!?

いえいえ、私は絶対にそんな貴重な存在ではありませんから！

もちろん溺愛ルートなんてのも、ありませんからね――!?

SQEX ノベル

兄・侯爵家嫡子

筆頭公爵家嫡子

王太子

公爵家三男

小説もコミックスも! 大好評発売中♡

原作小説

シリーズ続々重版!

「悪役令嬢は溺愛ルートに入りました!? ①〜④」

著◆十夜　イラスト◆宵マチ

コミックス

マンガUP!にてコミカライズ連載中!

「悪役令嬢は溺愛ルートに入りました!? ①」

原作◆十夜・宵マチ　作画◆さくまれん　構成◆汐乃シオリ

SQEX ノベル

私をそんな二つ名で呼ばないで下さい！
じゃじゃ馬姫の天下取り

著者
宮前 葵
イラストレーター
碧 風羽

©2023 Aoi Miyamae
©2023 Foo Midori

2023年2月7日　初版発行

発行人
松浦克義
発行所
株式会社スクウェア・エニックス
〒160-8430
東京都新宿区新宿6-27-30　新宿イーストサイドスクエア
（お問い合わせ）スクウェア・エニックス　サポートセンター
https://sqex.to/PUB

印刷所
図書印刷株式会社

担当編集
稲垣高広

装幀
川谷康久（川谷デザイン）

この作品はフィクションです。
実在の人物・団体・事件などには、いっさい関係ありません。

○本書の内容の一部あるいは全部を、著作権者、出版権者などの許諾なく、転載、複写、複製、公衆送信（放送、有線放送、インターネットへのアップロード）、翻訳、翻案など行うことは、著作権法上の例外を除き、法律で禁じられています。これらの行為を行った場合、法律により刑事罰が科せられる可能性があります。また、個人、家庭内又はそれらに準ずる範囲での使用目的であっても、本書を代行業者などの第三者に依頼して、スキャン、デジタル化など複製する行為は著作権法で禁じられています。
○乱丁・落丁本はお取り替え致します。大変お手数ですが、購入された書店名と不具合箇所を明記して小社出版業務部宛にお送り下さい。送料は小社負担でお取り替え致します。但し、古書店でご購入されたものについてはお取り替えに応じかねます。
○定価は表紙カバーに表示してあります。

ISBN978-4-7575-8400-6 C0093
Printed in Japan